Zum Buch:

50 Messerstiche ... überlebt keiner. Auch nicht, wenn man ein knallharter Geschäftsmann mit einem Herz aus Stein ist. Aber nicht nur der grausame Tod eines Bauunternehmers hält Andrea Mangfall von der Münchner Mordkommission in Atem. Da ist vor allem der Verrückte, der zu später Stunde Leute vor einfahrende U-Bahnen stößt. Scheinbar wahllos ... oder? Auch im zweiten Fall für Kommissarin Mangfall lässt sich Berufliches und Privates nicht genau trennen.

Zum Autor:

Harry Kämmerer, Jahrgang 1967, lebt in München und arbeitet in einem Buchverlag. Er ist Autor zahlreicher Kurzgeschichten und hat zwei Hörspielserien fürs Radio geschrieben und produziert. Zu seinen Kriminalromanen zählen die Bände mit dem Ermittlerteam rund um den Münchner Kriminalrat Karl-Maria Mader, die mit »Isartod« beginnen. Weiterhin gibt es die Krimireihe »Mangfall ermittelt« und die Romane »Drachenfliegen« und »Oh, Mama!«. Harry Kämmerers Liebe zu Musik und Kabarett prägt seine Bücher und seine Lesungen mit Livemusik.

HARRY KÄMMERER

ABSTURZ

Mangfall ermittelt
Der zweite Fall

HarperCollins

Der Originaltitel erschien 2017 unter dem Titel
Absturz bei Volk Verlag.

1. Auflage 2024
© 2024 by Harry Kämmerer
Neuausgabe
© 2024 HarperCollins in der
Verlagsgruppe HarperCollins Deutschland GmbH, Hamburg
Umschlaggestaltung von Hauptmann & Kompanie, Zürich
Umschlagabbildung von Dima Romaniuk / shutterstock
Gesetzt aus der Berling
von GGP Media GmbH, Pößneck
Druck und Bindung von CPI books GmbH, Leck
Printed in Germany
ISBN 978-3-365-00636-8
www.harpercollins.de

Andrea Mangfall ist Oberkommissarin bei der Münchner Mordkommission. Sie ist Anfang 30, hat nach kurzem Studium zur Polizei gewechselt und spielt sporadisch noch Bass in der Band ihres Bruders Paul. In der ersten Folge, »Filmriss«, in der Andrea insgesamt vier Mordfälle aufzuklären hatte, konnte sie ihre unkonventionellen Ermittlungsmethoden bereits unter Beweis stellen. Allerdings auch, dass Berufliches und Privates bei ihr häufig durcheinandergeraten.

Paul Mangfall ist Mitte 20, mittelloser Musiker und wohnt seit dem Scheitern seiner letzten Beziehung bei Andrea. Nur vorübergehend natürlich. Er sieht gut aus und weiß das auch. Unheil zieht er an wie ein Magnet, sodass es nur gut ist, wenn Andrea ein Auge auf ihn hat.

Josef Hirmer, Kriminalrat, ist der Chef von Andrea. Entspannter Typ, aber schon eher klassischer Beamter, bei dem Andreas Alleingänge immer wieder für Schweißausbrüche sorgen.

Dr. Aschenberger (»Asche«) ist der gut geölte Dezernatsleiter, der seine Leute immer wieder zu Spitzenleistungen antreibt.

Tom ist Abteilungsleiter in der Kriminaltechnischen Untersuchung. Er sichert die Spuren des Verbrechens, bevor Andrea mit den Ermittlungen einsteigt. Und er ist schwer verliebt in Andrea, die ihn ein bisschen am langen Arm verhungern lässt.

Was bisher geschah

Andrea hat in der ersten Folge vier Mordfälle mustergültig aufgeklärt, auch wenn ihr die Eskapaden ihres Bruders immer wieder einen Strich durch die Rechnung machten. Zum Glück wird Paul aus der Untersuchungshaft entlassen, weil er mit dem gewaltsamen Tod seines Rockerkumpels und dem eines gehörnten Ehemanns zum Glück doch nichts zu tun hatte. In der Justizvollzugsanstalt Stadelheim hatte er sogar Muße, sich seinem eigentlichen Interessensgebiet zu widmen: der Musik. Mit einigen Insassen gründete er zusammen mit dem Gefängnispfarrer die Barnhome Brothers, eine A-cappella-Band, die es mit ihrem ersten Auftritt bis in die lokale Presse schaffte. Und nicht nur das: Auch ein bekannter Musikmanager wird auf Pauls Talent aufmerksam …

STIRB, BESTIE!

»… die Barnhome Brothers, des san mia!« Paul bellt den letzten Satz seines Songs hinaus. Lautlos. Hält die Luft an. Nichts. Er schielt zu seinen Mitstreitern. Jetzt bricht der Applaus los. Wie ein Sommergewitter aus heiterem Himmel. Der Saal bebt.

»Ja, meine Damen und Herren, coole Musik von der dunklen Seite der Stadt – die Barnhome Brothers mit ihrem Song ›Des san mia‹, diese Woche der höchste Neueinstieg in *Pop Deluxe*. Wir warten auf eure Votings. Und jetzt kommt auf der Startnummer sieben ein guter alter Bekannter …«

Paul hört den reißerischen Moderator schon nicht mehr. Er ist bereits durch das Labyrinth hinter der Bühne bis in die Garderobe des Fernsehstudios in Grünwald gelangt. Erschöpft lässt er sich auf den Stuhl vor dem Schminkspiegel plumpsen und betrachtet irritiert sein dick gepudertes Gesicht. »Hey, bist du ich? Sprichst du mit mir? Meinst du mich? Hä?!«

Nein, er ist nicht Robert de Niro. Er hat auch keine Autoaggressionen. Oder doch? Wahnsinn, wo ist er da hineingeraten? Und wie? Der schlimmste aller Albträume eines Musikers ist Realität geworden: Er hat gerade auf der Bühne den Mund auf- und zugemacht und keinen Pieps von sich gegeben – Vollplayback. Vollscheiße. Geht's denn noch? Aber die Begeisterung des 100-köpfigen Studiopublikums war echt, damit kennt er sich aus. Trotzdem – das alles riecht unecht. Nach Plastik und Schminke.

Die Tür fliegt auf. »Geil, Paul, so was von geil! Ich sag dir eins, in der nächsten Woche bist du unter den ersten drei.«

»Kenn ich den Mann?«, fragt sich Paul und mustert den sonnengegerbten Mittfünfziger mit dem blondierten Vokuhila. »Klar kenn ich den. Chris hat mich ja hierhergebracht. In diesen Hitparadencastingwahnsinn.« – »Okay, Chris, sag an, wie war's?«

»Hey, das war megageil!«, jubelt Chris.

»Scheiß Playback«, knurrt Paul.

»Paul, ganz ruhig.«

»Ist doch wahr! Ich steh da und mach das Maul auf und zu wie ein fetter Karpfen.«

»Paul, scheiß mal nicht ins eigene Aquarium. Ein Auftritt in Pop Deluxe bringt dir mehr als jedes gut besuchte Klubkonzert. Das Klein-Klein hast du hinter dir.«

»Ich will aber live spielen.«

»Dazu wirst du mehr als genug Gelegenheiten haben. Ich stell gerade die Tour zusammen.«

»Tour? Meine Tour? Das ist ja schön, dass ich das auch mal erfahre. Da muss ich erst mal meinen Terminkalender checken.«

»Paul, du hast doch gesagt … Jetzt lass mich bloß nicht hängen. Ich reiß mir hier den Arsch auf und du moserst nur rum.«

Paul sieht Chris nachdenklich an. Chris Meier – Manager und Produzent. Eigentlich eher Schlager. Aber mit unglaublich viel Erfahrung. Hat ihn nach dem ersten Stadelheim-Konzert angesprochen. Warum war Chris da überhaupt hingegangen? Na ja, der große Pressebericht vorab in der »Süddeutschen Zeitung« hat schon gezogen. Diese Musikmanager sind ja Trüffelschweine, die riechen es, wenn es irgendwo was ganz Besonderes mit Erfolgspotenzial gibt.

Jedenfalls war Chris bei dem Konzert und es hat ihm gefallen. Er hat Paul an dem Abend bereits eine große Zukunft prophezeit. Wenn er es richtig angeht – mit dem richtigen Manager. Mit ihm. Noch ist Chris nicht sein Manager, aber er wird wohl unterschreiben. Denn er hat genug Konzerte vor einer Handvoll Besuchern gegeben. Er will endlich einmal Geld verdienen mit seiner Musik. So viel, dass er davon leben kann. Da muss man eben ein paar Kompromisse eingehen.

Chris reicht ihm einen Umschlag. »Schau ihn dir in Ruhe an.«

»Den Umschlag? Ja, er ist schön weiß. Gefällt mir. Was ist drin? Kohle? Cash?«

»Der Vertrag, du Scherzkeks. Na los, Paul! Schau rein.«

»Ich zeig ihn meinem Anwalt.«

Chris sieht ihn irritiert an. Seine linke Augenbraue zuckt nervös.

Paul grinst. »Nur ein kleiner Scherz.«

»Ganz toll, deine Scherze. Paul, ich sag's dir ganz offen: Denk nicht zu lange nach. Morgen gibst du mir Bescheid. So, ich muss jetzt los.«

Paul sinkt auf seinen Stuhl, zündet sich eine Zigarette an, betrachtet sich gedankenverloren in dem großen Spiegel. Plötzlich piept es wie verrückt. Der Feuermelder an der Decke. Hektisch sieht Paul sich um. Kein Besen, nichts. Er nimmt eine volle Cola-Dose und wirft sie nach dem blinkenden und fiependen Plastik-Ufo. Volltreffer. Das Teil kracht zu Boden. Piept immer noch. Schwungvoll tritt Paul auf das weiße Plastikteil. Piep, piep, piep! »Stirb, Bestie!« Kunststoff splittert, dann endlich Stille.

»Siehst du mal!«, murmelt Paul und nimmt einen letzten Zug aus seiner Zigarette, die er die ganze Zeit im Mundwinkel hatte. Aber cool ist anders. Sein Herz pocht immer noch wild und seine Stirn ist schweißnass.

UNGENIERT

»Weiß gar nicht, was du hast, Andrea. Das war doch gar nicht schlecht«, meint Tom und nimmt sich eine Handvoll Chips aus der großen Glasschale auf dem Couchtisch. Im Fernseher flimmert immer noch Pop Deluxe, jetzt ist der ölige Moderator gerade bei Nummer fünf der Hitparade. Eine sehr junge, sehr bleiche Rapperin mit einem neongrünen Neoprenanzug schießt heisere Wortkaskaden auf das Saalpublikum ab. Wenn sie es denn täte. Die Mundbewegungen und der Sound sind nicht wirklich synchron.

Andrea kratzt sich nachdenklich am Kopf. Nicht wegen der Rapperin, sondern wegen Toms Fehleinschätzung von Pauls Darbietung. »Nicht schlecht« trifft es »nicht ganz«. Man kann das »nicht« ruhig weglassen. Dieses verdammte Vollplayback war verdammt noch mal das Schlimmste, was sie je von Paul gesehen hat. Da hilft ihm auch sein gutes Aussehen nix. Scheiße ist Scheiße, egal in welcher Verkleidung und in welcher Kulisse sie daherkommt.

Sie sieht zu Tom. Der trinkt einen großen Schluck Bier, nimmt sich noch eine Handvoll Chips. Fühlt sich ein bisschen sehr zu Hause, denkt Andrea mit mehr als nur einem Anflug von Missfallen. Ein richtiges Paar sind sie noch lange nicht – das wüsste sie –, als dass er sich in ihrer Wohnung so heimisch fühlen dürfte. Fehlt nur noch, dass er gleich ganz ungeniert einen ziehen lässt. Quatsch! Das ist natürlich unfair. Sie weiß auch nicht, was los ist. Tom ist immer nett, nie aufdringlich. Und wahrscheinlich wollte er nur etwas Nettes sagen über Pauls Auftritt in dieser unterirdischen Fernsehshow. Ist sie jetzt zu kritisch – neidisch auf Paul, dass sein lang gehegter Traum, von der Musik zu leben, tatsächlich in greifbare Nähe zu rücken scheint? Während sie weiterhin ihr Beamtendasein fristen muss?

Auch Unsinn. Sie hat einen guten Job. Wobei ihr der im Moment tatsächlich nicht besonders schmeckt. Was nicht an ihrem Chef Josef liegt. Im Gegenteil. Mit dem ist sie in letzter Zeit super klargekommen. Aber seit die anderen zurück sind, ist es anders. Komplizierter.

Karl Meier ist nach seinem Fortbildungs-Abstecher zu Europol noch einen guten Tick arroganter als sonst – »Weißt eh, Baby – international, das ist voll die geile Baustelle, da geht's ab, da passieren die richtig großen Dinger!« Was für ein Schwätzer! Es fällt ihr schwer zu glauben, dass Karl Familie hat. Vielleicht ist er da ganz anders? – Der? Anders? Das kann er doch gar nicht.

Harry Kramer ist vom Rauschgiftdezernat zurück und noch verwahrloster als vorher. Seine langen Haare könnten dringend mal eine Ladung Shampoo vertragen. Na ja, das sind ja eher Äußerlichkeiten. Sie mag seine kauzige Art – allein schon die Tatsache, dass er die Fensterbretter im Büro mit Kakteen pflastert und sie liebevoll jeden Tag mit einem Zerstäuber wasserbedampft. Ganz zu schweigen von dem Bonsaibaum auf seinem Schreibtisch. Dass er den Baum »Herbert« nennt, ist nur ein Witz. Oder?

Christine Pulver hat sich aus dem Krankenstand zurückgemeldet. Ihre Bandscheibe scheint wieder okay zu sein. Sie sprüht geradezu vor Energie und nutzt jede Gelegenheit, Josef hochzunehmen. Und Josef erträgt es mit einer Engelsgeduld. Würde sie sich als Chefin nicht bieten lassen.

Aber sie ist ja nicht Chefin, sondern nur ein kleines Rädchen im großen Beamtenapparat. Eine streng hierarchische Ordnung, in die sich Paul nie fügen muss. Ja, wenn man Erfolg hat, dann ist eine Musikkarriere schon interessanter als ein festes Einkommen beim Staat. Wenn. Noch ist Pauls Popstar-Laufbahn nicht viel länger als ein Dreiminutenplaybackauftritt in einem Privatsender. Überschaubar.

Andrea hört die Abmoderation und Schlussmelodie von Pop Deluxe. »Und, wie war die Nummer eins?«, fragt sie.

Keine Antwort. Tom ist eingeschlafen.

Sie nimmt ihm die halb volle Bierflasche ab und trinkt. Wäre schade drum. Sie schaltet den Fernseher aus und denkt nach. Über nichts eigentlich. Soll sie noch auf Paul warten? Nein, der wird so bald nicht kommen. Sie holt eine Decke und legt Toms Füße hoch, deckt ihn zu. Dann geht sie ins Bad. Betrachtet skeptisch ihr Gesicht. Nicht schlecht eigentlich. Immer noch jugendlich. Fast faltenfrei. Aber mit Anfang 30 definitiv zu alt für eine Pop-Karriere. Und wenn sie bei Paul Bass spielt, in der zweiten Reihe? Auf seiner Deutschlandtour. Nein! Paul braucht sie nicht. Zumindest dafür nicht.

VOLLBESETZUNG

Tom ist schon weg am Morgen. Aber irgendwie hat er noch Croissants geholt. Super. Andrea hat einen Riesenhunger. Aber sie ist irritiert. Wie hat Tom das gemacht? Er hat doch keinen Schlüssel? Hat er einfach ihren Schlüssel von der Ablage im Flur genommen? Das mag sie nicht, das ist übergriffig. Oder ist das jetzt uncool, so zu denken? Er wollte ihr doch nur eine Freude bereiten. Soll sie die Croissants jetzt essen? Ach, jetzt sind sie schon da. Man schmeckt ja nicht, wie sie beschafft wurden. So viel Sensibilität geht ihr dann doch zu weit. Aber sie wird Tom darauf hinweisen, dass sie so etwas nicht möchte. Irgendwie. Freundlich.

Die Croissants schmecken super zum Kaffee. Mit viel Marmelade. Vielleicht sagt sie doch nichts, ist ja auch irgendwie kleinkariert. Sie trinkt den letzten Schluck Kaffee und steht vom Küchentisch auf, um in Pauls Zimmer zu schauen. Paul schnarcht selig. Und entfaltet dabei einen strengen Duft. *Old Schweiß*. Er trägt immer noch das T-Shirt, das er im Fernsehen anhatte. Puh! Sie schließt die Tür und macht sich fertig.

Draußen ist es schneidend kalt, aber klar. Der Novemberhimmel ist stahlblau, zeigt kein Wölkchen. Außer von ihrem Atem. Sie zieht die Handschuhe an und steigt aufs Rad. Hochgefühl. Das Westend leuchtet. Die Altbaufassaden, die Backsteinmauern der Augustiner Brauerei. Die Luft riecht nach Treber. Der altmodische Waschsalon mit den Plastikstühlen für die Raucher auf dem Bürgersteig, der kleine Gemüsemarkt an der Ecke, der nur noch Grünkohl und Lauch draußen hat, der Backshop mit den beschlagenen Scheiben. Menschen hasten zur Arbeit. Halb neun. Andrea hat keine Eile. Teamsitzung ist um neun. Schafft sie lässig. Die erste in Vollbesetzung seit zwei Monaten. Letzte Woche war Josef in Urlaub und die anderen waren mit kleineren Einzelgeschichten beschäftigt. Sie ist gespannt, wie es heute wird. Hoffentlich gibt es keine Reibereien. Das kann sie zum Wochenstart nicht brauchen.

Sie fährt in den Innenhof des Präsidiums und kettet ihr Rad an ein Geländer.

»Was kann ich dafür, wenn deine Scheißkakteen hier am Fenster stehen?«, ist der erste Satz, den Andrea im Großraumbüro zu hören bekommt. Von Karl natürlich. Harry kriecht auf dem Boden herum, schiebt mit Kopierpapier trockene Erde zusammen und bemüht sich, seine stacheligen Patienten wieder in ihren Töpfchen zu stabilisieren.

»Hey, Spitzenlaune, Jungs, ganz groß. Guten Morgen!«, ruft Andrea ihren Kollegen zu.

»Fass du als Erstes am Morgen mal in so einen Kaktus«, sagt Karl genervt und deutet aufs Fensterbrett.

»Ach, das macht deine Frau doch jeden Tag.«

»Vorsicht!«

»Sei doch froh, dass zumindest einer unser Büro ein bisschen wohnlich macht.«

»Alles klar, Andrea. Soll ich dir vielleicht mal ein paar Schnittblumen mitbringen?«

»Das traust du dich nie.«

»Guten Morgen, André«, sagt Harry und kriecht mit einem weiteren Töpfchen unter der Tischplatte hervor.

»Was soll das jetzt?«, fragt Andrea. »Samma jetzt in Frankreich?«

»Nicht du, das ist André.« Er hält den Kaktus hoch. André hängt noch ein bisschen schräg in den Seilen. »Mein kleiner Stuntman«, tadelt Harry ihn, bevor er seinen Freund wieder auf dem Fensterbrett platziert.

Andrea kratzt sich am Kopf. Hat sie das vermisst, das wirre Gelaber? Klar. Und wie.

Die Teamsitzung beginnt ohne Christine. Josef geht die Liste offener Fälle durch und setzt Prioritäten, verteilt Aufträge. Dann schneit Christine herein. Ihre Langhaarlocken sind in leichter Konfusion. »Sorry, Leute, ich hab verschlafen.«

»Passt schon«, sagt Josef.

»Hey, ich hab deinen Bruder gestern im Fernsehen gesehen.«

»Oh«, sagt Andrea nur.

»Paul war im Fernsehen?«, fragt Josef.

»Ja. Er macht jetzt Karriere mit seinen Barnhome Brothers.«

»Barn-was?«, fragt Karl.

»Barnhome Brothers.«

»Was soll das sein? Heustadel-Brüder? Eine Schwulencombo?«

»Genau, mein Süßer. Du hast es echt nötig. Barn-home wie Stadel-heim.«

»Ha! Soll das witzig sein?«

»Dann lach doch!«

»Haha.«

»Ruhe!«, geht Josef dazwischen und fährt fort.

Andrea hört ihm nicht wirklich zu, denkt über die anwesenden Personen nach. Die könnten unterschiedlicher nicht sein. Eine Versuchsanordnung. Der liebe Gott will wissen, was passiert, wenn man so unterschiedliche Typen in einem Raum zusammensperrt.

»Andrea, hörst du mir zu?«, fragt Josef.

»Ja, klar.«

»Dann mal los. Schleißheimer 112 b.«

Christine steht auf. »Na komm, Andrea, dann starten wir mal in eine blutige Woche.«

»Was meinst du mit ›blutige Woche‹?«, fragt Andrea auf dem Flur.

»Du hast gar nicht zugehört, oder?«

»Nicht wirklich.«

»Der letzte Fall. Ein Opfer heute Morgen, ein Mann. Mit 50 Einstichen.«

»50?«

»Vielleicht auch 48 oder 49. Oder 51. Sehr viele jedenfalls.«

»Tot?«

»Aber so was von.«

Sie fahren in die Schleißheimer Straße. Christine erkundigt sich bei Andrea, was los war in der letzten Zeit. Andrea erzählt ihr von der Oktoberfestsache mit den K.o.-Tropfen. Die Geschichte mit Paul lässt sie lieber unter den Tisch fallen. Und die mit Tom auch. Da ist in letzter Zeit ziemlich viel Privates und Berufliches durcheinandergeraten.

»Stimmt das, dass du und Tom ein Paar seid?«, fragt Christine.

»Wer sagt das?«

»Das weiß doch jeder im Präsidium.«

»Wer ist jeder?«, insistiert Andrea.

»Na, man hört es eben. Ist doch egal. Und, seid ihr ein Paar?«

»Nein, nicht wirklich. Also nicht immer. Gelegentlich.«

»Nimm dich in Acht, Andrea. Liebe am Arbeitsplatz ist eine heiße Kiste.«

»Lass mich raten: Josef?«

»Wie kommst du da drauf?«, fragt Christine.

»Weiß doch jeder im Präsidium.«

Christine hält in der Schleißheimer Straße 112.

»Hat Josef dir das erzählt?«, hakt Christine nach.

»Nein. Aber so, wie ihr euch beharkt, ist das nicht so schwer zu erraten.«

»Das ist Jahre her. Jetzt ist er ja glücklich verheiratet.«

»Ist er das?«

Christine überlegt ein bisschen. Dann murmelt sie: »Was weiß denn ich?«

»Ging das denn lange mit euch?«

»Zwei Jahre.«

»Zwei Jahre?«

»Eine gute Zeit. Aber der Job hat alles aufgefressen. Und bei dir? Was ist mit Tom?«

»Er will mehr als ich.«

»Weiß er das?«

»Ja, ich hab es ihm gesagt.«

»Dann ist's ja gut. So, dann schauen wir uns mal das Blutbad an.«

Ein sechsstöckiges Wohnhaus, 60er-Jahre. An der sehr lauten Schleißheimer Straße. Eisvogel wahrscheinlich, denkt Andrea. Die 112 b ist die Nummer des Hinterhauses.

Als das Tor der Durchfahrt hinter ihnen zufällt und sie den Innenhof betreten, ist es erstaunlich still. Und grün. Rasen, Büsche, eine alte Kastanie. Ein Vogel zwitschert.

Nicht meins, denkt Andrea fröstelnd. Vor ihnen eine zweistöckige Remise. Ein altes Werkstatthäuschen, vorbildlich renoviert. Gefällt Andrea. So prinzipiell. Lage schon schwierig. Darf man keine Probleme damit haben, dass einem sämtliche Nachbarn in die Wohnung schauen können. Da lebst du wie auf dem Präsentierteller. In ihrem Fall vielleicht gar nicht schlecht. Sie sieht an den Balkonen hoch, überschlägt die Zahl der Wohnungen, an deren Türen sie klingeln müssen, um nach Zeugen zu fragen.

»Andrea, wo bleibst du?« Christine hält ihr die Tür auf.

Sie betritt die Remise. Kein Treppenhaus. Sie steht gleich im Flur der Wohnung. Wohnung? Dafür ist das alles ein bisschen zu üppig. Sehr großzügig, das Wohnzimmer am Ende des Flurs ist ein mittlerer Ballsaal. Wahrscheinlich früher mal die Werkstatt.

»Und hier wohnt nur eine Partei?«, fragt Andrea.

»Sieht so aus. Nicht schlecht oder?«

»Kannst du laut sagen. Wo ist die Leiche?«

»In der Küche«, sagt einer der Spurensicherer, der gerade den Rahmen der Terrassentür mit einem Pinsel pudert.

»Ist Tom auch da?«

»Küche.« Er deutet nach rechts.

Die Küche ist nur durch einen Küchenblock vom Wohnzimmer abgetrennt. Tom ist gerade mit der Spülmaschine beschäftigt.

»Na, du Hausmann«, begrüßt ihn Andrea.

Tom kommt aus der Hocke hoch. »Hi, Andi, äh …« Er sieht ihre Kollegin an.

Die streckt ihm die Hand hin. »Christine. Ich mag's familiär. Was machst du da?«

»Ich mess die Temperatur. Restwärme. Ich will wissen, wann die Maschine durchgelaufen ist.«

»Speichert das die Kiste nicht? Das sind doch heute die reinsten Computer.«

»Die hier nicht. Eine gute alte Miele. Vergleichsweise simple Elektronik. Aber am Drehschalter siehst du, welches Programm zuletzt eingestellt war. Der Knopf war auf Intensiv. Das hat 70 Grad.«

»Und weiter?«

Tom zeigt zur Spüle, wo ein großes Fleischermesser in einem Asservatenbeutel liegt. »Das war in der Maschine.«

»Die Tatwaffe?«, fragt Andrea.

»Könnte sein.«

»Bleiben da Spuren bei 70 Grad?«

»Glaub ich nicht. Aber wir werden sehen.« Er deutet auf sein Temperaturmessgerät. »Als ich das Messer rausgeholt habe, war die Edelstahlblende der Maschine noch 27 Grad warm. Wenn jetzt der Spülvorgang durch ist, warte ich, bis die Temperatur wieder auf 27 runter ist, dann können wir relativ genau ausrechnen, wann die Spülmaschine eingeschaltet wurde, wann also jemand das große Messer da reingesteckt hat. Vermutlich kurz nach dem Mord.«

»Na ja, eher Totschlag«, meint Andrea. »So viele Stiche, das ist Affekt, nicht kühl geplant. Sind an der Spülmaschine denn Spuren, Fingerabdrücke?«

»Nein, die ist blitzblank. Was keinen Sinn macht, wenn da eine ganz normale Ladung Geschirr durchgelaufen wäre. Da wollte jemand Spuren beseitigen.«

Andrea und Christine betrachten die große Blutlache neben dem Kühlschrank. Dickes, dunkles Blut. Auf der Leiche liegt eine weiße Kunststoffplane. Andrea hebt sie an, erschrickt wegen der vielen Einstiche im blutdurchtränkten Hemd. Lässt die Plane wieder los.

»Seine Frau hat ihn gefunden«, sagt Christine. »Wo ist sie?«

»Wird betreut. Kriseninterventionsteam. Oben.«

»Wir schauen uns noch kurz um«, sagt Andrea, »dann befragen wir sie.« Sie sieht aus dem großen Küchenfenster in den Hof. Geht in die Hocke, blickt nach oben.

»Meinst du, jemand von den Nachbarn hat was gesehen?«, fragt Christine.

»Wenn es nachts passiert ist und in der Küche Licht war – vielleicht.«

»Es muss passiert sein, als es noch dunkel war«, sagt Tom. »Die Leiche war kalt, als die ersten Kollegen hier eingetroffen sind. Aber wenn jemand etwas gesehen hat, hätte er oder sie das doch gemeldet?«

Andrea nickt. »Vermutlich. Aber für uns ist nicht nur die Tat interessant. Vielleicht gibt es einen Zeugen dafür, dass hier gestern Nacht oder heute Morgen mehr als eine Person im Haus war. Dass es eine Auseinandersetzung gab und zwei Leute sich angeschrien haben.«

»Dann sind aber auch die anderen Zimmer interessant. Hier in der Küche gab es ja nur das Finale. Da müsst ihr jedenfalls einer Menge Leute Fragen stellen.« Tom deutet zu der großen Terrassentür des Wohnzimmers. Durch diese kann man die gesamte Rückseite des Vorderhauses sehen, alle Fenster, alle Balkone.

»Ja, super«, stöhnt Andrea, »ich freu mich schon aufs Klinkenputzen.«

Christine winkt ab. »Komm, jetzt fragen wir erst mal die Dame des Hauses.«

Sie steigen ins Obergeschoss. Eine steile Holztreppe vor einer Außenwand aus Glasbausteinen.

Andrea ist beeindruckt. »Boh, das ist echt eine schöne Wohnung.«

»Du kannst die Witwe ja fragen, vielleicht wird die Bude ja jetzt frei.«

»Ich liebe deinen Humor.«

Sie betreten das Schlafzimmer. Nicken der Frau vom Krisenteam zu. Sie verlässt den Raum. Eine zierliche junge Frau mit langen blonden Haaren sitzt am Ende des großen Bettes. Blick leer auf die Wand gerichtet.

»Sind Sie Frau Meyfarth?«, fragt Andrea.

Die Frau nickt unmerklich.

»Wir sind von der Kriminalpolizei und hätten ein paar Fragen. Passt das, jetzt?«

Die Frau dreht sich zu ihr, starrt sie mit großen blauen Augen an, nickt wieder.

Christine übernimmt. »Wann haben Sie Ihren Mann dort unten gefunden?«

»Ich bin um sieben Uhr gekommen.«

»Gestern Abend?«

»Nein, heute Morgen.«

»Wie, das verstehe ich jetzt nicht? Von der Nachtschicht?«

»Wir leben getrennt. Ich wollte vor der Arbeit ein paar Sachen holen. Er verlässt das Haus immer um sechs Uhr dreißig. Ich hab noch meinen Schlüssel und wollte ihm nicht begegnen.«

»Was macht Ihr Mann?«

»Immobilien und Baugewerbe.«

»Und Sie?«

»Ich habe eine Boutique.«

»Aha. Darf ich Sie fragen, warum Sie getrennt leben?«

»Er ist, also, er war nie da, er war ständig geschäftlich unterwegs. Er hat erwartet, dass ich zu Hause auf ihn warte, die Wohnung schön sauber halte. Ich bin nicht seine Putzfrau!«

Andrea nickt und fragt weiter: »Gut, Sie kommen also morgens hier rein und finden ihn. Jede Menge Einstiche und eine große Blutlache. Was haben Sie gemacht?«

»Ich hab die Polizei gerufen.«

»Und dann?«

»Nichts.«

»Was haben Sie angefasst?«

»Ich weiß nicht.«

»Haben Sie was sauber gemacht? Wo waren Sie? In welchen Räumen?«

»Nein. Ich war auf der Toilette. Glaub ich.«

»Und dann?«

»Kamen Ihre Leute.«

Andrea nickt nachdenklich. Sieht aus dem Schlafzimmerfenster über den Hof. Eine zweite Einfahrt. Offener Durchgang. Also kommt man hierher nicht nur durch das Tor an der Schleißheimer Straße. Sie sieht an der Fassade des Hauses auf der anderen Hofseite hoch. Von dort aber kein Blick ins Wohnzimmer. Muss man nicht fragen. Zumindest im ersten Durchgang nicht.

»Die mutmaßliche Tatwaffe war in der Spülmaschine. Haben Sie die Maschine eingeschaltet?«, fragt Christine.

»Nein, hab ich nicht!«, sagt Frau Meyfarth scharf.

Erstaunt sieht Andrea sie an. Dann Christine.

»Ich hab die Spülmaschine nicht eingeschaltet!«, sagt Frau Meyfarth noch einmal bestimmt.

Christine lächelt. »Nein, denn sonst wären auch Ihre Fingerabdrücke auf der Maschine.«

»Warum sagen Sie das so komisch?«

»Weil die Front fein säuberlich abgewischt wurde. Erstaunlich, oder? Manchmal verraten fehlende Spuren ebenso viel wie vorhandene Spuren. Oder noch mehr.«

»Ich war seit über einer Woche nicht mehr hier.«

»Wenn Sie das sagen«, sagt Christine trocken.

»Ja, das sag ich. Und jetzt lassen Sie mich bitte in Ruhe.«

»Sie müssen Ihre Hände noch auf Blutspuren untersuchen lassen.«

»Das hat einer Ihrer Kollegen schon gemacht.«

»Gut. Dann haben wir ja alles, was wir brauchen. Sie können jetzt gehen. Bitte halten Sie sich zu unserer Verfügung.«

»Was heißt das?«

»Verreisen Sie nicht, bleiben Sie in der Stadt.«

»Wie lange?«

»Bis wir sicher ausschließen können, dass Sie mit der Tat nichts zu tun haben.«

Die Frau sieht sie mit kaltem Blick an.

Andrea und Christine gehen nach unten in die Küche. Tom packt gerade seine Sachen zusammen.

»Und, was Neues?«, fragt Andrea.

Er zuckt mit den Achseln, hält den Fühler seines Messgeräts an die Frontplatte der Spüle.

»29 Grad. Noch zwei Grad, dann haben wir die exakte Zeit, wann die Maschine angeschaltet wurde.«

»Komm, mach es nicht so spannend, es geht ja nicht auf die Sekunde. Wann wurde die Maschine eingeschaltet? Nach sieben?«

»Warum nach sieben?«

»Da ist die Frau des Opfers gekommen.«

Tom schüttelt den Kopf. »Circa um sechs Uhr.«

»Dann war sie es nicht«, sagt Andrea. »Oder sie ist nicht erst um sieben Uhr gekommen. Was meinst du, Christine?«

»Wir brauchen Zeugen, die sie vorher gesehen haben. Im Hof, auf der Straße, in der U-Bahn.«

»Na, dann mal los«, sagt Tom. »Viel Erfolg.«

Die Exfrau kommt jetzt die Treppe runter. Unsicherer Gang. Andrea starrt sie an. Sie bewegt sich ganz steif. Irgendwas passt nicht. Oder? Na ja, sie ist geschockt. Ihr Mann liegt da unter einer Plane in seinem Blut. Die Frau sieht aus wie ein Opfer, nicht wie eine Täterin. Andrea nickt ihr zu, die frischgebackene Witwe verlässt die Remise.

Andrea tritt ans Küchenfenster und sieht ihr hinterher. Eiertanz. Knallenge Jeans. Kann sich darin kaum bewegen. »Baby, du bist keine 17 mehr«, murmelt Andrea.

»Los, dann klappern wir jetzt mal die Nachbarn ab«, sagt Christine wenig aufmunternd.

STEIL

Als sie drei Stunden später ins Auto steigen, sind sie erschöpft. Und ein bisschen frustriert. Mehr noch: desillusioniert. Das große Wohnhaus bildet die eher schwache soziale Seite Münchens ab. Erstaunlich viele waren in ihren Wohnungen anzutreffen. Wer vormittags zu Hause ist, ist alleinerziehend, arbeitslos oder alt. Vor allem Letzteres. Sie waren in einigen stickigen, staubigen Wohnungen von alten Leuten, die regelrecht Angst vor der Polizei hatten. Gesehen hat niemand etwas. Bedrückende Atmosphäre im ganzen Haus.

»Vielleicht ist es wenigstens billig, hier zu wohnen«, meint Andrea jetzt.

Christine schnauft auf. »Das glaubst du doch selber nicht.«

»Na ja, wenn du einen alten Mietvertrag hast?«

»Jedenfalls zwei Welten. Vorne die Mietskaserne, hinten die schicke Remise. Würdest du als Vermieter so in Blickweite zu deinen Mietern wohnen wollen?«

»Das Haus gehört dem Opfer?«

»Ja, das hat mir die Frau im zweiten Stock rechts gesagt. Und dass es den Richtigen trifft.«

Jetzt sieht Andrea sie interessiert an. »Wie?«

»Herr Meyfarth muss ein echtes Ekel gewesen sein. Die Frau hatte Streit mit ihm wegen ihrem Hund.«

»Braucht sie ja nicht gleich so auszurasten.«

Christine schaut Andrea erstaunt an, dann lacht sie. »Steile These. Hey Alter, hast du meinen Fips schief angeschaut? Hast du? – Ja? – Was? – Blöde Töle?! – Hier! Nimm das!«

»Und das!« Andrea sticht mit einem imaginären Messer auf Christine ein.

»Nein, nein, bitte nicht, ich muss noch fahren!«

Sie lachen. Christine lässt den Motor an und fährt los. Fädelt in den dichten Verkehr ein, konzentriert sich. Stadteinwärts.

»Was glaubst du – wer war's?«, fragt Christine schließlich auf der Dachauer Straße.

»Die Ehefrau, also die Exfrau«, sagt Andrea.

»Des Mauserl?«

»Stille Wasser stechen tief.«

Christine stöhnt auf. »Oh, komm!«

»Doch, im Ernst. Das ist eine, die steckt viel ein. Und irgendwann ist es dann genug. Er provoziert sie, macht sie runter, und dann plötzlich Kurzschluss und die ganze aufgestaute Wut platzt heraus. Auf einen Schlag. Oder mit 50 Messerstichen. Das Messer lag in der Spüle oder auf der Arbeitsplatte, sie greift es sich, sticht zu. Da steckt eine enorme Wut dahinter, die entsteht nicht von jetzt auf gleich, sondern hat einen ganz langen Vorlauf.«

»Aha. Bist du jetzt Psychologin oder was?«

»Ich denk nur laut nach«, sagt Andrea.

»Und dann ist sie so zurückhaltend, so passiv wie vorhin? Sitzt oben auf dem Bett und unten in der Küche liegt ihr Exmann in einer Blutlache? Und steht uns brav Rede und Antwort.«

»Sie hat sich wieder in ihr Schneckenhaus zurückgezogen. Rede und Antwort würde ich das auch nicht nennen. Sie hat nicht wirklich viel gesagt.«

»Hm, Andrea, ich weiß nicht. Wir haben nichts. Keiner

aus dem Haus hat was gesehen. Wenn es wenigstens einen Hausmeister gäbe. Natürlich nicht. Der ist outgesourced. Was machen wir?«

»Wir besprechen uns mit Josef.«

»Dr. Sommer hat gesagt, dass wir um drei Uhr zu ihm kommen können.«

»Hat der die Leiche dann schon fertig?«, fragt Andrea.

»Nur die ersten Fakten. Und ob Fremdspuren zu finden sind.«

»Von seiner Frau. Dann wäre es einfach.«

»Wieso? So verwunderlich wäre das nicht. Es ist ja seine Frau.«

Andrea schüttelt den Kopf. »Gewesen. Sie ist vor einem halben Jahr ausgezogen.«

»Erbt sie das Haus?«, überlegt Christine.

»Keine Ahnung.«

»Wäre aber ein gutes Motiv. Das ist lässig zwei Millionen wert.«

»Sie hat ihn nicht mit Vorsatz erstochen. Also, wenn sie es war, dann war es eine Affekthandlung.«

»Und dann lassen wir sie gehen?«

»Wir haben nichts in der Hand. Bis jetzt. Vielleicht hat Tom noch was für uns. Oder Dr. Sommer, wenn er den Mann auf dem Tisch hatte.«

Christine nickt. »Wenn sie es tatsächlich getan hat, dann hat sie erstaunlich gute Nerven. Ich würde durchdrehen nach so einer Tat. Und schnellstmöglich den Tatort verlassen. Also mit Josef hatte ich ja auch immer wieder handfeste Auseinandersetzungen ...«

»Hä?«

»Nur Spaß, meine Liebe.«

»Das hoff ich doch.«

50/70

Dr. Sommer steht mit seinem Diktiergerät an der Leiche. »Circa 50 Einstiche im Oberkörper. Vor allem an Rücken und Schultern. Etwa die Hälfte der Einstiche sehr tief. Zahlreiche Verletzungen an inneren Organen. Todesursache: innere Blutungen.«

Christine und Andrea bleiben im Türstock stehen und sehen Sommer bei der Arbeit zu. Er ist bestens gelaunt und pfeift leise, während er die zahlreichen Stiche noch mal in Augenschein nimmt.

»Summertime – and the killing is easy …«, trällert Christine.

Sommer sieht von seiner Arbeit auf. »Hallo, die Damen. Was ihr mir so alles auf den Tisch bringt. Muss man mögen. Sieht aus wie die Übungspuppe einer Messerwerfertruppe. Da ist was ganz schön aus dem Ruder gelaufen.«

»Irgendwas, was wir so nicht sehen?«, fragt Andrea. »Außer den Einstichen?«

»Nicht wirklich. Aber Klingenlänge und -breite passen zu dem Fleischmesser, das Tom mitgebracht hat.«

»Sind Spuren dran?«

»Gar nichts. Das Messer war bei 70 Grad in der Spülmaschine.«

»Ja, leider.«

»War es ein Täter oder eine Täterin?«, fragt Christine.

»Kann man nicht sagen. Auch Frauen können erstaunliche Kräfte entwickeln.«

»Wenn sie bedrängt werden«, sagt Andrea. »Also die Frau des Opfers.«

»Die Stiche wurden von rechts ausgeführt«, erklärt Dr. Sommer. »Ist sie Rechtshänderin?«

»Müssen wir noch checken«, meint Andrea.

»Ist sie überhaupt der Typ für eine solche Übertötung?«, fragt Dr. Sommer. »Das sind schon ziemlich überbordende Aggressionen.«

Christine zuckt mit den Achseln. »Also besonders impulsiv schien mir die Frau nicht zu sein.«

»Man sieht nicht rein in die Leute«, meint Andrea.

Sommer schüttelt den Kopf. »Ich schon. Aber erst, wenn sie tot sind. Waren an ihren Händen Anhaftungen vom Blut des Opfers?«

Andrea schüttelt den Kopf. »Toms Kollegen haben das geprüft. Nein, da war kein Blut. Allerdings eine hohe Konzentration von Flüssigseife. Was ja durchaus ein Indiz ist, dass sie sich nachhaltig die Hände gewaschen hat. Ein Indiz, das uns allerdings hinsichtlich der Beweislage nicht wirklich weiterbringt.«

Sommer nickt. »Wenn ich noch was rauskriege, melde ich mich.«

»Danke!«, sagen Andrea und Christine gleichzeitig.

»Immer gerne.« Er zieht ein Tuch über den toten Körper und hängt seinen Kittel auf.

»Schon fertig für heute?«, fragt Andrea erstaunt.

»Nein. Aber meine Patienten laufen mir nicht davon. Ich muss noch zum Metzger fürs Abendessen. Es gibt Hackbraten.«

Andrea zieht noch mal alleine los. In die Schleißheimer Straße 112 b. Es ist halb fünf und schon dämmerig. Sie hat sich von Tom den Schlüssel zum Hinterhofhaus organisiert. Vom Team waren alle beschäftigt. »Soll ich mitkommen?«, hatte Tom angeboten. Sie hatte abgelehnt. Jetzt ärgert sie sich. Falscher Stolz. Sie fühlt sich unwohl, als sie durch die Einfahrt in den dunklen Hinterhof tritt.

Sie sieht an der rückwärtigen Hausfassade hoch. Hinter zahlreichen Fenstern brennt Licht, oft flimmern auch nur die Fernseher bläulich. Sie sperrt die Haustür der Remise auf, drückt den Lichtschalter im Flur. *Poff!* Die Glühbirne des Flurlichts hat sich verabschiedet.

»Na super.« Andrea tastet sich den Gang entlang zur Küche, räumt unterwegs ein paar Jacken von der Garderobe. Dann endlich Licht. Ihr Blick geht zu dem großen Blutfleck auf den Fliesen. Übelkeit steigt in ihr hoch.

Sie sieht weg. Stellt das Wasser am Spülbecken an und beugt sich unter den Hahn, um zu trinken. Frisches, klares Wasser. Sie fühlt sich augenblicklich besser. Trotzdem. Sie hätte nicht alleine herkommen sollen. Diese Stille. Plötzlich – ein Klirren! Erschrocken dreht sie sich um, hat die Hand an der Waffe. Nur der Kühlschrank, der sich geschüttelt hat.

Andrea geht nach oben. Schlafzimmer. Sie sieht die zerwühlte Tagesdecke. Dort saß sie. Mit ängstlichen Augen. Mit stockender Stimme. Andrea öffnet den Kleiderschrank. Mit dem Öffnen der Türen glimmt die Innenbeleuchtung auf. Penible Ordnung: Anzüge, Hemden, alles gebügelt. Pullover akkurat gefaltet. Vier Paar schwarze, glänzende Männerschuhe. Sie schließt den Schrank, probiert eine der beiden Türen, die von dem großen Schlafzimmer weggehen. Badezimmer. Sie sieht sich um. Inspiziert den Boden, den Mülleimer. Nichts. Auf der Ablage und im Badschrank nur Hygieneartikel für Männer. Also auch keine neue Frau. Was wollte seine Exfrau abholen? Kleider? Haben sie und Christine nachgefragt? Nein, haben sie nicht. Fahrlässig.

Andrea probiert die andere Tür. Eine Kammer, ein begehbarer Schrank. Sie knipst das Licht an. Hier jetzt Frauenkleidung. Mäntel, Jacken, Kleider, Röcke. Jede Menge Schuhe und Hosen. Sie zieht eine Levis heraus und studiert das Etikett am Bund. Weite 26. Oh Mann, sie selbst hat Größe 29 und ist durchaus schlank. 26 ist eine Kindergröße. Oder Kate Moss. Kein Wunder, dass Frau Meyfarth sich kaum bewegen kann. Andrea hat genau vor Augen, wie sie heute Vormittag davongestakst ist. Sie mustert die Stiefel. Besonders die schwarzen handgearbeiteten Cowboystiefel. Solche wollte sie schon immer haben. Sie nimmt einen Stiefel und betrachtet die Sohle. Keine Größenangabe. Kurz zögert sie, dann zieht sie ihren rechten Schuh aus und schlüpft in den Boot. Passt perfekt. Wie angegossen. Butterweiches Leder. Sie zieht auch den zweiten Stiefel an und begutachtet sich im bodentiefen Spiegel. Cool! Könnte sie glatt in Versuchung kommen. Wenigstens ist das eine normale Schuhgröße – 39. Sie mustert sich im Spiegel, ihre Figur, überlegt. 26 und 39? Sie zieht die Stiefel wieder aus. Steckt die Levis in ihre Umhängetasche und verlässt das Haus.

Rablstraße 4 lautet die Adresse von Frau Meyfarth. In Haidhausen. Ist das denn okay, ihr so spät noch einen Besuch abzustatten? Ihr Fragen zu stellen? Einen Versuch ist es wert.

Eine halbe Stunde später steigt Andrea am Rosenheimer Platz aus der S-Bahn und geht die Franziskanerstraße vor bis zur Rablstraße. Es riecht nach gebratenen Zwiebeln. Und Fleisch. Den Burgerladen speichert sie für nachher ab. Sie hat jetzt schon Riesenhunger.

Nummer vier. Sie studiert das Klingelschild. Meyfarth. Vierter Stock. Sie klingelt. Nichts. Noch mal. Dann schließlich eine unsichere Stimme: »Ja?«

»Frau Meyfarth, ich bin's noch mal. Andrea Mangfall. Kripo. Ich hätte da noch ein paar Fragen. Darf ich reinkommen?«

Türöffner summt. Andrea betritt das Haus. Macht das Licht an. Das Treppenhaus ist erheblich schöner, als die Fassade des Altbaus von außen vermuten lässt. Understatement. Sie liest am schwarzen Brett den Namen der Hausverwaltung. Meyfarth & Co. Klar, ihr Exmann. Hat er sie nach der Trennung noch mit einer hübschen Altbauwohnung versorgt? Vermutlich.

Frau Meyfarth wartet in der offenen Tür. Sie sieht nicht gut aus. Frisur derangiert, Gesicht sehr blass, dunkle Ränder um die Augen.

»Entschuldigen Sie, dass ich so spät noch störe.«

»Ich hatte mich hingelegt.«

»Das tut mir leid. Darf ich eintreten?«

»Bitte.« Frau Meyfarth gibt die Tür frei.

Andrea betritt die kleine, geschmackvoll eingerichtete Wohnung. Auf dem Sofa liegen ein zerdrücktes Kissen und eine Wolldecke.

»Kann ich Ihnen was anbieten?«

»Ein Wasser, gerne.«

Als Frau Meyfarth in die Küche geht, betrachtet Andrea nachdenklich ihre Beine und ihren Po in der grauen Jogginghose.

Sie kommt mit dem Wasser zurück. »Setzen Sie sich doch bitte. Also?«

»Ich wollte Ihnen noch von der Obduktion erzählen.«

»Muss das sein?«

»Ja. Ich denke, Sie sollten das wissen. 50 Einstiche.«

»Mein Gott!«

»Teilweise mit sehr großer Wucht ausgeführt. Wir sprechen bei so einer Tatmotivation von Übertöten. Wahrscheinlich stressbedingt.«

Frau Meyfarth sieht Andrea starr an.

»Das Messer ist noch in der KTU.«

»KTU?«

»Kriminaltechnische Untersuchung. Es ist ein bisschen blöd, das Messer war in der Spülmaschine. Bei 70 Grad. Aber es gibt jetzt ein neues Verfahren mit Infrarotlicht. Ganz neu. Da kann man noch kleinste Anhaftungen sichtbar machen. Die Kollegen haben eine DNA-Probe von Ihnen?«

»Ihre Kollegen sagten doch …«

»Dass es um das Ausschließen von Spuren geht. Natürlich. Ihre DNA ist im ganzen Haus verteilt. Nur damit wir das sauber trennen können. Wir suchen nach anderen Spuren.«

»Aha. Und das Messer?«

»Wir werden sehen. Sagen Sie, kann ich schnell mal Ihre Toilette benutzen?«

»Hinter dem Bad rechts.«

Andrea steht auf und geht zum Klo. Am Schlafzimmer vorbei. Sie späht durch den Spalt der angelehnten Tür. Nein, da kann sie nicht einfach rein. Zu auffällig.

Das Bad. Sie huscht hinein und greift in den Wäschekorb. Nichts. Oder? Die Hose von heute Morgen ist nicht dabei. T-Shirts, Unterwäsche – doch, ganz unten eine Jeans. Andrea zieht sie heraus. Kein Etikett am Bund. Aber innen am Waschhinweis steht die Bundweite. 29. Na bitte!

»Was machen Sie da?!«, fragt Frau Meyfarth.

Andrea sieht sie ernst an. »Ist das Ihre Hose?«

»Das ist mein Badezimmer.«

»Wo ist die Hose von heute Morgen?«

»Bitte?«

»Die Sie heute Morgen anhatten. Die sehr eng war.«

»Ich weiß nicht, was Sie meinen. Bitte gehen Sie jetzt!«

Andrea geht ins Wohnzimmer, holt aus ihrer Tasche die Jeans aus der Remise. »Die hier hat Größe 26. Ich schätze mal, Sie hatten heute Morgen eine Hose in dieser Größe an. Nur, dass sie Ihnen nicht mehr passt. Schon länger nicht mehr. Damals hatten Sie sich für Ihren Mann runtergehungert. Heute tragen Sie Größe 29. Wie ich. Was ist mit der Hose, die Sie ursprünglich anhatten, als Sie das Haus Ihres Mannes betreten haben? Sind Blutflecken darauf?«

Die zwei Frauen sehen sich in die Augen. Frau Meyfarth ist ganz blass. Ihr Blick ist fiebrig. In ihrem Kopf arbeitet es gewaltig.

Andrea sieht auf den rechten Oberschenkel der Frau. Auf dem grauen Sweatpants-Stoff breitet sich ein dunkler Fleck aus.

Jetzt sackt Frau Meyfarth zusammen. Andrea zieht sie ins Wohnzimmer aufs Sofa und legt ihre Beine hoch, ruft einen Krankenwagen. Dann sucht sie eine Schere. In der Küchenschublade findet sie eine. Sie schneidet den Hosenstoff an der blutigen Stelle auf, legt eine durchweichte

Mullbinde frei. Sie holt aus dem Bad ein frisches Handtuch, entfernt die Binde und presst das Handtuch auf die klaffende Schnittwunde. Frau Meyfarth atmet flach.

»Es kommt gleich Hilfe!«, versucht Andrea sie zu beruhigen und ruft einen Krankenwagen.

Die Sanitäter kommen sehr schnell und kümmern sich um die Wunde.

»Das sieht nicht gut aus«, sagt einer der beiden Sanitäter. »Die Frau muss schnellstens ins Krankenhaus.«

»Wo bringen Sie sie hin?«

»Rechts der Isar.«

Andrea ruft die Kollegen an und bestellt eine Beamtin zum Krankenhaus, die sich nach der OP vor dem Krankenzimmer postiert. Sie verlässt mit den Sanitätern das Haus. Unten wartet sie, bis der Krankenwagen abgefahren ist. Dann atmet sie tief durch. Ihre Handy-Uhr zeigt Viertel nach acht. Sie sieht zu den Fenstern der Häuser hoch. Auch hier viele flimmerblau. Bestimmt schauen die meisten Leute jetzt einen Fernsehkrimi. Ihr kriminalistischer Bedarf ist für heute gedeckt.

Sie überlegt. Was für ein voller Tag. Aber durchaus effektiv. Schon ist der Fall gelöst. Opfer oder Täterin? Wahrscheinlich beides. Offenbar hat Frau Meyfarth sich im Handgemenge mit ihrem Exmann verletzt. Vielleicht hat er sie bedroht, zuerst zugestochen und sie ist durchgedreht. Hat ihm das Messer entwunden und zurückgestochen. Immer wieder zugestochen. Und schon ist die Katastrophe da. Sie beschließt, nicht dafür verantwortlich zu sein. Verarztet sich notdürftig und lässt die beschädigte und blutdurchtränkte Hose verschwinden, zwängt sich in eine ihrer alten Jeans und ruft die Polizei. Schon kaltblütig. Hätte sie lieber auf Notwehr plädieren sollen? Schwer bei 50 Einstichen.

Das hätte ihr niemand abgekauft. Aber es war ein Ausraster. Kein Vorsatz. Da ist sich Andrea sicher.

Die Frau tut Andrea leid. Sie ist ein Opfertyp. Hat bestimmt Unmengen von Demütigungen in sich hineingefressen. Sonst würde man nicht so austicken. Jetzt steigt Andrea wieder der Burgergeruch in die Nase. Sie hat einen Bärenhunger. Aber nein, Hackfleisch geht jetzt gar nicht. Sie wird sich zu Hause was machen. Käsebrot oder so. Irgendwas wird schon im Kühlschrank sein. Wenn Paul ihn nicht wieder leer gefressen hat.

Als sie die Treppen zur S-Bahn runtergeht, fallen ihr die Cowboystiefel ein. Die jetzt garantiert lange nicht mehr getragen werden. Wahrscheinlich gar nicht mehr. Schade eigentlich. Sie hat den Wohnungsschlüssel noch dabei, die Stiefel wird niemand vermissen. Sie grinst. Nur Spaß. Natürlich.

SCHÖN

Schon im Treppenhaus riecht Andrea es. Ein intensiver Duft, orientalische Gewürze. Paul wird doch nicht …? Nein, warum sollte er? Bestimmt kommt das von Karim aus dem dritten Stock. Vielleicht könnte sie einfach bei ihm klingeln und seine marokkanische Gastfreundschaft ausnutzen? Nein, das wäre unverschämt.

Als sie oben vor ihrer Wohnungstür steht, weiß sie, dass sie sich geirrt hat. Nicht Karim kocht, der wunderbare Duft kommt aus ihrer eigenen Wohnung. Super! Paul kann Gedanken lesen. Vielleicht hat Tom ihm verraten, dass sie heute einen harten Tag hatte und sich über ein gutes

Abendessen freuen würde. Mischt sich Tom jetzt schon wieder in ihr Leben ein? Quatsch. Langsam wird sie paranoid. Sie sieht auf die Uhr. Kurz vor neun. Na ja, so ein Tajine-Gericht kann man ja ein paar Stunden köcheln lassen. Ob Tom auch da ist?

Sie sperrt die Tür auf und schlüpft aus den Schuhen, geht in die Küche. Gedeckter Tisch, Weingläser, ein voller Brotkorb, Salat, eine offene Flasche Wein. Im Ofen die Tajine. Sie holt sich einen Topflappen und hebt den Tondeckel an, schnuppert. Köstlich, umwerfend!

Andrea strahlt. »Paul?«

Keine Antwort. Sie geht zu seinem Zimmer. Tür nur angelehnt. Sie schaut hinein. Nicht da. Erstaunlich aufgeräumt. Jetzt hört sie die Dusche. So spät noch? Aber bei Paul gibt es keine Standardzeiten. Vielleicht ist er erst am frühen Abend aufgestanden. Sähe ihm ähnlich, im Schlafanzug das Abendessen kochen. Sie hat nach dem Fernsehauftritt ja gar nicht mehr mit ihm gesprochen. Paul im Fernsehen, schon der Hammer! Hätte sie nie gedacht. Komisch, das hat sie heute den ganzen Tag über vergessen. Aber wenn so viel los ist, verschieben sich die Prioritäten schon mal. 50 Messerstiche! Das hat schon was Surreales. Mal sehen, was die anderen morgen zu ihrem schnellen Ermittlungserfolg sagen.

Sie gießt sich ein Glas Wein ein. Hey, das ist der gute Rotwein, den Papa ihr aus der Toskana mitgebracht hat. So eine gute Flasche an einem Wochentag? Cool bleiben, Paul hat gekocht. Der erste Schluck schießt ihr sofort in den Kopf. Sie trinkt ein halbes Glas Wasser hinterher und isst ein Stück Weißbrot.

»Hey, Schwesterherz!« Paul steht in der der Küchentür, frisch geduscht, weißes T-Shirt, pechschwarze nasse Haare.

»Hey, Bruderherz.« Andrea deutet auf den Tisch. »Wahnsinn, das ist super, ich …«

Das Klingeln unterbricht sie. Paul springt zur Wohnungstür und drückt den Summer.

»Wie blöd muss ich sein?«, murmelt Andrea. Sie nimmt noch einen großen Schluck Rotwein.

Paul ist wieder da. Grinst.

»Da gibt's nix zu grinsen, Bruder.«

»Entspann dich, Andi. Kann ich wissen, dass du so spät noch nach Hause kommst. Ich dachte, du bist bei Tom.«

»Bei Tom? Warum sollte ich bei ihm sein?« Ihre Stimme hat einen schrillen Klang. Sie erschrickt selbst.

»Beruhig dich, Andi, bleib sitzen. Nimm dir einen Teller und iss mit uns.«

»Mit uns?«

Und schon ist er wieder an der Wohnungstür. Sie hört Getuschel, will schon aufstehen und die Küche verlassen, da ist Paul zurück. Mit einer Frau im Schlepptau. Andrea ist verblüfft. So viel Schönheit. Die ganze Küche leuchtet. Lange, lockige braune Haare, mit einem rotgoldenen Stich, ein feines Gesicht, aber kein Püppchen, sondern mit Ausdruck. Und irgendwie international. Denkt Andrea. Klingt blöd, aber genau der Gedanke ist sofort da. Die dunklen Augen.

»Hallo, ich bin Madelaine.« Sie tritt auf die verdutzte Andrea zu und drückt ihr zwei Küsse auf die Wangen.

»Ich, ich bin Andrea …«

»Pauls Schwester. Er hat es mir gerade gesagt.«

»Dann kennt ihr euch noch nicht lange?«

»Seit heute Mittag.«

Andrea sieht Paul erstaunt an.

»Ja, ein Zufall, ich war an der Uni …« – »Du, an der Uni?«

»Ich wollte Klaus treffen. Der studiert doch Jura. Er sollte sich den Vertrag von Chris ansehen. Der will ja unbedingt mein Manager werden, mit Vertrag und allem. Und ich hab ja keine Ahnung von Verträgen und so. Klaus jobbt in der Jura-Bibliothek. Aber ausgerechnet heute hat er seinen freien Tag. Na ja, und da bin ich Madelaine in die Arme gelaufen.«

Andrea nickt langsam und grinst.

»Schicksal«, sagt Paul. »Und es hat Bumm! gemacht.«

»Bei mir auch«, pflichtet ihm Madelaine lachend bei.

»Und dann?«, fragt Andrea.

»Waren wir den ganzen Nachmittag im Englischen Garten spazieren.«

»Wow«, sagt Andrea.

Paul holt noch einen Teller, Besteck und ein Glas und stellt die Tajine auf den Tisch. »Essen!«

Als Andrea eine Stunde später in ihrem Zimmer auf dem Bett liegt, ist sie satt und leicht angetrunken. Gar nicht mal vom Wein allein, sondern von den Hormonen, die in der Küche wie Elektronen hin und her geschossen sind. Ja, Liebe hat so viel Energie. Warum ist das bei ihr und Tom nicht so?

»Na ja, wir sind auch kein so schönes Paar wie Paul und Madelaine. Das ist Liebe auf den ersten Blick, mit all ihrer Anziehungskraft, all ihrer Elektrizität. Jetzt wird Paul nicht nur berühmt, sondern findet auch noch die Frau fürs Leben. Alles auf einen Schlag. So viel Glück muss man mal haben! Toll!«

Sie hört die Wohnungstür zufallen. Die beiden sind noch mal losgezogen. Viel Spaß, denkt Andrea. »Madelaine. Schöner Name, schöne Frau.« Sie kommt aus einem Dorf bei Mülhausen im Elsass, hat lange in Paris gewohnt. Und ist angehende Kunststudentin hier in München. Wenn sie mit ihrer Mappe genommen wird. Was sie dann an der Juristenfakultät wollte, hatte Andrea gefragt. »Meinem Ex ein paar Bücher zurückbringen«, war Madelaines erfrischende Antwort gewesen. Und sie hatten alle gelacht.

Andrea steht auf, geht ans Fenster, öffnet es. Schneidend kalte Luft. Nebel. Unten brennt das kleine Hoflicht über der Tür zum Fahrradkeller. Eine orange Kugel im weichen, schweren Nebeldunst. Nur ein Fenster gegenüber beleuchtet. Bei dem Studentenpärchen. Die junge Frau hat das Baby im Tragetuch und hängt Wäsche auf. Ihren Freund hat Andrea in den letzten Wochen nicht gesehen. Ist er nur immer abends weg, hat er einen Job als Nachtportier, um Geld dazuzuverdienen, damit sie über die Runden kommen? Oder ist er ausgezogen, haben sie sich getrennt? Hoffentlich nicht. Vielleicht hat er ein Forschungssemester im Ausland. Ob so ein kleines Kind schon merkt, wenn ein Elternteil nicht da ist?

»Hey, was sind das für Gedanken?«, erschrickt Andrea. Ja, später will sie auch mal Kinder haben, also in ein paar Jahren. Mit dem richtigen Mann. Jetzt nicht. Was nichts gegen Tom heißt. Aber eben im Moment nicht. Da ist sie sich selbst genug. Sie holt die Zigaretten und legt sich einen Pullover um die Schultern. Bläst Nikotinwolken in die Dunkelheit. Hat die Knie am Heizkörper, der jetzt nur noch lauwarm ist, weil sich um zehn Uhr die Heizung von selbst runterregelt. Sie horcht in die Nacht. Viel ist nicht zu hören. Die feuchte, kalte Luft und der Nebel scheinen alle Geräusche zu schlucken. Oder? Nein. Denn jetzt hört sie die Kirchturmuhr. Sie zählt die Schläge. Elf.

STADTLICHTER

Letzte Lichter leuchten in der Stadt
grad noch Samt, dunkel, satt
schluckt die Schritte am Asphalt
Taxis rollen ohne Halt
ziehen weiße, gelbe Streifen
drehen endlos ihre Schleifen
fahren Menschen von A nach B
zielgerichtet? Kommt dann C?
Schönheit liegt im Augenblick
einmal gesehen, kein Zurück
wenn du da bist, hört das Dunkel auf
wenn du lächelst, geht die Sonne auf
Horizonte in Pastell
all das Licht, es kommt so schnell
alles rosa, alles leicht
Ziel erreicht.

Paul sitzt allein auf den Stufen der Feldherrnhalle, lässt Reime durch seinen Kopf ziehen, jongliert mit Wörtern, sieht zu, wie es langsam Tag wird, sich der Himmel zunehmend rosa färbt. Der Verkehr tobt natürlich schon, es ist gleich sieben Uhr. Er ist kein bisschen müde. Er war die ganze Nacht mit Madelaine unterwegs. Unglaublich. Das ist ihm noch nie passiert. Er war schon öfters verliebt, aber diesmal ist alles anders. Das ist irgendwie elektrisch, elektromagnetisch. So viel Anziehungskraft, dass es ihm fast Angst macht. Warum wollte sie nicht, dass er bei ihr bleibt?

In ihrem kleinen WG-Zimmer in Schwabing. Wo sie offenbar nicht gerne ist. Sie hätten doch auch zu ihm gehen können? Na ja, sie kennen sich erst einen Tag. Und Sex ist nicht das Wichtigste auf der Welt. Hier geht es um mehr, da ist er sich sicher. Er wird ein Liebeslied für sie schreiben – tiefsinnig, warmherzig, poetisch. Madelaine – was für ein wunderbares Wesen. Von einem anderen Stern.

Was für eine irre Nacht! Sie waren auf einer Vernissage, verrückte große Skulpturen aus Autoblech in einem riesigen Atelier bei der Panzerwiese im Norden Münchens. Eine Punkband hat gespielt und die Kunststudenten tanzten Pogo wie die Irren. Wirklich bunte Gesellschaft. Wie Fasching ohne Fasching. Er hat sich lange mit einem Kunstprofessor mit Dreadlocks über schwarze Löcher unterhalten. Nicht dass er selbst etwas dazu zu sagen gehabt hätte, aber der Typ hat ihn ohne Punkt und Komma zugetextet. Dass sein ganzer Kunstbegriff von der Existenz schwarzer Löcher und seinem Wissen über sie geprägt sei. Der Künstler als schwarzes Loch mit so starker Gravitation, dass alles in diesem Loch stattfindet, dass dieses Loch alles einsaugt, dass nichts nach außen dringt, dass alle Materie, alles Licht, jeder Sound darin gefangen bleibt, eine energetische Kapsel ohne Hülle, ein reiner Energiezustand … Bis es dann irgendwann knallt und Kunst entsteht … Er hatte nach ein paar Minuten komplett den Anschluss verloren. Was egal war, denn die Stimmung auf der Party war Bombe.

Später legte ein Elektro-DJ auf. Paul hat Madelaine genau vor Augen. Sie schwebt über die Tanzfläche, ihre Locken wirbeln durch die bunten Lichter. Wie ein Traum. Der jetzt in Erfüllung geht. Sie werden sich morgen wiedersehen. Nein, heute, denn der Tag hat längst begonnen. Sein Tag. Heute soll er auch Chris Bescheid geben wegen des

Vertrags. Will er das? Nein, eigentlich nicht. Am Ende redet der ihm in die Musik rein und schickt ihn auf Veranstaltungen, wo er gar nicht spielen will. Wie dieses grauenvolle Pop Deluxe. Was für ein Trash! Obwohl – gestern Abend auf der Party haben ihn gleich zwei Leute darauf angesprochen. Selbst diese Künstlertypen gucken die bescheuerte Sendung! Da muss er irgendwie durch. Denn irgendwann muss ja mal Kohle reinkommen. Jetzt sitzt er schon über ein halbes Jahr bei Andrea fest, sie zahlt die Miete und er steuert nur gelegentlich was für die Einkäufe bei. Und auch nur, wenn er vorher einen Gig hatte und dafür Gage bekommen hat. Eigentlich uncool, sich so aushalten zu lassen. Was würde Madelaine sagen, wenn sie das wüsste? Nein, er möchte sein eigenes Geld verdienen. Und dazu muss man auch mal einen Kompromiss machen. Chris will Geld mit ihm verdienen, schon klar, sonst würde er sich auch nicht für ihn interessieren. Und er will auftreten. Man muss ja nicht gleich jeden Scheiß mitmachen.

Ja, er wird den Vertrag unterschreiben. Natürlich nicht, ohne ihn zu Hause gut durchzulesen. Soll er noch mal versuchen, Klaus zu erwischen und ihn als Juristen fragen? Aber dann steigt der vielleicht in jedes Detail ein und Chris hat plötzlich keine Lust mehr. Paul kann sich gut an seinen Gesichtsausdruck erinnern, als er erwähnt hat, dass er einen Anwalt draufschauen lassen will. Von wegen Anwalt. Klaus ist ein ewiger Student, der durch irgendeine Lücke im Hochschulgesetz sein Examen nun schon seit Jahren immer wieder rausschiebt.

Jetzt kriecht die Sonne über die Arkaden des Hofgartens. Paul steht auf und geht zur Parkanlage hinüber. Die Bäume, Hecken, Bänke, Brunnen und der Pavillon sind noch in dichten Morgendunst getaucht, scheinen zu schweben. Es sieht aus wie in einem Märchenpark. Wunderbar, nicht von dieser Welt. Und doch in seiner Stadt.

ENERGIE

Andrea steht voller Elan auf. Die Sonne lacht in ihr Fenster. Ein Blick in die Küche ernüchtert sie gleich wieder. Dort steht das gesamte Geschirr von gestern in der Spüle. Verdammt, das hätte Paul wirklich noch in die Spülmaschine räumen können. Jetzt ist alles eingetrocknet, vor allem die sterblichen Überreste von Fleisch und Gemüse in der Tajine. Na super. Sie erledigt das nicht! Sie schreibt Paul einen Zettel mit »Mach das weg!«, setzt Kaffee auf und geht duschen. Erster Termin heute: in der Klinik vorbeifahren und mit Frau Meyfarth sprechen. Andrea ist sich sicher, dass sie gestehen wird. Wenn sie plausibel belegen kann, dass ihr Mann sie bedroht und verletzt hat, dann mildert das später das Strafmaß. 50 Stiche – das bedeutet schon was. Entweder, dass sie vorher massiv bedroht wurde, dass sie überreagiert hat, oder dass sie sich generell emotional nicht im Griff hat. Vielleicht noch mehr als das. 50 Stiche! Da muss man kein Fachmann sein, um von »Übertöten« zu sprechen. Andrea wird sehen. Aber eigentlich geht sie das dann nichts mehr an. Für sie sind die Ermittlungen nach dem Verhör abgeschlossen. Alles andere ist dann Sache der Gerichte, Anwälte, Psychologen.

Als sie das Treppenhaus runterstürmt, läuft sie Paul in die Arme. »Hey, Süßer, kommst du auch schon heim?«

»Es ist die Liebe, die mich nicht schlafen ließ, die Nacht zum Tage machte.«

»Wunderbar, die Liebe, du strotzt ja nur so vor Energie.«

»Nicht wahr? Ich könnte Bäume ausreißen.«

»Beginn bitte mit dem Abwasch, das wär schon mal eine coole Aktion.«

»Öh.«

»Also, wenn du dir meine Liebe erhalten willst.«

»Äh, Andrea …«

Sie ist schon an ihm vorbei, einen Treppenabsatz tiefer. »Ciao, Bruderherz!«

Andrea muss grinsen. Nicht wegen des Abwaschs, sondern über Pauls Gesicht. Hey, der ist ja wirklich verknallt bis über beide Ohren. Wie seine Augen geleuchtet haben! Wow!

Ihre eigene Hochstimmung hält genau bis zum Radparkplatz vor dem Krankenhaus. Ein Schritt ins Foyer und sie hat den perfiden Geruch von Desinfektionsmitteln in der Nase. Oder ist es Krankheit, die so riecht? Ganz allgemein. Die Schärfe, das Zersetzende.

Andrea erkundigt sich nach der Zimmernummer von Frau Meyfarth und fährt in den dritten Stock hoch. Vor einem der Zimmer sitzt eine übermüdete Beamtin. Andrea zeigt ihren Ausweis und tritt ein.

Frau Meyfarth hat die Augen geschlossen. Andrea betrachtet sie. Eine schöne Frau. Ganz zart. Und doch ein harter Zug um die Wangen. Ein Gesicht, das eigentlich lachen sollte. Sie räuspert sich.

Frau Meyfarth öffnet die Augen. »Hallo.«

»Hallo. Wie geht es Ihnen?«

»Der Arzt hat gesagt, dass es knapp war. Die Aorta am Oberschenkel war verletzt. Ich hätte verbluten können. Danke.«

»Sie wären nicht zum Arzt gegangen?«

»Was hätte ich denn sagen sollen?«

»Erzählen Sie mir jetzt, was passiert ist?«

Frau Meyfarth nickt.

GUTE VIBES

»Paul, jetzt können wir durchstarten!« Chris klatscht in die Hände und läuft aufgeregt in seinem Arbeitszimmer auf und ab. Der Souterrainraum sieht aus wie ein Highclass-Hobbykeller. Kicker, Billard, ein großer, langer Konferenztisch aus Glas, und an den Wänden hängen reihenweise goldene Schallplatten. Nicht mehr ganz aktuell, die neuesten Platten sind aus den frühen 90ern. Trotzdem Belege für eine erfolgreiche Karriere als Musikmanager. Auch wenn Paul die meisten Künstler nichts sagen. Und da will er auch nicht hin.

»Du, Chris, ich mach aber keinen Schlager!«

Chris winkt ab. »Sei einfach du selbst. Ich mach für dich Termine klar, beackere die A&R-Typen von den Labels, du schreibst Songs und machst ein nettes Gesicht.«

»Hä, nettes Gesicht?«

»Du weißt schon, ein bisschen Sunnyboy, die Leute wollen was Positives – good vibrations, positive Schwingungen!«

Paul nickt nachdenklich. Gute Vibes. Ja, okay, wer will die nicht. »Und wie ist das mit dem Geld, wann sehe ich da was?«

»Sobald wir erste Einnahmen haben.«

»Äh, das dauert wie lange?«

»Oder wenn ich einen Vorschuss bei einer Plattenfirma aushandle.«

»Und bis dahin?«

»Geb ich dir einen kleinen Überbrückungskredit. Paul, du musst lernen, nicht so kurzfristig zu denken. Ich kenn euch Musiker doch. Konzert, Gage, möglichst cash und dann gleich alles auf den Kopf hauen. Weißt du, ich werde deine Karriere ganz solide aufbauen. Ein Image entwickeln, ein, zwei gute Songs voll durchproduzieren, sie den richtigen Leuten vorspielen, und dann können sie alle antanzen mit ihren Angeboten für das Album.«

»Und live?«

»Live wirst du jede Menge spielen. Ich bin schon an einer ganzen Tournee dran. Das ist aber noch wie Trockenschwimmen. Weil: Du hast noch keinen Hit. Wir müssen einfach ausprobieren, wie du beim Publikum ankommst.«

»Das weiß ich doch. Ich hab schon ewig viele Konzerte gespielt.«

»Nicht dieses Indie-Songwriter-Ding, keine Drei-Akkord-Nummern, sondern richtige Songs und große Melodien. Große Refrains zum Mitsingen. Und dann brauchen wir natürlich noch diese Knastkiste. Die Barnhome Brothers. Die sind ja imagemäßig unser USP.«

»Unser was?«

»Unique Selling Point. Das Besondere. Deine dunkle Vergangenheit, deine Knast-Connection. So von wegen: Klub der geläuterten Sünder. Vor allem jetzt in der Vorweihnachtszeit. Wir müssen unbedingt noch eine Weihnachts-Single raushauen. Ich stell mir das so gospelmäßig vor, also nur ein bisschen. Die Zeit ist natürlich viel zu knapp, aber irgendwie kriegen wir das bestimmt hin. Lass mich mal machen. Und wenn unser Song auf die Eins geht, dann gehen wir das mit dem Album sofort an.«

»Und was ist mit dem ersten Song, also mit *Des san mia*?«

»Mei, Paul, bei Pop Deluxe auf Monaco-TV kannst du so eine Mundart-Nummer mal bringen, aber das ist nicht wirklich das, was ich mir vorstelle. Das finden die Leute hier im Süden ganz originell, aber sonst ist das ja regional beschränkt. Außerdem müssen wir uns eh was überlegen wegen der Barnhome Brothers. Also den aktuellen Jungs. Die können ja schlecht mit dir auf Tour gehen, wenn sie im Knast sitzen. Und du kannst nicht immer Playback-Komparsen kriegen wie bei der Fernsehsendung.«

Paul seufzt. »Ja, das hab ich mir auch schon gedacht. Was machen wir?«

»Lass das mal meine Sorge sein. Ich kenn da so einen Bewährungshelfer, der hat ein paar Adressen. Wir suchen uns ein paar Ex-Knackis aus und verkaufen das Ganze dann auch noch als Resozialisierungsprojekt.«

»Aber meine Songs stehen schon im Mittelpunkt?«

»Aber natürlich, Paul, was denn sonst? Und du natürlich. Wir machen Musik! Wir verkaufen Träume und keinen neuen Joghurt.«

Joghurt, Joghurt, Joghurt, schwirrt es durch Pauls Kopf, als er draußen vor Chris' Grünwalder Villa steht und sich auf den Weg zur Trambahn macht. Trambahn – pah! Vielleicht braucht er schon bald keine öffentlichen Verkehrsmittel mehr und röhrt in seinem Porsche Carrera Cabrio auf der Südlichen Münchner Straße durch Grünwald. Und Madelaine sitzt mit wehenden Haaren neben ihm. Zwischen den Sitzen klemmt seine Gitarre.

Er schüttelt den Kopf. Was für ein Scheißbild. Das passt gar nicht. Auch wenn er zu einem Porsche nicht generell Nein sagen würde. Aber Madelaine findet das bestimmt abstoßend, materialistisch, unkünstlerisch. Tja. Er sieht die Tram kommen und zückt seine Streifenkarte.

KURZ

Andreas Ruhm wegen des Ermittlungserfolgs hält nur ganz kurz an. Sie kommt nicht mal dazu, den Abschlussbericht fertig zu schreiben. Denn sie haben bereits einen neuen Fall. Josef war in den frühen Morgenstunden an einem neuen Tatort. Er ist müde und blass und kommt gerade von einer Besprechung mit Aschenberger.

Jetzt sitzt er mit Karl, Harry und Andrea am Konferenztisch. Sie starren alle an die vom Beamer illuminierte Leinwand. Zu sehen ist ein zittriges Schwarz-Weiß-Bild. U-Bahnsteig. Leer. Fast leer. Ganz hinten am Bahnsteig steht ein Mann. Daunenanorak, Wollmütze. Nichts passiert. Dann löst sich plötzlich ein Schatten aus den Zwischenräumen der Säulen. Ein zweiter Mann. Stößt den Wartenden ins Gleis. Fast im selben Augenblick rauscht die U-Bahn herein.

»Oh Gott!«, stöhnt Andrea.

Selbst Karl, der immer einen blöden Spruch auf Lager hat, sagt jetzt nichts.

Josef fährt den Film zurück. Lässt ihn in Zeitlupe noch mal laufen. Kein Zweifel – eiskalter Vorsatz, genaues Timing. Es passiert exakt in dem Moment, als die Scheinwerfer der U-Bahn auftauchen. Zum Glück hat das Video keinen Ton. Andrea kann es sich auch so vorstellen. Den Knall, das Kreischen der Bremsen. Sie konzentriert sich auf den Schubser. Der geht seelenruhig davon, steigt auf die Rolltreppe und verschwindet nach oben. Dunkler Mantel, Baseballcap, kein Gesicht erkennbar.

»Warum macht er das?«, fragt Harry.

Josef zuckt mit den Achseln.

»Der andere ist tot?«, fragt Andrea.

»Ja, sofort, keine Chance.«

»Wo ist das?«

»Michaelibad.«

»Was machen wir?«

»Christine ist bei der Ehefrau des Opfers. Überbringt die schlechte Nachricht. Die Wohnung der Eheleute ist auf der anderen Seite des Parks. Quiddestraße. Christine fragt, ob ihr Mann Feinde hatte. Kann ich mir jetzt aber nicht ganz vorstellen. Der Mann war Sozialarbeiter, der setzt sich eigentlich für Schwache ein.«

Andrea schüttelt den Kopf. »Entweder es gibt einen Grund oder es ist ein Perverser, der das einfach mal ausprobiert.«

»Hoffentlich gibt es einen Grund«, meint Josef. »Sonst finden wir den nie. Die Presse ist über den Fall übrigens nicht informiert.«

»Damit keine Panik entsteht?«

Josef nickt.

Andrea schüttelt den Kopf. »Aber das ist doch Unsinn. Die Fahrgäste haben das doch mitbekommen.«

»Die U-Bahn war leer.«

»Wie?«

»Na, keine Fahrgäste.«

»Kann ich mir kaum vorstellen.«

»Ich auch nicht. War aber so. Die letzte U5 in Richtung Neuperlach. Und die letzten Fahrgäste sind am Innsbrucker Ring ausgestiegen in die U2.«

»Wow, eine leere U-Bahn in einer Millionenstadt!«

»Na, mach München mal nicht größer, als es ist«, meint Karl.

»Okay, keine Presse«, murmelt Harry. »Mann, wenn das durchsickert, dann ist was los!«

»Vor allem, wenn das noch mal passiert«, ergänzt Josef.

Karl sieht in die Runde. »Wird sich der Täter nicht wundern, wenn dann nichts in der Zeitung steht?«

Andrea zuckt mit den Achseln. »Ich weiß nicht. Also, ob er so weit denkt. Er hat das ja zum ersten Mal gemacht.«

»Woher willst du das wissen?«

»Karl, wir wüssten es, wenn es anders wäre.«

»Es werden doch immer wieder mal Leute vor die U-Bahn geschubst.«

»Aber die Täter werden in der Regel erwischt, es gibt immer Zeugen.«

»Okay, da hast du recht. Also gut, der Täter hat das vielleicht zum ersten Mal gemacht. Warum?«

»Wir haben noch kein Motiv«, sagt Andrea, »also keine Verbindung zum Opfer. Vielleicht gibt es eine Vorgeschichte, die wir rauskriegen müssen. Mal sehen, was Christine sagt. Wenn da aber nichts ist und es ein wahlloses Opfer war, müssen wir natürlich völlig anders vorgehen.«

»Aha. Und wie?«, fragt Karl.

»Wir müssen uns in den Täter und seine Gedankenwelt hineinversetzen, versuchen zu verstehen, warum er so was Extremes macht.«

Karl lacht auf. »Bist du jetzt die Fall-Analystin vom CIA oder was?«

Josef sieht ihn scharf an. »Karl, jetzt lass Andrea in Ruhe! Andrea, sprich weiter, was denkst du?«

»Es kann noch mal passieren.«

Karl sieht sie skeptisch an. »Du meinst, ein Serientäter?«

»Vielleicht. Irgendein Gestörter. Sind das eigentlich die einzigen Kameraaufnahmen?«

Josef schüttelt den Kopf. »Nein, draußen gibt es auch Kameras. Wir warten noch auf das Material.«

»Michaelibad«, sagt Harry. »Kurz vor halb zwei. Die letzte U-Bahn stadtauswärts. Geschickt.«

»Wieso?«, fragt Andrea.

»Dann gab's hinterher kein Verkehrschaos.«

Josef nickt langsam. »Wenn es Absicht war – also mit der Uhrzeit –, dann spricht das für einen geplanten Mord. Der Schubser will kein Risiko eingehen. Möglichst wenige oder keine Zeugen.«

Andrea nickt. »Vielleicht mag er kein Chaos, keine Unordnung, sucht die Eins-zu-Eins-Situation.«

»Ach komm, Andrea«, sagt Karl. »Eins-zu-Eins? Von hinten feige schubsen. Und keine Unordnung. Was ist mit dem Hackfleisch auf den Gleisen, du Spitzen-Profilerin?«

»Ich überlege nur laut. Wär super, Karl, wenn du auch mal ein bisschen nachdenkst und nützlichen Input absonderst, anstatt immer nur blöd daherzureden.«

»Fragt sich, wer hier immer blöd daherredet.«

»Ruhe!«, geht Josef dazwischen. »Andrea hat recht. Falls es keine Verbindung zum Opfer gibt, kein konkretes Motiv, dann müssen wir uns auch über solche Sachen Gedanken machen. Aber vielleicht gibt es ja einen Zusammenhang. Wie gesagt, Christine befragt die Frau des Opfers, ob er Feinde hatte, Probleme. Karl, du checkst bitte die ganzen Videodaten, sobald sie da sind, und Harry, du schaust dir mit Andrea den Tatort noch mal genau an. Heute Nacht sah es schlimm aus. Aber die haben alles gereinigt, damit die U-Bahn am frühen Morgen planmäßig starten konnte und keine Gerüchte entstehen oder gar Panik unter den Fahrgästen.«

»Auf was genau sollen wir achten?«, fragt Harry.

»Ich weiß es nicht. Ob in der Nähe der U-Bahn-Station irgendwo so spät noch Leute unterwegs waren, ob da irgendwer was gesehen, gehört, wahrgenommen hat. Ich weiß es auch nicht.«

»Michaelibad. Die Wahrscheinlichkeit ist eher gering«, meint Andrea. »Da draußen ist doch voll tote Hose um halb zwei Uhr nachts.«

»Ach, sag das nicht«, meint Harry. »Am Ausgang stadteinwärts ist ein Kiosk, der bis spät offen hat.«

»Woher weißt du das?«

»Ich hab mal in der Gegend gewohnt.«

»Na, dann los, ihr zwei Hübschen«, sagt Karl und grinst.

Andrea ist froh rauszukommen. Karl geht ihr ordentlich auf den Zeiger. Für den wurde das Wort »Bürohengst« erfunden. Der ist sowieso der festen Überzeugung, dass sich alle Fälle am Computer lösen lassen, im Internet. Arsch immer schön im Trockenen. Glaubt wohl, dass er nach seinem Europol-Ausflug nur noch auf der Metaebene ermitteln muss. Big Data und der Mist. Nein, das Leben setzt sich aus vielen alltäglichen Kleinigkeiten zusammen. Small Data. Karl tut alles, um sich nicht mehr draußen die Hände schmutzig machen zu müssen. Soll er doch. Solange er ihr von der Pelle bleibt, ist das eine gute Sache.

»Nicht dein Fall, was?«, fragt Harry.

»Dieser Fall?«

»Nein, Karl.«

»Ach, der. Was für ein Depp!«

»Lass ihn einfach reden. Ich glaub, der hat Stress zu Hause.«

»Regt dich der Typ nicht auf?«

»Nein, da bleib ich ganz cool.«

»Auch wenn er deine Kakteen vom Fensterbrett räumt?«

»Bleib ich die Höflichkeit selbst.«

»Hey, bist du Buddha oder was?«

»Ja, wär ich gerne.«

Andrea grinst und mustert Harrys fettige Haare, den abgerissenen Parka.

»Du darfst nicht nach Äußerlichkeiten urteilen«, erklärt Harry.

»Da hast du so was von recht.«

»Sonst hätten wir nie Mörder in Maßanzügen.«

»Hatten wir schon welche?«

»Leider viel zu selten.«

»Wie war es denn bei den Kollegen vom Rauschgift? War das die Horizonterweiterung, die du dir vorgestellt hast?«

»Durchaus. Aber ich dachte, da kann man auch was Gutes für die Kids tun. Ich meine, die schlittern da ja irgendwie rein und jemand muss sich doch kümmern. Aber das ist am Ende nicht wirklich der Job der Polizei. Das ist zu romantisch gedacht. Das Klientel da draußen ist schon sehr hart. Auf der Verkäuferseite echt ekelhafte Typen und auf der Käuferseite arme Würstchen, die komplett am Boden sind. Die würden ihre Mütter für Stoff verkaufen. Zittern wie Espenlaub, wenn sie auf dem Trockenen sitzen. Nicht schön das alles. Macht einen sehr nachdenklich. Ja, ich habe viel darüber nachgedacht, warum die Leute das tun, sich mit Drogen das Hirn wegballern. Ich glaube, der Reiz ist der Kontrollverlust. Sich einfach fallen lassen, egal, was gerade ist, was von einem erwartet wird – mit bösem Erwachen.«

»Hey, wir müssen raus!«, sagt Andrea, als sie den Namen der U-Bahn-Station am Bahnsteig liest: Michaelibad. Sie schaffen es gerade noch auszusteigen. Gehen den Bahnsteig ganz nach hinten.

»Hier muss es passiert sein«, sagt Andrea und deutet ins Gleisbett. Dort ist allerdings außer ein paar helleren Stellen, wo offenbar etwas gereinigt wurde, nichts zu sehen.

»Wurde der Zugführer befragt?«, fragt Andrea.

»Laut Josef: ja. Er sagt, dass alles so schnell ging, dass er nichts gesehen hat, dass er nichts machen konnte, dass er nur noch die Notbremse betätigt hat. Der hat einen Schock fürs Leben.«

Sie fahren mit der Rolltreppe hoch. Lauter Verkehr empfängt sie oben.

»Der Kiosk ist da drüben«, sagt Harry.

Andrea sieht zu dem Laden mit dem Lottoschild. Davor ein Gruppe Männer in zweifelhafter Verfassung. Ihre Nahrung: Bier und Zigaretten. Spitzenzeugen, denkt sie. »Was sollen Old Blue Eyes und sein Spezl Old Zitterhand schon sagen: Wie, hicks – ein Mann? Aber ich hab doch zwei gesehen? Oder was sagst du, Bruder? Ganz sicher, hicks!«

»Einen Versuch ist es wert«, sagt sie. Mehr zu sich als zu Harry.

»Hey, Harry, auch mal wieder da?«, lallt einer der Herren zur Begrüßung.

Andrea sieht Harry irritiert an, doch der bleibt ganz cool: »Servus, Dieter. Ich bin dienstlich hier.«

»So? Bist du noch bei der Polizei?«

Die anderen Herrschaften mustern sie jetzt mit einer Mischung aus Abscheu und Interesse.

Harry nickt. »Wart ihr gestern Abend hier?«

»Wie immer«, sagt Dieter.

»Wie lange?«

»Bis Schluss ist.«

»Und wann ist Schluss?«

»Das weiß doch keiner besser als du.«

»Meine aktive Zeit ist vorbei.« Harry sieht einen der anderen Herren an. »Komm, Hubert, hilf uns mal auf die Sprünge!«

»Na, der Horst hat bis eins offen. Und dann trinken wir langsam aus. Also nicht ewig. Ist ja arschkalt.«

»Ist euch nach eins noch was aufgefallen? Ein einzelner Mann vielleicht, der in die U-Bahn rein oder raus ist. Langer Mantel, Baseballkappe.«

»Nein … Doch … Also vielleicht. Was ist mit dem?«

»Wir suchen jemanden, der, äh …«

»Einen Mörder? Du bist doch bei der Kripo, oder?«

»Hubert, ein Mann ist auf die Gleise gefallen. Oder gesprungen. Oder geschubst worden. Wir wissen es nicht genau. Da war ein Zeuge unten auf dem Bahnsteig. Wir haben ihn auf dem Video der Überwachungskamera gesehen. Er hat nicht geholfen, ist einfach verschwunden. Jetzt brauchen wir den Mann, um zu wissen, was da unten passiert ist. Kam denn so spät noch jemand aus der U-Bahn-Station?«

»Da ist einer umgekommen, in der U-Bahn?«

»Ja, habt ihr die Rettungswagen nicht mehr gesehen?«

»Nein, irgendwann müssen wir ja auch ins Bett.«

»Also, war da noch jemand so spät unterwegs?«

»Ja, doch, könnte sein. Ist ja nichts los sonst zu der Uhrzeit. Da kam noch einer. Mit Mantel. Und Mütze. Also, so ein Cappy.«

»Und wo ist der hin?«

»Richtung Haldenseesiedlung.«

»Aha. Sonst noch was?«

»Des kost jetzt aber eine Halbe!«

»Beim nächsten Treffen. Danke, das hilft uns schon mal.«

Hubert versucht ein einladendes Lächeln. Es ist eher ein Grinsen. »Kommst schon mal wieder vorbei, Harry?«

»Bestimmt. Wenn es sich ausgeht. Ich wohn ja jetzt in Schwabing.«

»Ah, Schwabing, der feine Herr.«

»Nordschwabing. Schau mich an.« Harry deutet auf seinen verschlissenen Parka.

Hubert lacht.

Andrea und Harry ziehen Leine.

»Was du für Leute kennst?«, fragt Andrea.

»Frage nicht! Bitte!«

»Nein, tu ich nicht. Was machen wir jetzt?«

»Wir sehen uns in der Haldenseesiedlung um.«

»Wir werden da jetzt nicht an jeder Tür klingeln?«

»Ich hab einen Ausdruck gemacht mit dem Typen drauf. Das Video ist allerdings zu schlecht, als dass man da jemanden zweifelsfrei erkennen kann. Aber zumindest die Statur ... Vielleicht können wir die Anwohner doch fragen? Also nicht jeden natürlich.«

»Wir gucken einfach mal.«

MR. INTERNET

Als sie zurück ins Präsidium fahren, ist Andrea in Grübelstimmung. Die Haldenseesiedlung. Schon oft ist sie da vorbeigekommen, an der Ansammlung niedriger Wohnblocks mit kleinen Fenstern und vielen kleinen Wohnungen. Hatte dabei immer denselben Gedanken: »So beengt möchte ich nicht leben.« Jetzt hat sie es aus der Nähe gesehen. Ganz anderes Gefühl. Etwas heruntergekommen, aber nicht unangenehm, die Siedlung hat auch etwas Dörfliches. Ungewöhnlich in der anonymen Großstadt. Mikrokosmos. Sie

haben nirgends geklingelt, sind einfach durch die Häuser-
zeilen gegangen, haben in ein paar Erdgeschossfenster hi-
neingespäht, in einige Küchen, Wohnzimmer mit Gelsen-
kirchener Barock, der sich gegen die niedrige Decke stemmt.
In dem altmodischen Friseurladen haben sie den Abzug des
Videostandbilds mit dem Täter hergezeigt. Natürlich war
die dicke Friseuse neugierig gewesen, warum sie den suchen. Sie hatten sich hinter irgendwelchen Worthülsen ver-
schanzt: Schlägerei, Körperverletzung … Aber nichts, kein
Erkennen. – »Andrea, aussteigen!« Sie schreckt hoch und
folgt Harry zur Tür.

Im Präsidium ist auch Mr. Internet nicht weitergekom-
men. Keines der anderen Videos liefert ein brauchbares
Bild vom Gesicht des U-Bahn-Schubsers.

»Ihr Mann hatte keine Feinde«, berichtet Christine, die
der Ehefrau des Opfers die schlimme Nachricht überbracht
hat.

»Was hat er denn so spät noch da gemacht?«, fragt Josef.
»Wenn sie auf der anderen Seite des Parks wohnen.«

»Er war Sozialarbeiter. Er hat sich unter anderem um die
Alkis da am Kiosk gekümmert. Und um die Jugendlichen,
die da auch rumhängen. Eher so privat, weil das eben auch
sein Kiez ist.«

»Wie heißt er noch mal?«, fragt Harry.

»Peter Bruckner.«

Harry nickt langsam.

Andrea verzieht keine Miene. Sie verkneift sich die Nach-
frage. Aber klar, Harry kennt ihn.

Josef verteilt die Aufgaben. »Okay. Oder nicht okay. Karl,
du nimmst dir noch die Videos von heute tagsüber vor.«

»Wieso das denn?«

»Weil es den Mörder immer zum Ort der Tat zurückzieht.«

»Den ganzen Tag?«

»Ja, bitte.«

Karl stöhnt. »Das ist eine Unmenge von Daten. Und da muss ich ja zur Leitstelle raus.«

»Kommst du mal an die frische Luft. Ist doch ein schöner Ausflug zum Westfriedhof. Christine, du untersuchst bitte noch ein bisschen genauer das private und berufliche Umfeld von Peter Bruckner.«

»Josef, da kommt nichts mehr. Ich hab mit der Frau gesprochen. Das war eine glückliche Beziehung, die arbeiten beide im sozialen Bereich, die sind engagiert, setzen sich für andere ein. Ich glaube nicht, dass uns das irgendwohin führt. Es passiert doch immer wieder, dass Leute stellvertretend für solche diffusen Racheaktionen herhalten müssen. Erinnert euch an die Geschichte mit dem U-Bahn-Video aus Berlin, wo ein junger Mann einer Frau auf der Treppe wahllos in den Rücken tritt. Ohne jeden Grund.«

»Ähm«, meldet sich jetzt Harry. »Ich wollte es vorhin schon sagen, ich war mir nur nicht sicher. Aber ich glaub, ich kenn ihn, wenn es der Peter Bruckner ist, den ich kenn, also der Peter. Ich hab ja mal da draußen gewohnt am Innsbrucker Ring, also mit meiner Frau. Bis die ausgezogen ist. Es ging mir nicht gut. Ich war gelegentlich an dem Kiosk.«

Karl sieht ihn misstrauisch an. »Du hast gesoffen, oder was?«

»Ja, wenn du es genau wissen willst.«

»Karl, du bist so ein Arschloch!«, murmelt Christine. »Harry, weiter!«

»Jedenfalls war ich da öfters. Und da war auch der Peter, der Sozialarbeiter. Der hat sich ein bisschen gekümmert um die Leute da. War eigentlich nicht sein Job, also nicht sein Zuständigkeitsbereich. Er hat besonders auch nach den Jugendlichen da geschaut. Das sind zum Teil noch halbe Kinder.«

»Und was für ein Typ war dieser Peter genau?«

»Netter Typ, liebenswert, überhaupt nicht die Moralkeule.«

»Kannst du dir vorstellen, dass jemand mit ihm eine Rechnung offen hatte?«

»Nein, das kann ich nicht.«

»Harry, siehst du dir die Leiche auch noch an?«, fragt Josef.

»Hat ihn seine Frau nicht identifiziert?«

»Doch, aber ich will, dass du dir sicher bist, dass wir hier von derselben Person sprechen.«

Harry nickt müde.

»Und was machen wir mit der Info, dass der mutmaßliche Täter in Richtung Haldenseesiedlung gegangen ist? Wohnt er da?«

»Vielleicht.«

»Bruckner wohnte in der Quiddestraße. Meinst du, Täter und Opfer haben sich gekannt?«

»Keine Ahnung, nein.«

»Haldenseesiedlung. Ich kenn das nur vom Vorbeifahren, auf dem Weg ins Michaelibad.« Andrea grübelt. »Was ist das für eine Gegend? Sagt sie uns was über den Täter? Wenn man jetzt so voll psychomäßig arbeiten würde, könnte man natürlich eine steile These aufstellen: Der Typ, also der Täter, wohnt da. Er sieht keine Perspektive, hat keine Chance, da rauszukommen. Schiebt einen Riesenfrust, der sich mit einem Schlag entlädt. An einem Unbeteiligten. Vielleicht gehen ihm die Typen am Kiosk auf den Zeiger, an denen er jeden Tag vorbeimuss. Er hat einen Hass auf den Sozialarbeiter, der sich nur um die Alkis kümmert.

Vielleicht wollte er aber auch selber vor die U-Bahn springen, hat ein ganz geringes Selbstbewusstsein, schafft es dann nicht, muss mit seiner Energie irgendwohin und dreht im letzten Moment den Spieß um: lässt sich nicht mehr herumschubsen, sondern schubst selber.«

»Du spinnst!«, sagt Harry.

»Ja, klar, ich spinn nur rum. Endstation Haldenseesiedlung. Könnte man doch einen schlechten Lokalthriller draus machen.«

»Verarschst du mich jetzt?«, stöhnt Karl.

»Nein, ich denke nur laut nach, was wir mit unseren Puzzleteilchen anfangen können. Nehmen wir mal an, es ist so, wie es auf dem Video aussieht: volle Absicht. Vielleicht spekuliert er auf die ganz große Schlagzeile. Und am nächsten Tag steht nichts in der Presse. Klar, die Morgenzeitungen hätten das eh nicht geschafft, aber die Abendblätter und dann das Radio, das Internet sowieso. Er wird sich fragen: Warum berichtet niemand darüber?«

»Na ja, so schwer verständlich ist das nicht. Nachrichtensperre. Damit es keine Panik in der Stadt gibt.«

»Wird er nicht enttäuscht sein?«

»Ja, vielleicht.«

»Hat er dann nicht Zweifel? Vielleicht an sich selbst, will überprüfen, was geschehen ist?«

»Mann, Andrea, das ist mir zu psycho. Der weiß doch ganz genau, was er getan hat.«

»Ja, okay. Aber trotzdem kann es doch sein, dass er an den Tatort zurückkehrt … Ich fahr noch mal hin«, sagt Andrea. »Ist das okay? Noch ein bisschen nachdenken, mich inspirieren lassen.«

»Ja, klar.« Josef reibt sich die Augen. »Es wäre gut, wenn wir das schnell klären. Denn irgendwas sickert immer durch. Und wenn das in den Medien ist, dann ist die Hölle los.«

»Was ist denn mit dem U-Bahn-Fahrer?«, fragt Christine.

»Der ist im Krankenhaus Bogenhausen.«

»Nicht, dass der mit der Presse spricht.«

»Er ist ja nicht der Einzige, der reden könnte. An der Bergung waren ja zahlreiche Rettungskräfte beteiligt. Also, an die Arbeit!«

SÄURE

Es ist vier Uhr nachmittags. Andrea fährt nicht gleich noch mal an den Tatort, sondern macht einen Zwischenstopp zu Hause. Paul ist nicht da. Das schmutzige Geschirr sehr wohl. Sie schreibt einen neuen Zettel »Abwasch! Oder! Du! Fliegst! Raus!«, setzt Kaffee auf und geht in ihr Zimmer, legt sich aufs Bett. Einen Moment nur. Sie schläft sofort ein.

Sie schnuppert. Stechender Geruch. Sie springt auf. Stürzt in die Küche. Die kleine Herdplatte glüht. Andrea traut sich nicht, den Plastikgriff der Alukaffeekanne anzufassen. Verdammter Mist! Herd anstellen und einschlafen! Geht gar nicht! Könnte sonst was passieren. Sie sieht auf die Uhr. Viertel nach sieben. Sie wollte doch noch zum Michaelibad fahren. Lohnt sich das noch? Sie gähnt. Jetzt wagt sie es doch, die Kanne mit einem Topflappen vom Herd zu nehmen. Sie gießt den verbliebenen pechschwarzen Rest in eine Tasse und füllt das Ganze mit sehr viel Milch auf. Probiert. Bah! Batteriesäure! Die sie gleich ins Waschbecken spuckt. Zumindest ist sie jetzt hellwach. Sie trinkt ein großes Glas Wasser. Hunger. Keine Zeit. Macht sie unterwegs. Sie klebt den Abwaschzettel an Pauls Zimmertür und verlässt die Wohnung.

Draußen schneidender Wind. Bei *Alis Grill* holt sie sich noch einen Döner ohne scharf und geht zur U-Bahn-Station. Lässt sich Zeit, damit sie den Döner nicht mit in die Bahn nehmen muss. Ihr fällt ein, dass sie den ganzen Tag nicht bei Tom angerufen hat. Er hat sich aber auch nicht bei ihr gemeldet. Vielleicht traut er sich nicht? Quatsch. Er hätte schon mal anrufen können! Na ja, gestern hatte sie sein Angebot, sie in die Remise zu begleiten, ziemlich schroff abgelehnt. Vielleicht ist er beleidigt? Tja. Egal.

Der Zug ist sehr voll. Sie kann mit der U5 bis zur Station Michaelibad durchfahren. Am meisten ist am Hauptbahnhof und am Ostbahnhof los. Am Innsbrucker Ring steigen viele um. An der Station Michaelibad herrscht reger Betrieb. Sie steigt aus und setzt sich auf eine Bank am Bahnsteig. Wartet. Auf was? Dass er kommt? Aber er kommt nicht. Zumindest sieht sie niemanden, der ihre Neugier erregt. Der Bahnsteig füllt und leert sich in regelmäßigen Abständen. Viele Fahrgäste mit Badesachen oder nassen Haaren. Hat das Schwimmbad so spät noch offen? Sieht so aus. Endlosschleife der bunten Beamer-Bilder der Citywerbung. Andrea gähnt. Keine tollen Gedanken, keine kreativen Ideen. Ja, so ist das mit der Super-Profilerin. Am Tatort fällt ihr nichts ein. Sie geht zu dem Automaten und begutachtet die Auswahl an Snacks und Getränken. Nichts, worauf sie Lust hätte.

Sie wartet noch jeweils eine Bahn aus jeder Richtung ab, dann geht sie zur Rolltreppe und fährt nach oben. Steuert den Kiosk an. Eine ansehnliche Menschentraube. Ein paar Jugendliche haben sich mit ihren Bierflaschen auf dem Abluftgitter der U-Bahn niedergelassen. Gerade fährt unten ein Zug durch, das zottelige Fell eines Hundes, der auch auf dem Gitter liegt, wird geföhnt.

»Na, alles klar?«, versucht es Andrea.

Ein Mädchen mit rasierten Schläfen sieht sie misstrauisch an. »Was willst du?«

»Kennt ihr den Peter?«

»Was für'n Peter?« Sie zieht gelangweilt an ihrer Zigarette.

»Der Typ, der ab und zu hier vorbeikommt. Der Sozialarbeiter.«

»Was willst du?«

Andrea zieht ihren Dienstausweis raus.

»Ach du Scheiße. Hör zu, Bullentante, dir sagen wir überhaupt nix!«

»Und ich nehm dich Großmaul gleich mit aufs Präsidium und ruf deine Eltern an, wenn du nicht ein bisschen kooperativer bist. Ist das klar? Kennst du Peter?«

Das Mädchen nickt. Andrea dreht sich zu den anderen. »Ihr kennt Peter auch?«

Die Jugendlichen nicken.

»Okay, wann habt ihr ihn das letzte Mal gesehen?«

»Gestern Abend«, sagt das Mädchen. »Keine Ahnung, wann genau. Ziemlich spät. Ist was mit Peter?«

»Ich stell die Fragen. Wo ist er hin?«

»Keine Ahnung. Nach Hause. Vorher noch mal zum Kiosk rüber.«

»Kennt ihr die Typen vom Kiosk?«

»Nicht wirklich«, meint jetzt ein pickliger Junge mit schwarzer Lederjacke. »Die Alkifressen. Was ist jetzt mit Peter?«

»Nichts. Er ist verschwunden. Seine Frau sucht ihn. Ihr kommt gut klar mit ihm?«

»Ja, der ist okay.«

Andrea zückt eine ziemlich verknitterte Visitenkarte.
»Könnt ihr mich anrufen, wenn ihr irgendwas zu Peter
hört?«

»Zu Peter?«

»Ihr wisst schon. Wo er, äh, ist …«

»Auch wenn er vorbeikommt?«

»Äh … Ja, klar.«

Andrea geht zu den Kiosk-Trinkern rüber. Fühlt sich
nicht ganz wohl wegen der Lüge, die sie den Kids mehr
oder weniger aufgetischt hat. Dass Peter am Leben ist. Sie
kauft sich ein Pils und stellt sich zu den anderen. Die mustern sie misstrauisch und drehen sich weg.

Nicht so eine angetrunkene Frau um die 50. »Hey, bist
neu hier im Viertel?«

»Nein, nur durstig.«

»Aha?«

»Ich such einen alten Bekannten. Den Peter. Sozialarbeiter.«

»Ah, der Peter. Feiner Kerl. Kommt ab und zu vorbei.«

»Hey, du warst doch heute schon mal da, mit Harry?«,
mischt sich jetzt ein Mann ein.

»Ja, jetzt bin ich noch mal da.«

»Was ist mit dem Peter?«

Andrea sieht auf ihre Uhr, stellt die noch halb volle Flasche auf den Bistrotisch. »Sorry, ich muss los.«

Sie ist froh, als sie wieder unten im U-Bahnhof ist. Das
war uncool. Aber was hätte sie sagen sollen? Noch mal so
tun, als lebte Peter noch? Irgendwann werden es die Leute
hier erfahren. Sehr bald schon. Dass letzte Nacht jemand
auf die Gleise »gestürzt« ist, wissen sie ja schon von Harry.
Ja, Josef hat völlig recht. Sie sollten schnell zu einem Er-

gebnis kommen. Eine halbe Stunde gibt sie sich heute noch.

Andrea setzt sich unten auf dem Bahnsteig wieder auf eine Bank und wartet ab. Wieder das An- und Abschwellen der Fahrgastzahlen. Allerdings erheblich weniger als vorhin noch. Ihre Augen folgen den ein- und ausfahrenden U-Bahnen. Sie wartet noch zwei weitere ab, dann ist sie bedient. Viel ist nicht dabei rausgekommen. Außer dass so ein U-Bahnhof ein ungemütlicher Ort ist. Denn irgendwie fühlt sie sich beobachtet. Auch wenn da niemand ist, der sie beobachtet. Oder? Vielleicht sind es nur die Videokameras. Die blöden Videokameras. Sehen alles und doch nichts.

MAL WAS ANDERES

In der Wohnung ist es still. Das schmutzige Geschirr ist weg. Wenigstens das hat geklappt. Andrea horcht an Pauls Zimmertür. Dahinter leise Musik. Ist er allein?

»Hi, Paul.«

»Hi, Schwesterherz.«

»Was machst du?«

»Aufräumen.«

Sie sieht ihn erstaunt an. Denn er liegt auf dem Teppich.

»In meinem Kopf.«

»Aha. Müsste ich auch mal. Danke fürs Abwaschen.«

»War schwierig. Den Tontopf musste ich entsorgen. Tut mir leid.«

»Was? Die Tajine! Die ich eigenhändig aus Marokko ...!«

»Nur Spaß. Wie war dein Tag?«

»Komisch. Anstrengend. Ich hab viel Böses gesehen. Gestern schon.«

»Na ja, das liegt an deinem Job.«

»Mag sein. Und du?«

»Ein merkwürdiger Tag. Wollen wir noch ein Glas trinken? Ich glaub, von Papas Weinflaschen ist noch eine da.«

Andrea findet auch noch eine Tüte Salzstangen im Küchenschrank. Ach, eigentlich ist sie froh, dass Paul bei ihr wohnt. Vor allem nach so einem Tag. Am liebsten würde sie ihm erzählen, was gestern und heute alles passiert ist, aber das geht ja nicht. Erst wenn beide Fälle abgeschlossen sind. Aber irgendwie ist sie froh, mal nicht über ihren Job reden zu müssen. Sie kann auch zuhören. Mal was anderes hören. Und Paul hat ja immer viel zu berichten. Von der Party bei den Künstlern, dem Sonnenaufgang auf den Stufen der Feldherrnhalle, dem Hofgarten im Morgendunst und dann noch von dem Managementvertrag.

»Du hast also wirklich unterschrieben?«, fragt Andrea.

»Hab ich. Nägel mit Köpfchen. Jetzt wird endlich mal Geld verdient.«

»Hast du den Vertrag noch deinem Jura-Spezl gezeigt?«

»Nein, dazu bin ich nicht mehr gekommen.«

»Aber du hast ihn vorher schon noch durchgelesen?«

»Logisch.«

Andrea lacht los. Paul sieht sie verdutzt an, dann lacht auch er. »Ich bin kein Jurist. Also, was soll ich da lesen? Prost! Auf den Vertrag!«

Sie hebt ihr Glas und sie stoßen an.

»Auf dich, auf deinen Erfolg«, sagt Andrea.

»Auf die beste Schwester von allen!«

Sie trinken beide einen großen Schluck und grinsen sich an. Plötzlich schlägt sich Paul an die Stirn. Er springt auf und ist kurz darauf mit einer Jeansjacke zurück. Fummelt etwas aus der Brusttasche. Ein Bündel Zettel und Visitenkarten.

Er breitet die Papiere auf dem Küchentisch aus. »Wo ist sie?«

»Was suchst du denn?«

»Ha!« Er schiebt ihr eine Visitenkarte hin.

Sie liest: »Johann von Warth. Tölzer Papiermanufaktur – Nennt man das jetzt so? Früher hieß das Fabrik. Du hast Joe getroffen?«

»Er hat mich getroffen. Also echt. Beinahe. Voll der Zufall. Ich komm von Chris, steig am Sendlinger Tor aus der Tram und geh zum Musikhaus Hieber-Lindberg, um Gitarrensaiten zu kaufen, da fährt er mich fast über den Haufen. Bei der Tankstelle. Fetter Maserati. Ich fang schon an zu schimpfen, da geht die getönte Seitenscheibe runter und Joes Kopf taucht auf.«

»Und dann?«

»Bin ich eingestiegen und wir sind ins Café Jasmin gefahren.«

»Das Jasmin. Wahnsinn, da war ich seit Jahren nicht mehr.«

»Sieht immer noch komplett gleich aus. Und dann haben wir eine Stunde geratscht. Über alte Zeiten. Er wollte natürlich wissen, was du machst, wie es dir geht.«

»Und wie geht es ihm? Leitet er jetzt die Fabrik?«

»Sieht ganz so aus. Jedenfalls Top-Anzug, und das Auto, na ja, so was von geil!«

»Maserati, sagst du?«

»Geile Karre. Macht 280 Sachen. Und Joe fährt immer noch wie ein offenes Messer. Die paar Meter zum *Jasmin* rüber hätt ich mir fast in die Hosen gemacht.«

»Verheiratet?«

»Du stellst Fragen.«

»Und?«

»Nein, nicht verheiratet. Als Fabrikant bleibt einem offenbar nicht viel Zeit für die Liebe.«

»Hat sich der Alte denn ganz aus dem Geschäft zurückgezogen?«

»Aus der Fabrik bei Tölz zumindest. Macht aber jetzt auch so internationale Geschichten. Joe hat die Fabrik bei Tölz. Er hat den ganzen Laden umgekrempelt. Ökologisch korrekt. Hat irgendeine Auszeichnung bekommen für umweltbewusste Papierherstellung.«

»Und fährt Maserati.«

»Das Schöne mit dem Guten verbinden. Papiermäßig ist er jedenfalls voll auf dem Öko-Trip.«

»Damit gewinnt er mich auch nicht zurück.«

Paul lacht. »Ist es daran gescheitert?«

»Nein, aber in der Summe war das auch ein Grund.«

»Wie lange wart ihr damals zusammen?«

»Sechs Jahre, vier Monate und zwei Tage.«

Paul sieht sie verdutzt an, dann lachen sie beide.

»Er wollte mich heiraten«, sagt Andrea. »Also ganz im Ernst. Er hat mir einen Antrag gemacht.«

»Das hast du mir nie erzählt.«

»Du warst damals noch ein kleiner Stöpsel, den das nicht die Bohne interessiert hätte. Und er hat noch keine Familie, sagst du?«

»Außer der, die du kennst. Aber weißt du, wer heiratet?«

»Nein, wer?«

»Michi, sein kleiner Bruder.«

»Der Michi. Wahnsinn! Der war gerade mal 15, als wir uns getrennt haben. So ein hübscher Junge.«

»Der hübsche Junge ist jetzt auch schon 26. Für mich war Michi immer der große Held. Der hat sich nie was geschissen. In diesem gelackten Bonzenhaushalt auf der Burg.«

»Wohnen die da alle noch?«

»Klar, warum sollten die da weg? Von so was träumt doch jeder. Wenn du Joe geheiratet hättest, würdest du jetzt auch da wohnen.«

»Nein, danke.«

»Joe hat mich gefragt, ob ich auf Michis Hochzeit spielen will. Das wäre eine Riesenüberraschung für Michi.«

»Und, hast du zugesagt?«

»Na logisch. Und du kommst mit!«

»Vergiss es! Keine zehn Pferde bringen mich dahin.«

»Doch. Du musst deinen alten Dämonen in die Augen schauen. Und als Sieger vom Platz gehen. Und vor allem: Spaß haben!«

»Das ist nicht meine Vorstellung von Spaß!«

»Hey, Andrea, komm, das war doch eine echt schöne Zeit damals. Weißt du noch, wie wir den einen Sommer auf der Burg waren, als der Hausherr samt Gattin in Übersee war?«

Andrea nickt mit leuchtenden Augen. »Ja, der Sommer war echt schön!«

1., 2., 3.

Andrea kann nicht einschlafen. Zu viele Dinge gehen ihr durch den Kopf. Joe – den hat sie bestimmt zehn Jahre lang nicht gesehen. So lange ist der Big Bang jetzt her. Die Trennung hat wehgetan, aber sie hat es keinen Moment bereut. Der Reichtum von Joes Familie war ihr immer unheimlich gewesen. Gibt es Reichtum ohne Dreck am Stecken, ohne Ausbeutung anderer, ohne Verschmutzung der Umwelt? Nein, das glaubt sie nicht. Bis heute. Joe in einem Maserati! Klar, auf Paul macht so was Eindruck. Auf sie nicht. Wobei sie schon neugierig ist – wie sieht Joe heute aus, was denkt er, wie spricht er? Und der kleine Michi heiratet – Respekt! Jetzt fällt ihr Tom ein. Ob er sauer ist, weil sie sich den ganzen Tag nicht gemeldet hat? Ach … So viele Gedanken.

Aber das ist es nicht allein, irgendwas stimmt nicht. Sie steht auf und geht in die Küche, zuckt zusammen, als der Boiler plötzlich anspringt. Sie sieht aus dem Fenster auf die Straße hinaus. Das gelbliche Licht der Straßenlaternen lackiert alle Autos gleich. Ist da wer? Nein, da ist niemand auf der Straße. Es ist halb drei. Warum denkt sie, dass da jemand sein könnte? So ein komisches Gefühl. Auf dem Heimweg in der U-Bahn fühlte sie sich beobachtet. Von wem? Warum? Tom? Wie kommt sie jetzt auf die Idee? Nein, so weit geht seine Eifersucht nicht. Überhaupt: welche Eifersucht? Es gibt keinen anderen Mann. Nur einen alten. Joe. Ja, vielleicht wäre ein Treffen mal ganz schön. Sie ist eine Frau mit Vergangenheit – denkt sie und lacht leise.

Sie reißt sich einen Zettel vom Einkaufsblock runter und setzt sich mit einem Kuli an den Küchentisch.

1. Tom treffen (privat)
2. Nicht länger als bis 20 Uhr arbeiten
3. Mehr unternehmen (ins Kino?)
4. Mehr gesunde Sachen essen
5. Mal wieder ein Buch lesen (wann?)
6. Joe treffen (vielleicht)
7. …

PSYCHO

Die Teamsitzung im Präsidium ist frustrierend. Sie haben nicht die geringste Spur von dem U-Bahn-Schubser. Und alle ahnen es – es ist nur eine Frage der Zeit, bis das an die Presse durchsickert. Christine gibt den anderen noch einen kurzen Überblick zu Peter Bruckners privatem und beruflichem Umfeld, soviel sie an seinem Arbeitsplatz herauskriegen konnte. Keine Anhaltspunkte für Rivalitäten, Auseinandersetzungen, Feindschaften. »Er war bei den Kollegen allseits beliebt«, schließt sie.

»Hast du ihnen erzählt, was passiert ist?«, fragt Andrea.

»Ich hab von einem tragischen Unfall gesprochen, bei dem es darum geht, Fremdverschulden auszuschließen.«

»Keine Nachfragen?«

»Doch, natürlich. Ich hab gesagt, dass ich dazu keine Auskunft geben kann. Und bei euch?«

»Ich hatte gestern das Gefühl, dass mich jemand beobachtet.« Andrea beißt sich auf die Zunge. Zu spät.

Karl fletscht die Zähne. »Oh, du hattest ein Gefühl?«

»Klappe, Karl!« Christine dreht sich zu Andrea. »Wie meinst du das?«

»Ich war noch mal im U-Bahnhof und als ich wieder los bin, hatte ich ein komisches Gefühl.«

»Gefühle bringen uns nicht wirklich weiter. Hast du jemanden gesehen?«, fragt Josef.

Andrea denkt daran, wie sie in der Nacht von der Küche auf die Straße runtergeschaut hat, und hört sich leise sagen: »Nein, niemanden.«

Als sie später im Hof beim Rauchen steht, kommt Christine zu ihr raus, zündet sich auch eine Zigarette an. »Mach dir nichts draus, Karl ist halt ein Arsch.«

»Das kannst du laut sagen.«

»Aber er ist ein guter Ermittler.«

»So?«

»Wir hatten mal einen Fall mit einem Typen, der Frauen gequält, getötet und dann im Isarkies verscharrt hat. Hinten bei der Großhesseloher Brücke. Sehr unappetitlich. Karl hat das fast im Alleingang gelöst.«

»Lass mich raten – er konnte sich genau in die Psyche des Täters reinversetzen?«

»Hey, komm, Andrea.«

»Voll mein Ernst. Der geht mir so was von auf den Zeiger. Ich bin keine 19 mehr. Ich mach den Job auch schon ein paar Jahre.«

»Ich glaub, der kompensiert irgendwas. Stress zu Hause. Mit seiner Frau.«

»Das gibt ihm noch lange nicht das Recht, andauernd rumzupissen.«

»Vergiss den Heini. Was ist mit Tom?«

»Was soll mit ihm sein? Sind wir hier auf der Partner-börse?«

»Huh, schlecht gelaunt, was? Also, ich bin raus.« Christine drückt ihre Kippe im Sand des großen Aschenbechers auf dem Mülleimer aus und verschwindet nach drinnen.

Andrea geht auch rein, setzt sich an ihren Schreibtisch, starrt in den Monitor. Gut 30 ungelesene Mails. Die bearbeitet sie jetzt. Nein, noch nicht gleich. Sie gibt den Begriff »U-Bahn-Schubser« in Google ein. 25 000 Treffer. Sie schaut in der Rubrik »Videos«. Immerhin noch 2000 Treffer. Nein, sie will sich das jetzt nicht ansehen. Schubsen in der U-Bahn – offenbar geradezu ein Volkssport. Warum? Machtfantasien, Frust, Aggression? Versteht sie ja noch als mögliche Motive. Irgendwie. Aber in ihrem Fall zeigt das Video aus der U-Bahn-Station Michaelibad eine erschreckende Beiläufigkeit. Als würde jemand nur überprüfen wollen, ob das Licht auch wirklich ausgeht, wenn man es ausknipst. Andrea überlegt. Probiert es der Täter einfach aus, hat er keinerlei Bezug zum Opfer, will er nur sehen, was passiert, wie es sich anfühlt? Ist sie mit dem Gedankengang automatisch bei einer geknechteten Seele, die sich selbst ermächtigt zum Bestimmer über Leben und Tod? Oh Mann – was soll der ganze Psychoscheiß? Vielleicht ist es viel simpler. Als Kinder hatten sie sich ja immer wieder ausgemalt, wie denn das perfekte Verbrechen, der perfekte Mord aussehen könnte. Sieht sie heute noch genauso – in Grundzügen: Niemand würde einem auf die Spur kommen, wenn es kein plausibles Motiv gibt, keine zwischenmenschlichen Beziehungen bei Täter und Opfer. Ein Angriff aus dem Off und nach der Tat wieder abtauchen. Spurlos. Und die Masterminds von der Polizei beißen sich die Zähne aus mit ihren Theorien, Psychogrammen, selbst gestrickten Motiven. Im aktuellen Fall glaubt sie tatsächlich nicht an ein konkretes Motiv, zumindest keines, das sich auf Peter Bruckner als Person beziehen lässt. Der war einfach zur falschen Zeit am falschen Ort. Als Sozialarbeiter war er einer von den Guten, einer, der sich kümmert, dem man dankbar sein muss, weil man sich selbst lieber wegdreht, wenn man all das Elend auf der Straße sieht, die Typen, die besoffen rumliegen und nach Urin stinken. Wo also ansetzen?

»Hast du keinen Hunger?«

»Was?« Sie sieht von ihrem Schreibtisch auf.

Tom schaut sie fragend an. »Gehst du mit mir essen?«

»Oh, Tom, sorry, ich war gerade komplett in Gedanken versunken.«

»Die U-Bahn-Geschichte?«

»Ja, schlimme Sache.«

»Und, was denkst du?«

»Glaubst du, dass jemand ein Verbrechen begeht, nur weil er sehen will, ob er es kann?«

»Logisch.«

»Wie, logisch?«

»Na ja, es kann tausend Gründe geben. Wenn du Komplexe hast, aber sehr clever bist, und dich jemand demütigt, dann kann es sein, dass du dir selbst etwas beweisen willst. Dass du eine Grenzübertretung hinbekommst, einen Tabubruch.«

»Ja. So seh ich das auch. Und jetzt hab ich Hunger. Ich lad dich ein.«

»Wir könnten den neuen Italiener auf der Ecke ausprobieren?«

»Nix da. Gutes, gehaltvolles Kantinenessen. Bist du jetzt auf dem Gourmet-Trip?«

»Gutes Essen ist wichtig.«

»Das nächste Mal. Ich hab nicht viel Zeit. Also, Kantine? Ja oder nein?«

»Mit dir geh ich überallhin.«

»Bist du dir sicher?«

Wenig später sitzen sie in der Cafeteria. Mit Leberkässemmeln.

»Sorry«, sagt Andrea mampfend, »ich konnte auch nicht wissen, dass die ausgerechnet heute nur Blut- und Leberwürste oder Linseneintopf haben.«

»Alles gut. Eine Leberkässemmel ist eine ehrliche Sache. Sag mal, was ist jetzt eigentlich mit Pauls Weltruhm?«

»Neuerdings hat Paul einen Manager, der das Geschäftliche regelt. Der tütet für Paul bestimmt den Mega-Deal ein.«

»Na dann.«

»Und er hat eine neue Freundin. Madelaine. Französin, bildhübsch.«

»Hey?« Tom grinst sie an.

»Ja, da leuchten deine Augen.«

»Nur für dich. Du kannst es mir gerne noch im Detail erzählen. Hast du Lust auf Ausgehen heute Abend?«

»Ich weiß noch nicht, ich bin ein bisschen groggy. Die letzten zwei Tage waren arg. Ich ruf dich an, okay?«

»Okay.«

»Hey?«

»Ja?«

Sie küsst ihn.

ZART

Paul streicht über Madelaines Rücken. So zart. Ihre helle Haut. Die lustigen Sommersprossen auf den Schultern. Die braunen Locken. Im Gegenlicht sieht er den rötlichen Glanz. Madelaine. Wo kommt sie her, wo geht sie hin, wer ist sie überhaupt, ist sie echt, ist sie ein Traum? Er sieht zum Fenster, die flache Nachmittagssonne, die Schlieren auf dem schlecht geputzten Glas, der blaue Himmel dahinter. Er möchte nur eins: dass dieser Augenblick ewig dauert, nie vergeht, mit all seiner Schönheit. Ist ein Widerspruch. Ein Augenblick währt nur einen Augenblick. Weiß er. Aber er liebt Widersprüche. Er muss an Andrea denken. Als er noch klein war, hat er sie vergöttert, seine große Schwester. Jetzt wohnt er bei ihr. Der Abend gestern war so schön mit ihr. In Jugenderinnerungen schwelgen. Jetzt fällt ihm auf, warum er seine zwei Frauen zusammenbringt. Weil sie ihm etwas schenken, was er eigentlich gar nicht verdient hat: blindes Vertrauen. Andrea, obwohl sie ihn kennt, obwohl er dieses Jahr schon so viel Scheiße gebaut hat. Madelaine, obwohl sie ihn noch gar nicht kennt. Aber er wird sie nicht enttäuschen. Beide nicht. Er schlüpft aus dem Bett und greift zur Gitarre. Fährt ganz leise über die Saiten, betrachtet dabei Madelaine. Die sich jetzt streckt und umdreht, die Augen nicht öffnet, nur den Mund: »Spiel für mich.«

AUFMACHER

Andrea hat den ganzen Nachmittag recherchiert. Über Straftaten in der U-Bahn. In der Regel sind die Beteiligten Jugendliche, Betrunkene oder Leute mit einem rechtsextremen Hintergrund, also im schlimmsten Fall gibt es politische Motive. Nichts, was auf ihren U-Bahn-Schubser oder das Opfer irgendwie passen würde. Zumindest ihrer Einschätzung nach. Offenbar hat der Täter genau den richtigen Moment abgepasst, um Bruckner vor den Zug zu stoßen. Und wenn es keine Verbindung zwischen Opfer und Täter gibt, wenn es um den reinen Mechanismus der Tat geht, dann wird es nicht bei diesem einen Mal bleiben. Das sagt ihr Bauchgefühl. Und da schwingt eine gute Portion Hilflosigkeit mit. Es gibt in München und Umgebung über 200 U- und S-Bahnhöfe. Und zahllose Trambahn- und Bushaltestellen. Ein weites Feld. Unendlich weit.

Sie betrachtet noch einmal das Standbild aus der U-Bahn Michaelibad. Eine Person, offenbar männlich, etwa 1,80 m. Alter? Könnte alles sein zwischen 20 und 60. Sie lässt das Video laufen. Der Mann bewegt sich ganz normal. Keine Auffälligkeiten. Kennt er die U-Bahn-Station gut? Liegen Tatort und Wohnort des Täters nahe zusammen? Sie glaubt schon. Die Haldenseesiedlung? Oder wohnt er ein paar Stationen weiter in den großen Blocks an der Quiddestraße? Wie Bruckner. Schwierig. Wie soll man das rauskriegen? Sollen sie doch von Tür zu Tür gehen und den Leuten das Standbild unter die Nase halten, den männlichen Bewohnern in die Augen schauen, ob sich da etwas rührt – Erkennen, Schuldbewusstsein, Angst? Wie sollen sie ihn erkennen? Haltung, Schuhe, Mantel, Baseballcap – alles nichtssagend, normal.

Den Täter provozieren – wäre das eine Möglichkeit? Mit einem ersten Hinweis an die Presse rausgehen, vielleicht sogar mit einem angeblichen Fahndungserfolg, um ihn aus der Reserve zu locken. Damit er reagiert. So von wegen: Hey, ihr habt den Falschen! Nein, das geht gar nicht. Am Ende ermutigt ihn das erst zu einer weiteren Tat. Das ist im Moment wohl eh die wichtigste Frage: Wird er es wieder tun? Hat er Gefallen daran gefunden? Vielleicht ist er jetzt enttäuscht, dass er kein Publikum, keine Aufmerksamkeit bekommen hat? Die Parameter der Tat – die Zeit, der leere Zug –, die lassen sich kaum wiederholen. Es ist sehr unwahrscheinlich, dass ein Zug komplett leer ist. Aber auch beim ersten Mal muss er mit Zeugen gerechnet haben. Nicht nur mit dem Fahrer der U-Bahn.

»Jetzt haben wir die Kacke am Dampfen«, sagt Josef und holt Andrea und Harry aus ihrem Schreibtisch-Orbit. »Sind Christine und Karl noch unterwegs?«

»Karl ist noch bei der U-Bahn-Leitstelle und Christine bei Aschenberger.«

»Aha, was will Asche?«

»Keine Ahnung. Hat vorhin angerufen und sie zu sich hoch bestellt. Sie wusste auch nicht, warum. Und was ist mit dir? Wo dampft die Kacke?«

»Geh mal auf SZ-Online.«

Andrea tut es und sieht gleich den Aufmacher im Lokalteil. Mit einem Standbild des U-Bahn-Schubsers.

»Scheiße«, sagt auch Harry. »Wo haben die das Bild her?«

»Das kann ja nur aus den Beständen der Videoaufzeichnungen der Leitstelle sein. Aber von wem?«

»Aber deren Mitarbeiter geben so was doch nicht raus?«

»Sagt deren Chef auch. Aber das Zeug liegt ja alles auf irgendwelchen Servern. Da kommen bestimmt eine Menge Leute dran. Wenn sie nur wollen und es können. Wenn sich da jemand Zugang verschafft und sich die Videodateien zieht ... Aber das ist im Moment nicht unser vordringliches Problem. Scroll mal runter.«

Andrea scrollt ans Ende des Artikels und weiß sofort, was Josef meint. Das Wort »Vertuschung« springt sie geradezu an. »Das geht gegen die MVG und gegen uns.«

»Na ja, das ist jetzt trotzdem noch das kleinere Übel«, meint Josef. »Schlecht ist doch vor allem, dass sich jetzt keiner mehr in der U-Bahn sicher fühlt. Es steht nicht nur in der SZ. Auf den Websites von TZ, AZ und Merkur stehen Schlagzeilen wie: ›Mord in U-Bahn, Panik in Millionenstadt, Polizei ahnungslos‹. Genau das wollten wir vermeiden. Hat nur ein paar Tage geklappt. Zumindest steht in den Artikeln nicht, wo es passiert ist.«

»Sieht man auch nicht auf dem Standbild«, sagt Harry. »Auch die Linie an der Zugfront nicht.«

Andrea schüttelt den Kopf. »Na ja, wer das Video gezogen hat, wird es wohl wissen. Und jemand, der sich richtig gut mit der U-Bahn auskennt, wird die Station wiedererkennen …«

»Autor und Informant offenbar nicht«, sagt Josef. »Sonst stünde es drin.«

»Noch nicht. Vielleicht einfach sehr schnell gestrickter Artikel«, meint Harry. »Da kommen bestimmt noch detailliertere. Wir müssen die Journalisten fragen, die das geschrieben haben. Wo sie ihre Infos herhaben.«

»Vergiss es. Quellenschutz. Und am Ende löchert dich der Autor des Artikels, was wir in dem Fall unternehmen, was wir für einen Ermittlungsansatz haben.«

Josef nickt. »Das wird in irgendeiner Form eh passieren. Ich schätz mal, dass Aschenberger eine Pressekonferenz macht, machen muss. Und danach werden wir unter Pressebeobachtung stehen. Und unter Erfolgsdruck.«

Christine betritt das Büro. »Josef, der Chef wünscht, dich zu sprechen.«

»Was hast du denn bei ihm gemacht?«

»Das war privat.«

»Aha.«

»Er hat Rückenschmerzen und wollte von mir wissen, ob ich ihm einen guten Osteopathen empfehlen kann.«

»Na super.«

»Wenn du echte Probleme mit dem Rücken hast, greifst du nach jedem Strohhalm. Jedenfalls hat er gerade erfahren, dass die Presse von unserem Fall Wind bekommen hat.«

»Er will eine Pressekonferenz machen, oder?«

»Er muss. Gehst du zu ihm?«

»Jetzt gleich?«

»Jetzt gleich.«

»Was bleibt mir übrig«, seufzt Josef. »Ihr drei strengt bitte eure Köpfe an, in welche Richtung wir ermitteln. Wenn Karl wieder da ist, besprechen wir uns. Vielleicht hat er ja irgendwas für uns, irgendein Video, das noch irgendwas zeigt, was für uns irgendwie wichtig ist.«

»Das waren jetzt definitiv zu viele Irgendwas und Irgendwies«, sagt Andrea, als Josef schließlich zu Aschenberger abgezogen ist.

DÜSE

Andrea verlässt nach der Pressekonferenz am frühen Abend unzufrieden das Präsidium. Aschenberger hatte ihnen vor der PK noch seine Aufwartung gemacht. Rumgestresst. Klar, ihm geht die Düse wegen der Presse. Vertuschung! Aber Josef war ganz cool geblieben, schließlich hatte Aschenberger ja selbst angeordnet, dass die Sache nicht an die Presse geht.

Zum Glück haben sie auf der Pressekonferenz den Tatort »aus Ermittlungsgründen« auch weiterhin nicht bekannt gegeben. Es ist allerdings nur eine Frage der Zeit, bis bekannt wird, um welche Station es sich handelt. Wenn das ganze Video veröffentlicht wird, kann man eh die U-Bahn-Linie an der Frontseite des Zugs ablesen.

Andrea geht nicht direkt nach Hause, sondern steigt in die U-Bahn Richtung Neuperlach. An der Station Michaelibad sieht sie die Meute sofort. Es ist schon passiert. Fotografen und ein Fernsehteam im Clinch mit den Leuten von der U-Bahn-Wache, die versuchen, Filmaufnahmen zu verhindern. Unwillkürlich muss Andrea grinsen. Unangebracht.

Beide Parteien machen hier ihren Job. Und es gibt nichts zu sehen. »Tja, Leute, da seid ihr zu spät«, murmelt sie. Sie hält sich von dem Tross fern. Nicht, dass einer der Journalisten sie noch erkennt. Sie dreht bei und verlässt den Bahnhof über die hintere Rolltreppe. Blickt oben zum Kiosk hinüber. Wieder lungern dort die üblichen Verdächtigen am Kiosk herum. Nur eine Frage der Zeit, bis die Journalisten die Bistrotischabhänger fragen, ob sie was gesehen haben in der besagten Nacht. Und wer weiß, was die Schnapsdrosseln dann singen.

Andrea geht die Bad-Schachener-Straße stadteinwärts. Sieht in die erleuchteten Fenster der kleinen Häuserblocks. Sie sieht die Absperrbänder. Jetzt erkennt sie, dass der hintere Block bereits zur Hälfte abgerissen ist. Das Haus schaut aus wie nach einem Erdbeben, man blickt in halbierte Zimmer mit scheußlichen Tapeten, die Auslegware hängt in großen Fetzen über die Abrisskante der Fußböden im ersten Stock. Vielleicht haben da Leute in der Wohnung 30, 40 Jahre lang gelebt. Bis vor Kurzem. Und jetzt? Wo sind sie hin? Vielleicht auf die andere Straßenseite, wo noch vor ein paar Jahren dieselben Blocks standen und jetzt gesichtslose Neubauten die Schallschutzmauer bilden für die aufgereihten Eigenheime dahinter. Andrea biegt in die Siedlung ein und geht an einem Waschbetonhäuschen für Mülltonnen und an rostigen Teppichklopfstangen vorbei. Späht immer wieder in die beschlagenen Küchenfenster, hinter denen Männer und Frauen vermutlich wenig vitaminreiche Abendkost zubereiten. Denn es riecht nach Bratkartoffeln und Fett.

Sie betritt einen dunklen Hinterhof, lauscht. Nur leise der Verkehr von der Bad-Schachener-Straße. Blick nach oben. Der Mond rund und fett. Sie fröstelt. Es ist ein kalter

Abend. Sie hört ein leises Knirschen. Wie von einem rostigen Scharnier. Dreht sich um. Niemand. Warum liegt das Haus vor ihr komplett im Dunkeln? Kein Fenster mit Licht? Sie sieht die eingeschlagene Scheibe. Jetzt versteht sie. Auch dieser Block ist bereits geräumt, wartet ebenfalls auf seinen Abriss. Aber das Geräusch? Der Wind? Es ist windstill. Andrea fühlt sich unwohl. Geht schnell. Sieht einen Lichtreflex. »Hallo?« Keine Antwort. Sie merkt, dass sie schwitzt. Hey, das ist nicht gut, einfach irgendwo reinmarschieren bei Dunkelheit. Wo sie sich nicht auskennt. Allein. Ein Scheppern. Sie fährt herum. Ein Fahrrad, das umgefallen ist?

»Hallo?« Jetzt hört sie Schritte. »Halt! Polizei!« Kein Geräusch mehr. Nur der schwache Verkehr auf der Straße vorne.

Sie verlässt mit großen Schritten das Grundstück, passiert die Teppichstangen, die Mülltonnen und tritt auf die Straße heraus. Licht. Autos. Und zwei Fußgänger. Sie atmet durch. Wer kann das gewesen sein? Kinder, Jugendliche, die sich in den leeren Häusern rumtreiben? Hat sie früher auch gemacht. Egal. Sie ist bedient für heute, geht zur U-Bahn. Nicht zum Michaelibad. Jetzt nicht auch noch die Presseleute. Sie fährt mit der Rolltreppe in die Station Innsbrucker Ring runter. Hört den Zug einfahren, spurtet die Treppe runter. Schafft es noch knapp in die Bahn, lässt sich auf einen freien Sitz fallen. Mit einem heiseren Zischen schließen sich die Türen.

Sie sieht auf den Bahnsteig hinaus, über die Gleise, auf den Bahnsteig der Gegenrichtung. Der Mann, der Mantel, die Baseballcap! Der Zug ruckt an. Andrea springt auf, zieht die Notbremse, drückt die Tür auf. Drüben fährt die Bahn ein. Sie rennt zur Rolltreppe, sprintet hoch und über die andere Rolltreppe runter, hört, wie sich unten die Zugtüren schließen.

Als sie am Bahnsteig ankommt, rauscht der Zug gerade stadtauswärts aus dem Bahnhof. Scheiße! Der Bahnsteig ist leer. Was jetzt? Sie blickt auf die nächste Videokamera, dann auf die Uhr. 19:28. Sie muss die Aufnahmen sehen.

»He, Sie!«

Andrea dreht sich um. Zwei bullige Typen von der U-Bahn-Wache. Fiese Visagen.

»Ja?«

»Kommen Sie mit.«

»Sicher nicht.«

Der eine macht einen Satz auf sie zu, will ihr den Arm auf den Rücken drehen, sie macht einen Ausfallschritt und stellt ihm ein Bein. Der Mann schlittert verdutzt über den Boden.

»Reicht das?«

Der andere greift zu seiner Gaspistole.

»Kripo München, lassen Sie das Teil stecken!«

Der Mann denkt nicht daran.

Andrea streckt ihm ihren Ausweis entgegen. »Machen Sie jetzt keinen Fehler!«

GLÄNZEND

Tom schreckt vom Sofa hoch. Er ist beim Musikhören eingenickt. Hat das Klingeln nicht gleich gehört. Er steht auf, dreht die Anlage leiser und geht an die Tür, betätigt die Gegensprechanlage. »Ja, bitte?«

»Ich bin's, Andrea.«

Sofort ist er hellwach. Drückt den Türöffner. Eilt ins Wohnzimmer, schüttelt die zerknautschten Kissen auf, faltet die zerwühlte Fleecedecke zusammen. Oh, der Teller mit dem übrig gebliebenen Brot. Der Aufschnitt glänzt gefährlich.

»Hallo?«, kommt es von der Tür.

Er stellt den Teller ins Regal.

»Andrea, das ist ja eine Überraschung.«

»Du hast doch heute Abend vorgeschlagen?«

»Ja, klar …«

»Wir können auch bei dir zu Hause bleiben.«

»Ja, klar.«

»Bist du ein Roboter?«

»Ja, klar.«

Andrea lacht und geht ins Wohnzimmer. Das Erste, was ihr auffällt, ist das Wurstbrot im Buchregal.

»Hast du schon gegessen?«, fragt sie.

»Nein. Du?«

»Auch nicht.«

»Was magst du?«

»Ein Wurstbrot. Gerne von gestern.«

Tom nimmt den Teller mit dem Brot aus dem Regal. »Ich mach uns Spaghetti.«

»Bitte nicht zu viel Knoblauch.«

»Ja, klar.«

»Falls ich nachher noch wen küssen muss.«

»Hast du 'nen Clown gegessen?«

»Schön wär's.«

Während er in der Küche hantiert, erzählt sie ihm, was sie gerade erlebt hat. Bis hin zur Notbremse und der Konfrontation mit der uniformierten U-Bahn-Wache.

»Bist du dir sicher, dass er es war?«

»Natürlich nicht. Aber in dem Moment schon. Ich seh mir morgen die Videos an.«

Tom entkorkt eine Flasche Rotwein und deckt den Küchentisch. Andrea macht das Radio an. Deutschlandfunk. Ein Interview. Sie stellt einen anderen Sender ein. Indie-Rock. Sie lässt sich auf einen Küchenstuhl plumpsen und trinkt einen großen Schluck Wein. Als sie es merkt, wird sie ganz rot. »Oh, entschuldige, wie unhöflich. Ich bin ein bisschen, äh …«

Sie stoßen an.

Tom gießt das Nudelwasser ab. Teilt Nudeln aus. Und Tomatensoße.

Andrea probiert. Die Soße ist grauenhaft. Total versalzen. »Schmeckt super«, sagt sie und spült die Lauge mit einem großen Schluck Wein runter.

Als sie eine Stunde später im Treppenhaus nach unten geht, hat sie ein schlechtes Gewissen. Sich zum Essen einladen und dann gleich wieder abdampfen. Aber sie wollte nicht bleiben, sie will jetzt nach Hause. Braucht eine Dusche. Sie hat das Gefühl, dass sie stinkt. Hoffentlich gibt es wenigstens keinen Stress wegen der Sicherheitsheinis. Das waren aber auch Deppen.

Niemand unterwegs in der Rottmannstraße. Nicht ihre Gegend. Aber sie hat keine Angst, denn sie ist ein bisschen angetrunken und läuft auf Autopilot. Sie steigt am Stiglmaierplatz in die U-Bahn-Station runter. Es ist kurz vor Mitternacht. Sie gähnt. Erstaunlich viel los am Bahnsteig. Sie ist froh, hier nicht allein zu stehen. Drückt sich mit einem Pulk Jugendlicher in den Zug. Umsteigen Hauptbahnhof. Auch hier viel los. Als sie auf der Schwanthalerhöhe aussteigt und die Ganghoferstraße entlanggeht, kommt es ihr totenstill vor. Keine Autos, keine Leute auf der Straße.

Das beklemmende Gefühl aus dem Hinterhof der Siedlung in Berg am Laim ist wieder da. Sie beschleunigt ihre Schritte. Dreht sich um. Ist da wer? Nein, da ist keiner.

Als sie in ihren Hauseingang huscht und die Haustür hinter ihr zufällt, atmet sie tief durch. Das Licht im Treppenhaus brennt. Sie ist schon wieder schweißgebadet. Verdammt, was soll das, ist sie schon im Klimakterium? Sie zieht im Hochgehen die Jacke aus. Das Minutenlicht erlischt. Sie stöhnt auf. Hört, wie eine Tür im Haus geht. Wartet. Dass jemand den Lichtschalter drückt. Passiert nicht. Soll sie drücken? Nein, sie huscht nach oben. Schließt auf und lehnt sich drinnen an das Türblatt. Ihr Herz schlägt bis zum Hals. Dann sieht sie durch den Spion. Das Licht brennt wieder im Treppenhaus. Dreht sie langsam durch? Sie macht kein Licht in der Wohnung. Hört nichts. Ist Paul da? Hoffentlich. Sie späht in sein Zimmer. Nein, Paul ist nicht da. Sie geht in ihr Zimmer und raucht eine Zigarette am offenen Fenster. Im Hinterhaus ist alles dunkel.

VERDIENT

»Na bravo!«, begrüßt Karl sie im Büro. »Saubere Leistung. Tschick, tschack, tschuck!«

»Is was?«, raunzt Andrea.

Er grinst und winkt sie an seinen Bildschirm. Sie sieht sich selbst dabei zu, wie sie die beiden Sicherheitsleute zu Boden schickt.

»Die beiden haben es verdient«, sagt sie trocken. »Hast du das aus der Leitstelle?«

»Ich hab da jetzt ein paar richtig gute Freunde.«

»Und die mailen dir gleich, wenn was Interessantes rein-kommt?«

»Ich hab denen gesagt, sie sollen mir alles schicken, was mit Gewalt im Öffentlichen Nahverkehr zu tun hat. Weißt du, was am häufigsten vorkommt?«

»Nein, was?«

»Spucken. Kontrolleure, Sicherheitsleute, Fahrgäste, U-Bahn-Fahrer, Busfahrer – alle werden angespuckt.«

»Ich hab die Typen nicht angespuckt.«

»Na, zum Glück.«

»Gibt es Stress wegen dem Video? Also wegen mir?«

»Keine Ahnung, wie seid ihr denn auseinandergegan-gen?«

»In aller Freundschaft. Ich musste nur meine Personalien angeben wegen der gezogenen Notbremse.«

»Du hast die Notbremse gezogen?«

»Ja. Ich dachte, ich hätte ihn gesehen, unseren U-Bahn-Schubser.«

»Und?«

»Keine Ahnung. Er stand am Bahnsteig stadtauswärts. Bis ich drüben war, war der Zug weg. Kriegst du das Videoma-terial ein paar Minuten vor diesen Aufzeichnungen?« Sie deutet auf den Bildschirm.

»Dieser Bahnsteig?« Er zeigt auf das Standbild mit ihrem Kampfeinsatz.

»Der Mann hatte dieselben Klamotten an wie auf dem Tatvideo. Mantel, Baseballcap.«

»Hervorragend, da stehen an Münchner Bahnsteigen ja nur paar Dutzend solcher Typen rum.«

»Hey, komm. An diesem Bahnsteig. Um 19:28 Uhr. Viel-leicht ein paar Minuten eher.«

»Ich schau mal.«

Andrea checkt ihre Mails. Nichts, was brennt. Sie holt sich einen Kaffee, überlegt, was sie auf der Teamsitzung sagen soll wegen der Geschichte gestern Abend. Am liebsten nichts. Ihr Nervenkostüm ist zurzeit ein bisschen dünn. Und so ganz hat sie ihren Alltag nicht im Griff. Heute Morgen ist sie komplett angezogen in ihrem Bett aufgewacht. Das Fenster war offen, die Luft klamm, die Klamotten verschwitzt. Suboptimal das alles.

Karl zeigt ihr das Videoband, einige Minuten vor ihrer Auseinandersetzung mit dem Sicherheitspersonal.

Er schüttelt den Kopf. »Klar, der Typ sieht irgendwie so aus. Aber nein, das kann irgendwer sein, der zufällig auch so eine Cap aufhat.«

»Wenn man wenigstens sein Gesicht sehen könnte«, meint Andrea.

»Was soll das bringen? Auf dem Video von der Tat haben wir es ja auch nicht.«

»Trotzdem.« Andrea springt mit dem Curser noch mal zurück und sieht dem Mann beim Einsteigen zu. Nein, sie kann es nicht mehr sagen, was ihr Gefühl ausgelöst hat, dass er der richtige Mann sein könnte. Intuition funktioniert nicht auf Replay.

Die Teamsitzung dreht sich nur ums eins: die Münchner Tageszeitungen. Josef hat sie alle dabei. Sämtliche Lokalteile machen mit demselben Thema auf: der U-Bahn-Schubser. In der SZ und im Merkur jeweils inklusive Foto von einem energisch dreinschauenden Dr. Aschenberger auf dem Podium der Pressekonferenz und Josef neben ihm mit sorgenumwölktem Gesicht. Die Bildunterschriften sind nicht sehr motivierend: »Riskantes Zurückhalten von Informationen – die falsche Strategie der Mordkommission«. Und: »Mauern statt Aufklären – wie viel weiß die Polizei wirklich?«

Christine grinst: »Asche kocht, oder?«

»Warum warst du gestern wirklich bei ihm?«, fragt Josef. »Sicher nicht nur wegen seinem Rücken.«

»Wir sind ein Paar, weißt du das nicht?«

»Ihr?«, platzt Harry raus.

»Oh, Mann, Harry. In welcher Welt lebst du? Das traust du mir zu?«

»Ja, äh, wo die Liebe hinfällt.«

»Tatsächlich wegen Rückenschmerzen.«

»Jedenfalls hat er jetzt sicher mehr Kopfschmerzen als Rückenschmerzen. Was machen wir, was haben wir?«, fragt Josef. »Die Bevölkerung nimmt rege Anteil an der Geschichte. Es sind schon zahlreiche Mails und Telefonate bei der zuständigen Dienststelle eingegangen. Von Leuten, die behaupten, die Person auf dem Videobild erkannt zu haben.«

»Sind Fragen nach dem Opfer aufgetaucht in der Pressekonferenz?«, fragt Andrea.

»Natürlich.«

»Und?«

»Keine Informationen. Opferschutz.«

»Auch nur eine Frage der Zeit, bis die Presse Bescheid weiß.«

»Wahrscheinlich. Aber was machen wir jetzt? Wir können nicht jeden U- und S-Bahnhof überwachen lassen. Karl, was macht die Videoauswertung?«

»Nichts. Wir haben das Material für die Stationen Michaelibad, Innsbrucker Ring und Quiddestraße gecheckt. Da sind eine Menge Typen unterwegs, die Mantel tragen, mal eine Kappe, mal eine Wollmütze. Das ist ziemlich aussichtslos. Ich glaube nicht, dass wir ihn auf den Aufnahmen finden werden. Wir haben rein gar nichts in der Hand.«

»Doch. Ein Video von der Tat«, sagt Christine. »Das ist viel mehr, als wir sonst haben. Wir wissen, dass es ein Mann ist, circa eins achtzig, Mantel, Baseballcap. Und vielleicht war er nicht ganz zufällig in diesem U-Bahnhof und wohnt irgendwo in der Nähe.«

»Ach komm, Christine. Das passt bestimmt auf ein paar Tausend Männer aus der Gegend. Sollen wir alle Männer um die eins achtzig rund um den Ostpark checken und ihre Alibis überprüfen? Das bringt doch nichts.«

»Schwierigkeiten sind kein Grund, zynisch zu werden«, sagt Christine und lächelt unverbindlich.

Andrea berichtet von ihrem Erlebnis am Innsbrucker Ring.

Josef runzelt die Stirn. »Hoffentlich hängt das nicht gleich wieder jemand an die große Glocke. Gewalt in der U-Bahn, unbeherrschte Polizistin und so.«

»Tut mir leid«, sagt Andrea. »Ich war mir sicher, dass er es ist.«

Karl spielt jetzt über den Beamer allen das Video vor. Ein Mann in hellem Mantel mit Baseballcap steht um 19:25 Uhr am Bahnsteig, von dem die Züge in Richtung stadtauswärts abgehen, und steigt um 19:28 Uhr in die U-Bahn. Sein Blick ist die ganze Zeit auf den Boden gerichtet und der Schirm der Mütze verbirgt sein Gesicht. Das Video läuft weiter und zeigt den Kampfeinsatz von Andrea. Mit erstaunlicher Lässigkeit schickt sie die zwei massiven Sicherheitsleute zu Boden.

Christine grinst, Harry lacht leise auf, Josef schüttelt den Kopf und macht eine säuerliche Miene. Karl macht gar nix.

»Ich hab gesagt, dass es mir leidtut«, wiederholt Andrea. »Ich hab das mit den Jungs von der U-Bahn-Wache geklärt.«

»Na hoffentlich«, murmelt Josef.

Er beendet die Sitzung mit der Nachricht, dass Frau Meyfarth in das Bezirkskrankenhaus Haar eingewiesen wurde. In die geschlossene Abteilung. Zur Beobachtung. Autoaggressionen.

»Suizidgefahr?«, fragt Andrea.

»Haben die Kollegen nicht gesagt. Aber vielleicht.«

»Weiß man inzwischen etwas mehr, was dem Gewaltausbruch gegenüber ihrem Mann vorausging?«

»Nein, sie spricht nicht darüber. Aber die Amtsärztin sagt, sie zeigt Spuren langjähriger Misshandlungen. Und ihre Vitalwerte sind sehr schlecht. Allgemein. Schon lange. Eventuell die Folgen einer langjährigen Essstörung.«

»Die sie offenbar überwunden hat. Von Hosengröße 26 auf 29 ist schon ein Sprung.«

»Momentan isst sie nicht. Sie wird flüssig ernährt. Und sie spricht mit niemandem. Andrea, vielleicht versuchst du mal dein Glück. Du hast doch einen Zugang zu ihr.«

»Ich bin mir nicht sicher. Aber klar, ich probier das.«

»Das wäre gut. Mach ihr klar, dass jede Information aus der Zeit vor der Tat helfen kann, das Strafmaß zu mindern. Aber sei vorsichtig.«

Andrea nickt und gähnt. Sie ist entsetzlich müde.

KOMMERZ

Im Treppenhaus zu Hause kommt ihr Madelaine entgegen, mit hochrotem Kopf, rennt sie fast über den Haufen.

»Hey!«, grüßt Andrea.

»Hey.« Und weg ist Madelaine.

Paul sitzt in der Küche, übt Gitarre und singt: »Hey, Baby,

das ist kein Scherz/die Welt ist kalt und voll Kommerz/ Musst du deine Miete zahlen/darfst du nicht zu lange wählen ...«

»He, das reimt sich nicht!«

»Musst dich nicht immer quälen/kannst Songs auch mal ganz flach erzählen/Selbst wenn es dir nicht so gefällt/ Kohle regiert auch deine Welt.«

»War das der Grund für euren Streit?«

Paul sieht von der Gitarre auf. »Ist nicht gut, der Song. Alles Dur. Da müssen noch Mollakkorde rein. Ich werde den Song begraben unter Mollakkorden, unter einer dicken Schicht Trübsinn. Ja, das war der Grund für unsere kleine Differenz. Ich hab ihr von Chris erzählt und dem Vertrag und meinen Plänen. Und sie sagt nur: ›Das ist alles kommerzielle Scheiße.‹ Ich sag: ›Irgendwie muss ich mein Geld ja verdienen.‹ Sie sagt, dass sie lieber verhungern würde. Ganz super!«

»Ach, Paul, nimm das nicht so ernst. Sie studiert Kunst.«

»Noch nicht. Und wenn? Bin ich kein Künstler?«

»Doch. Aber du studierst es nicht.«

»Was soll denn das jetzt? Braucht man etwa einen Abschluss an der Kunstakademie, damit man als Künstler glaubwürdig ist?«

»Nein, aber das heißt, sie denkt wahrscheinlich die ganze Zeit darüber nach, wie das ist als Künstlerin, welche Haltung sie da haben soll. Noch muss sie keine Kompromisse machen.«

»Findest du auch, dass ich ein Kommerz-Heini bin?«

»Du? Dass ich nicht lache!«

»Dass ich einer werde?«

»Ich hoffe nicht.«

»Ich auch nicht.«

»Sie wird wiederkommen, Paul.«

»Hoffentlich. Ich werde ihr ein Lied komponieren, dass ihr die Ohren glühen. Und das Herz. Vor allem das Herz.«

»Oh, Made-laine, es ist Zeit für mich zu gehn …«

»Vorsicht, Schwester!«

»Gehen wir zu Ali auf 'nen Döner? Ich zahl.«

»Ich zahl. Ich bin ganz gut bei Kasse.«

»Du?«

»Chris hat mir einen Vorschuss gegeben. Er plant gerade eine Bayerntournee für mich.«

»Oje, das klingt nach Ochsentour.«

»Ja, alles kleine Hallen und Klubs. Aber auch ein paar größere Hallen: Fürth, Deggendorf, Passau.«

»Hui, die weite Welt. Live?«

»Logisch, was denkst du denn?«

»Na ja, nach dieser Fernsehsendung …«

»An solchen Sachen ist er auch dran. Ist nicht einfach. Aber live ist live. Mann, ein Hit und du hast ausgesorgt. Sag mal, kennst du diese schreckliche Nummer noch: Nana-na-nana …?«

»Ich warn dich. Komm, ich hab Hunger.«

Paul hat seine gute Laune wiedergefunden. Im Treppenhaus singt er aus voller Kehle: »Cupid, zück deinen Pfeil, oh Cupid, ich bin so geil …«

»Ruhe!«, schreit der Hausmeister von unten hoch.

»Polizei ist schon da«, sagt Andrea, als sie bei Herrn Dirschl vorbeikommen, der bereits an der offenen Tür seiner Erdgeschosswohnung auf sie lauert. Sie hält ihm ihren Dienstausweis unter die Nase.

»Das Hoflicht geht nicht«, sagt Paul. »Wenn Sie bei Gelegenheit mal die Güte hätten, Herr Dirschl?« Paul sagt es so nett und lächelt dabei, dass der Hausmeister irritiert nickt.

»Stimmt das mit der Hofleuchte?«, fragt Andrea vor der Haustür.

»Nein, woher denn? Ich wollte ihn nur kurz an seine Pflichten erinnern.«

Andrea sieht aufmerksam zur anderen Straßenseite, dann nach rechts und links.

»Is was?«

»Nein, nichts.«

»Heute Nachmittag hat's mal geklingelt.«

»Ja?«, fragt Andrea.

»Ich hab nicht aufgemacht. Dachte, die Typen mit den Wochenblättern wissen inzwischen Bescheid, dass ich nicht aufmache, die von DHL auch. Probieren es aber trotzdem immer wieder.«

Andrea nimmt ein Ayran zum Döner, Paul ein Bier. Sie sitzen auf den Barhockern vor der großen Scheibe und sehen auf die Kreuzung hinaus.

»Warum ist immer alles so kompliziert?«, sinniert Paul.

»Weil die Welt kompliziert ist.«

»Die Welt nicht – die Leute.«

»Du meinst Madelaine.«

»Ja, klar.«

»Aber du bist einfach, Paul?«

»Immer doch.«

Andrea nickt. Das stimmt sogar. Paul ist wie ein offenes Buch. Man sieht ihm sofort an, was in seinem Kopf vorgeht, was in seinem Herzen los ist.

»Weißt du, wenn ich jetzt richtig Geld verdiene, such ich mir eine eigene Wohnung.«

Andrea sieht ihn erschrocken an, verschluckt sich, hustet. Er klopft ihr auf den Rücken. Sie nimmt einen Schluck aus seinem Bier.

»Geht's wieder?«, fragt er.

»Ja, danke.«

»Hab schon verstanden. Ich bleib noch ein bisschen bei dir. Bis du den Mann deiner Träume gefunden hast.«

IMMER WIEDER

»Er hat mich immer wieder geschlagen. Ich durfte nichts essen, immer nur trinken. Die Scheißgemüsesäfte. Er wollte, dass ich mich operieren lasse. Die Nase kleiner, die Brüste größer. Und ich hab es machen lassen. Ich hab alles mit mir machen lassen. Seine schmutzigen Fantasien. Ich musste diese Gummisachen tragen, mich fesseln lassen, anspucken …«

Es war aus ihr herausgebrochen wie Lava aus einem Vulkankegel. Sie hatte lange nichts gesagt, bis Andrea einfach aufgehört hatte zu fragen. Irgendwann waren die Wörter von selbst gekommen. Jetzt heult Frau Meyfarth wie ein kleines Mädchen in ihren Armen. Andrea ist das zu nahe. Sie fühlt sich nicht gut dabei. Empathie ist in Ordnung, aber das hier ist zu persönlich. Sie möchte nicht alles wissen, nicht in die Abgründe dieser menschlichen Beziehung sehen. Aber sie versteht Frau Meyfarth, kann ihr Motiv nachvollziehen. Irgendwann wollte sie dem Elend einfach ein Ende machen, hat gerast vor Wut. Noch ist sie nicht so weit, dass sie sagt, ob sie mit dem festen Vorsatz in die Wohnung gekommen ist, ihren Mann zu töten. Oder ob ihr Mann sie zuerst mit dem Messer angegriffen hat. Vom Resultat macht es für Andrea keinen Unterschied. Für das Strafmaß sicherlich. Aber langsam, keine neuen Fragen stellen.

»Ist schon gut«, versucht sie die Frau zu beruhigen und sanft wegzuschieben.

Gelingt ihr nicht. Frau Meyfarth klammert sich verzweifelt an sie. Andrea lässt es geschehen. »Sagen Sie das alles aus. Schauen Sie, dass Sie mit Totschlag davonkommen.«

»Es war Notwehr!«

»Das dürfte bei 50 Stichen schwer werden. Sie haben ein sehr starkes Motiv. Sie haben Gründe. Er hat Sie gequält. Das wird der Richter berücksichtigen. Nutzen Sie die Zeit im Vollzug, um zur Ruhe zu kommen. Und dann fangen Sie von vorne an … Hey?!« – Zu spät. Frau Meyfarth hat Andreas Pistole aus dem Holster gezogen. Und offenbar kennt sie sich mit Waffen aus, denn Durchladen und Entsichern sind eins.

»Geben Sie mir die Waffe wieder!«

Frau Meyfarth schüttelt den Kopf.

»Was haben Sie vor?«, fragt Andrea.

»Stehen Sie auf! Gehen Sie in den Schrank da!« Sie deutet in Richtung Tür, wo sich ein großer Einbauschrank befindet.

»Das ist nicht Ihr Ernst?«

»Doch. Rein da!« Sie drückt Andrea die Pistole in die Hüfte und schiebt sie vor sich her. »Los jetzt, rein da!«

Andrea öffnet den Schrank.

»Rein!«

Andrea steigt in den Schrank. Die Tür fliegt zu, der Schlüssel dreht sich im Schloss. Sie schlägt wütend gegen die Tür. »Das hat doch keinen Sinn!«

Keine Antwort.

Andrea wartet eine lange Minute, dann tritt sie die Schranktür auf. Das Zimmer ist leer. Sie reißt die Zimmertür auf, sieht die wachhabende Beamtin nicht, flucht.

Schnappt sich den erstbesten Pfleger. »Frau Meyfarth, wo ist sie hin?«

Der Pfleger zuckt nur mit den Achseln. Jetzt hört sie die Schläge gegen eine der Zimmertüren wenige Meter den Gang runter. Der Schlüssel steckt. Sie sperrt auf. Ein Putzraum.

Darin die aufgebrachte Polizistin. »Wo hat die die Waffe her?!«

»Von mir. Hat sie was gesagt?«

»Nein.«

»Was sie vorhat, wo sie hinwill?«

»Ich sagte: Nein.«

»Geben Sie Alarm hier im Haus. Informieren Sie die Kollegen. Wir brauchen ein SEK. Hoffentlich nimmt sie keine Geisel! Na, los! Worauf warten Sie?«

Die Beamtin läuft zur Stationsschwester.

Andrea überlegt. Sieht aus dem Gangfenster in den Park hinaus. Wo ist Frau Meyfarth hin? Das Gelände kann man nicht einfach so verlassen. Was hat sie vor? Eine Geisel nehmen? Nein, das hätte sie ja gleich mit ihr machen können. Sich den Weg freischießen? Will sie sich selbst erschießen …? Scheiße! Wo? Hat sie das Gebäude verlassen? Dann müsste sie sie auf der freien Fläche sehen. Sie ist noch im Haus. Ist sie das?

Andrea schaut weiter nach draußen, sieht, wie jetzt Leute in großer Eile über den Platz vor dem Krankenhaus hasten, sich in Sicherheit bringen. Offenbar ist jetzt das Personal gewarnt. In ein paar Minuten ist die Polizei mit einem Riesenaufgebot hier. Wie konnte ihr das passieren? Wie konnte sie so unvorsichtig sein? Die Waffe mit ins Zimmer nehmen. Josef hatte ihr gesagt, dass sie vorsichtig sein soll. Sie hat keinen einzigen Moment an ihre Waffe gedacht.

Scheiße. Und generell: zu viel Nähe! Fehler, grober Fehler! Die Frau ist impulsiv. Sie hätte es wissen müssen. 50 Messerstiche!

Andrea überlegt fieberhaft. Im Haus. Wo? Unten anfangen. Sie geht im Treppenhaus nach ganz unten. Kellertür. Sie drückt die Klinke der Stahltür. Zugesperrt. Okay, andersrum. Andrea sprintet die Treppenstufen hoch, bis ganz nach oben. Dort auch eine Stahltür. Vorsichtig greift sie nach der Klinke. Die Tür ist nicht abgeschlossen.

»Hallo? Frau Meyfarth?«

Ein Krachen und Flattern. Erschrocken sieht Andrea nach oben. Zwei Tauben, die auf dem obersten Dachbalken sitzen. Fahles Tageslicht. Andrea sucht den Lichtschalter. Sehr zögerlich springen Leuchtstoffröhren an. Jetzt sieht sie die ganze Taubenkacke auf dem Boden. Alles grauweiß. Und die Fußabdrücke in Staub und Dreck.

»Frau Meyfarth?«

Nichts. Keine Antwort.

»Frau Meyfarth, ich komme jetzt zu Ihnen. Bitte legen Sie die Waffe weg. Wir reden. Wir bringen das in Ordnung. Ihr Mann hat Sie jahrelang misshandelt. Sie haben sich irgendwann gewehrt. Der Richter wird das verstehen.«

Andrea geht in kleinen Schritten an Regalen mit alten Akten und an Stapeln ausgedienter Stühle vorbei. Schließlich sieht sie Frau Meyfarth. Sie sitzt an der Stirnseite des Raums unter einem kleinen Fenster auf dem Boden. Hält sich die Waffe an den Kopf.

»Bitte legen Sie die Waffe weg!«

Frau Meyfarth schüttelt den Kopf.

»Bitte! Ich werde Ihnen helfen. Erzählen Sie mir alles, und dann erzählen Sie es Ihrem Anwalt und dem Richter.«

»Niemand kann mir helfen.«

»Ich helfe Ihnen.«

»Wegen Ihnen bin ich hier.«

»Sie haben Ihren Mann getötet. Ich bin Polizistin. Aber ich bin mehr als das. Ich bin eine Frau. Ich verstehe, was Sie durchgemacht haben.«

»Niemand versteht das.«

»Doch, ich verstehe Sie.«

»Sie haben keine Ahnung. Sie kennen mich nicht.«

»Doch, ich kenne Sie. Ich habe Ihre schwarzen Cowboystiefel probiert. Sie passen mir wie angegossen.«

Frau Meyfarth blickt Andrea irritiert an. Andrea sieht das Flackern in ihren Augen. In ihrem Kopf müssen die Gedanken nur so herumwirbeln. Jetzt nicht das Reden aufhören: »Ich hab mich vor den Spiegel gestellt, mir vorgestellt, ich wäre Sie. Die Stiefel haben genau meine Größe, die Hosen und Kleider nicht. In die Sie sich reingezwängt haben, reingehungert. Für ihn. Sie haben dieselbe Kleidergröße wie ich. Jetzt – heute. Ich verstehe Sie.«

»Nein, das tun Sie nicht.«

»Doch, das tu ich.«

»Gehen Sie!«

Andrea schüttelt den Kopf.

Frau Meyfarth dreht die Waffe in Andreas Richtung. »Gehen Sie, lassen Sie mich allein.«

»Um was zu tun? Um sich zu erschießen?«

»Gehen Sie!«

»Nein!«

Frau Meyfarth schießt in ein Regal hinter Andrea. »Gehen Sie jetzt!«

»Meine Kollegen sind schon da.«

»Ich habe nichts zu verlieren, Sie schon. Gehen Sie.«

»Und Sie?«

»Ich?«

»Was haben Sie vor?«

»Ich brauche ein bisschen Zeit, dann komme ich runter.«

»Ja, ganz klar.«

»Doch, ich verspreche es Ihnen.«

»Und die Waffe?«

»Behalte ich vorerst.«

»Werden Sie sich erschießen?«

»Nein, ich werde mich nicht erschießen.«

»Versprechen Sie mir das?«

»Ja, ich verspreche es Ihnen. Bitte, lassen Sie mich jetzt allein.«

»Wie lange?«

»Kurz. Fünf Minuten. Ich sammle mich. Sagen Sie Ihren Kollegen, dass ich freiwillig runterkomme. Und jetzt gehen Sie endlich!«

Andrea tritt den Rückzug an. Als sie vor der Tür steht, atmet sie tief durch.

Im Treppenhaus blickt sie in die vermummten Gesichter schwer bewaffneter SEK-Männer.

»Wo ist sie?«, fragt der Einsatzleiter.

»Im Dachstuhl.«

»Allein?«

»Allein.«

»Dann holen wir sie jetzt.«

»Nein, sie kommt gleich runter ...« Das letzte Wort bleibt ihr im Hals stecken, sie stürmt die Treppe hoch, reißt die Tür auf und fliegt über den von Taubenscheiße gesprenkelten Boden. Der kühle Luftzug. Das Fenster steht offen. Die Waffe liegt auf dem Fensterbrett.

In Zeitlupe beugt Andrea sich aus dem Fenster.

15 Meter tiefer liegt sie. In einer Blutlache. Von allen Sei-

ten bewegen sich Leute auf den reglosen Körper zu. Stehen im Kreis um sie, gaffen, keiner traut sich, den blutenden Körper zu berühren, zu prüfen, ob sie noch lebt. Doch, jetzt. Ein Mann setzt an zur Ersten Hilfe. Pumpt den reglosen Brustkorb. Mechanisch, wie ein Roboter. Vergebens. Lässt von ihr ab.

Andrea muss sich hinsetzen, sinkt zu Boden. Ihr wird schwarz vor Augen. Sie hätte das verhindern müssen. Zu spät, sie hat es nicht verstanden. Sie hat versagt.

SCHULD

Das Zimmer ist dunkel. Nur ein bisschen Licht fällt durch die Vorhangspalten. Wie spät ist es? Andrea tastet nach ihrem Handy. Liegt nicht auf dem Nachttisch. Was ist passiert? Klar, die Aktion in Haar. Ihre Waffe. Die Meyfarth springt aus dem Fenster. Tot. Schrecklich. Ihre Schuld? Ja. Auch. Nein. Sie hätte es sowieso getan.

Was für eine Verschwendung! Mit dem richtigen Anwalt hätte sie ein mildes Urteil bekommen und wäre in ein paar Jahren wieder in Freiheit gewesen. Neustart. Oder? Womit? Erbt man als Mörderin des eigenen Mannes dessen Vermögen? Wohl kaum. Sie hätte vor dem Nichts gestanden. Trotzdem, sie wäre in Freiheit gewesen. Vielleicht ist sie das jetzt schon. Irgendwo anders. Nein, nirgendwo. Man schmeißt sein Leben nicht einfach weg! Frau Meyfarth hat es gemacht. Und ihr noch dazu ein schlechtes Gewissen.

Andrea hustet. Ihr Mund ist staubtrocken und sie hat Riesenhunger.

Die Tür geht auf. »Hey, Schwesterherz, bist du wach?«

»Nein, Paul, ich schlafe.«

»Ich hab Pizza bestellt.«

»Zum Frühstück?«

»Haha. Es ist nach acht. Abends. Hast du Hunger?«

»Du bist ein Hellseher.«

»Ich weiß.«

»Ist Madelaine da?«

»Nein, heute Abend hab ich nur Zeit für dich.«

»Abend – Wahnsinn.«

Es klingelt an der Tür.

»Pizza is coming!«, sagt Paul. »Schwing die Hufe und hopp in die Küche!«

Andrea steht auf. Mühsam. Alles an ihr ist träge. Beine, Arme, Kopf – Gedanken auch. Das muss an dem Beruhigungsmittel liegen, das ihr der Notarzt verpasst hat. Wie ist sie heimgekommen? Jetzt fällt es ihr ein. Tom. Immer zur Stelle, wenn sie ihn braucht.

»War ich komplett bewusstlos?«, fragt sie Paul, als sie sich an den Küchentisch setzt.

»Nur ein bisschen weggetreten. Tom hat mich gebeten, ein Auge auf dich zu haben.«

»Ganz lieb.«

»Und von Josef soll ich dir ausrichten, dass du ein paar Tage Pause machen sollst.«

»Mach ich nicht. Die brauchen mich. Der Fall mit der U-Bahn.«

»Nein, das schaffen die ein paar Tage ohne dich. Du machst jetzt jedenfalls ein bisschen Pause. Ist ja eh schon fast Wochenende.«

»Hey, es ist Mittwoch. Oder wie lange hab ich geschlafen? Heute ist doch Mittwoch, oder?«

»Sag ich doch. Fast Wochenende.«

»Du Scherzkeks. Krieg ich was von deiner Tonno?«

»Nur zu. Und ich brauch dich am Wochenende.«

»Aha? Du brauchst mich?«

»Du weißt doch, Michis Hochzeit.«

»Echt nicht«, sagt Andrea bestimmt.

»Nicht als Gast. Wir beide, ich Gitarre, du Bass, ein paar schöne Songs für Michi, seine Liebste und ihre Freunde.«

»Spinnst du?«

»Nein, im Ernst. Es gibt sogar Kohle. Und das nicht zu knapp.«

»Ich bin nicht käuflich«, meint Andrea zwischen zwei Bissen.

»Lass mich nicht hängen, ich hab Joe versprochen, dass wir es machen.«

»Kohle von Joe, geht's noch?«

»Wieso? Ist ein Deal, kein Freundschaftsdienst. Hat er sich nicht von abbringen lassen.«

»Ich brauch kein Geld.«

»Ich schon. Bis das mit Chris richtig läuft, das dauert noch ein bisschen. Ich schulde ihm jetzt schon Geld.«

»Na super, das geht ja schon richtig gut los mit deinem Manager.«

»Mach mit! Bitte!«

»Ich will kein Geld.«

»Dann nehm ich eben alles. Aber du bist dabei.«

Andrea überlegt, dann nickt sie.

Paul strahlt. »Du bist die Beste!«

»Täusch dich nicht.«

»Doch, doch. Und Madelaine kommt auch mit.«

»Wie?«

»Zur Hochzeit. Für die Musik.«

»Welches Instrument spielt sie denn?«

»Sie singt. Sie hat eine sehr schöne Stimme. Im Ernst. Und sie wird sich gut machen auf der Bühne.«

Andrea stellt sich Madelaines rostrote Locken vor, von hinten angestrahlt von einem Bühnenscheinwerfer. Oh, loderndes Haupt. Ja, kein Zweifel. Sie wird sich auf der Bühne gut machen. Andrea grinst.

»Ich mein das ernst!«

»Klar, Bruderherz. Kann ich noch ein Stück von deiner Pizza haben?«

GLOCKENHELL

Zwei Verstärker, eine Gitarre, ein Bass, Mischpult, Mikros, Ständer, Boxen. Andreas Golf ist am Limit. Aber es ist alles drin. Als der Wagen in der Tiefgarage nicht anspringt, wird Paul nervös.

»Ruhig, kleiner Bruder«, murmelt Andrea und streicht mit der rechten Hand eine Runde um das Lenkrad, schnippt dreimal mit dem Finger. Dann probiert sie es noch mal. Der Motor springt sofort an.

»Voilà«, sagt Madelaine und verzieht keine Miene.

»Sauber«, sagt Paul.

Samstagmorgen. Wenig Verkehr, als sie auf den Ring einfädeln. Andrea gähnt. Sie ist noch müde. Gestern ist sie erst mittags aufgestanden. Aber schon früher als am Donnerstag, da war es drei Uhr nachmittags. Ja, Josef hat recht, sie braucht eine Pause. Sie hat geschlafen wie ein Stein. Die Sache mit dem Selbstmord von Frau Meyfarth hat ihr sehr zugesetzt, kommt ihr jetzt aber schon unendlich weit weg vor, surreal, ein Tagtraum der schlechten Art. War sie wirklich da in Haar draußen gewesen? Hat die Meyfarth ihr wirklich die Waffe abgenommen? Ja, klar. Und sie ist gesprungen. Frau Meyfarth war noch nicht einmal so alt wie sie. Definitiv zu jung, um zu sterben. Sie selbst möchte 90 werden. Mindestens. Wie kann man einfach 60 Jahre wegschmeißen, herschenken? Das ist nicht großzügig, das ist verrückt, feige.

»Hey, Autobahn war rechts!«, sagt Paul.

»Wir nehmen die Bundesstraße.«

»Warum?«

»Weil's schöner ist.«

Andrea macht das Autoradio an. Elvis singt »Suspicious Minds«. »Hey!«, ruft Paul begeistert.

Den Refrain singen sie zu dritt: »We can't go on together – with suspicious minds …«

Wow, denkt Andrea, »Madelaine hat wirklich eine schöne Stimme. Glockenhell und unschuldig. Nein, mit so einem klitzekleinen heiseren Twist. Cool!«

Der Golf surrt über das graue Band der Bundesstraße durch die oberbayerische Hügellandschaft. Weiden, einsame Weiler, Dörfer, Ortschaften, von denen zuerst die Silhouette des Zwiebelturms am Horizont auftaucht. Andrea muss an die Zeit denken, als sie gerade 18 geworden war und mit ihrem rostigen Opel Corsa so oft wie möglich nach München reingefahren war. Bis sie mit 20 anfing zu studieren und nach München zog. Sie denkt an Paul, der damals jedes Wochenende zu ihr in die große Stadt kam und ihr auf den Zeiger ging. Sie beide in dem Einzimmerappartement in dem hässlichen Studentenwohnheim in Schwabing. Aber sie verstand Paul. Ihren kleinen Bruder, dem es im riesigen elterlichen Haus bei Bad Tölz viel zu eng war, der hochfliegende Pläne als Musiker hatte und der sich später nur zum Schein an der Uni einschrieb.

»Wer weiß, vielleicht macht Paul jetzt tatsächlich Karriere als Musiker. Das Zeug dazu hat er.«

Künstlerisch. Alles andere ist – na ja, ausbaufähig, optimierbar. Oder gerade nicht. Paul wird sich nie ändern.

Sie passieren Bad Tölz, Paul konzentriert sich auf die Straßenschilder. Er deutet nach rechts. »Die Nächste rein und dann gleich wieder rechts.«

Schließlich sind sie auf einer schmalen Straße, die gerade mal breit genug ist, dass zwei Pkws knapp aneinander vorbeikommen. Andrea geht vom Gas. Ringsum umgepflügte Äcker, symmetrische Linien der Ackerfurchen auf den sanften Hügeln.

»Wo ist jetzt euer Schloss?«, fragt Madelaine.

Paul lächelt. »Geduld, Madelaine, du wirst es gleich sehen.«

Die Straße führt durch ein kleines, dunkles Waldstück. Als sie den Wald verlassen, geht der Theatervorhang auf: Märchenlandschaft. Am Ende der abschüssigen Straße in einer Flussbiegung liegt Burg Brunnstein, der Wohnsitz der Familie von Warth. Zwei stolze Türme, eine hohe Mauer, die mehrere Natursteingebäude einfriedet. Die Ziegeldächer der Häuser leuchten rot im Sonnenlicht. An den Fahnenmasten flattern die Farben Bayerns und das Familienwappen derer von Warth, ein Schild in Rot-Weiß und ein grüner Lorbeerkranz auf blauem Grund.

»Wenn die Hochzeit schön ist, dann könnt ihr es euch doch auch gleich überlegen?«, sagt Andrea zu Paul.

»Na logisch, Andrea, nur dass ich leider keine Burg mein Eigen nenne.«

»Wart ab, Paul, wenn du bald deine erste Platinscheibe hast, dann ist das Eigenheim nicht mehr weit.«

Jetzt meldet sich Madelaine: »Andrea, kennst du diesen Chris, den Manager von Paul?«

»Nein.«

»Ich glaube, er ist nicht gut für Paul. Paul ist ein Künstler.«

»Aber auch ein Künstler muss Geld verdienen.«

»Man muss gar nichts. Paul, du verkaufst deine Seele.«

»Nein, das tu ich nicht. Bitte, Madelaine, nicht schon wieder!«

»Hey, ihr beiden«, sagt Andrea, »jetzt nicht streiten. Wir sind da.«

Andrea lenkt den Golf über den kiesknirschenden Innenhof der Burg. Sie steigen aus, sehen sich um.

»Warum heiraten die nicht im Sommer?«, fragt Paul. »Hier im Hof kannst du eine Superbühne aufstellen, einen halben Ochsen braten, tanzen.«

Andrea zuckt mit den Achseln. »Vielleicht muss es ja schnell gehen, vielleicht ist die Braut schon in anderen Umständen?«

Jetzt erscheint Joe auf der Empore über dem Eingang des Haupthauses. Er winkt ihnen, dass er gleich zu ihnen runterkommt. Andreas Hals ist ganz trocken. Joe – wie viele Jahre ist das her? Sie atmet tief durch, konzentriert sich, um sich ihre Aufregung nicht anmerken zu lassen.

Und als er vor ihr steht, sieht sie es, weiß sie es – schon ein toller Typ. Allein schon optisch. Auch mit Anzug. Obwohl das nicht ihr Geschmack ist.

Sein »Na?« kontert sie mit: »Selber na!«

Er lacht und drückt sie. »Schön, dass ihr hier seid. Paul meinte, es hätte ihn ganz schön Mühe gekostet, dich zu überreden.«

»Durchaus«, meint Andrea knapp. Irritiert stellt sie fest, dass Joes Aufmerksamkeit bereits zu Madelaine abgeschweift ist. Doch kein so toller Typ.

»Du bist also die Freundin von Paul?«, begrüßt er sie.

Madelaine hebt die Augenbrauen. »Und du bist der Burgherr hier?«

»Nicht ganz, einen Senior gibt es auch noch.«

»Aha.« Das lässt sie so im luftleeren Raum stehen.

Jetzt ist Joe irritiert. Gefällt Andrea. Ein unschuldiges Wort mit der richtigen Betonung, und schon ist alles gesagt, ist der Blender auf den Rang verwiesen.

»So, Joe, wo bauen wir die Musik auf?«, fragt Paul.

»Im kleinen Saal. Ich muss los in die Kirche, aber Bertram wird euch helfen. Ihr kennt Bertram doch noch?«

Jetzt strahlt Andrea. »Bertram ist immer noch bei euch? Wie alt ist er denn inzwischen?«

»Im Herzen jung. Ganz der Alte. Also, bis später.«

»Was für ein Lackaffe«, sagt Madelaine, als Joe weg ist.

Andrea widerspricht ihr nicht.

»Andrea und er waren mal ein Paar«, erklärt Paul.

»Echt?«

»Ja, ich war jung und naiv.«

»Jetzt tu mal nicht so, Schwesterherz. Joe war deine große Liebe.«

»Andersrum. Ich war seine große Liebe.«

»Aha. Und was ist passiert?«, fragt Madelaine.

»Andrea war gegen Fabriken, gegen Umweltverschmutzung, gegen Reichtum, gegen Fuchsjagd.«

»Das bist du doch auch – oder, Paul?«

»Trotzdem kann man befreundet sein. Mit Joes kleinem Bruder Michi war ich richtig dick.« Paul kreuzt Zeige- und Mittelfinger.

»Spar dir deinen Buddy-Schmarrn«, meint Andrea genervt.

Madelaine lacht. Paul ist sich jetzt nicht mehr sicher, ob es so eine gute Idee war, mit den Ladys hier aufzukreuzen.

Der Boss von dem Trio ist er offenbar nicht. Egal. Er geht über den Hof, voraus zum Eingang. Tritt ein.

Im Foyer sieht er Bertram. Schwarzer Anzug, schlohweißes Haar, strahlendes Lächeln. »Bertram, wie lange ist das her?«

»Ein paar Jahre wohl.«

»Das reicht nicht. Und du bist immer noch für den alten Herrn tätig?«

»Ich war schon bei seinem Vater.«

»Mensch. Geht es dir gut?«

»Ja. Viel Bewegung, gutes Essen. Die Ruhe hier draußen. Und bei Ihnen, Paul, was macht die Musik? Verdienen Sie inzwischen Geld damit?«

»Wir sind schon noch per Du, Bertram, damit das klar ist!«

»Sehr wohl, Paul. Du verdienst inzwischen Geld mit deiner Musik?«

»Ja, endlich.«

Jetzt kommt Andrea ins Haus. »Paul, wo bleibst du denn?« Sie sieht Bertram und fliegt auf ihn zu. Umarmt ihn.

»Andrea, immer stürmisch. Hallo, wie geht es dir?«

»Ist das schön, dich zu sehen!« Sie winkt Madelaine herbei. »Das ist Bertram, der gute Geist in diesem hohen Haus. Der Einzige, der sich wirklich in diesem Schlösschen auskennt.«

»Eine Burg, meine Liebe, kein Schloss.«

Paul stellt Madelaine vor.

»Ich zeig euch eure Zimmer«, sagt Bertram.

»Wie, ich denke, wir fahren nach dem Auftritt nach Hause. Paul?«

»Ach, Schwesterherz. Wir werden doch nicht spät in der Nacht noch über die Landstraße gondeln. Außerdem können wir dann nichts trinken. Hey, es gibt Champagner!«

»Mein Lieber, du kannst morgen schauen, wie du nach Hause kommst. Ich fahre heute Abend zurück.«

»Aber, Andrea …« Bertram steht die Enttäuschung ins Gesicht geschrieben.

»Bertram, ich hab auch keine frischen Sachen dabei.«

»Doch.« Paul wirft ihr lachend eine Umhängetasche zu.

»Ich fass es nicht. Das ist doch ein abgekartetes Spiel!«

»Jetzt kommt, Bertram zeigt uns die Zimmer.«

PRINZESSIN

Andrea hat sich wieder beruhigt. Die Musikanlage ist aufgebaut, der Soundcheck gemacht. Sie sitzt am Fenster ihres mit wundersamen Antiquitäten ausgestatteten Turmzimmers und sieht auf die liebliche Hügellandschaft hinaus. So viel Zeit ist vergangen. Es hätte alles anders verlaufen können. Ganz anders. Dann wäre sie jetzt mit Joe verheiratet, hätte zwei Kinder, vielleicht auch drei, würde sich um deren Erziehung kümmern und nebenbei noch den Garten in Schuss halten. Grauenvoll! Nicht das, was sie sich vom Leben erwartet. Ja, was erwartet sie eigentlich? Brennende Leidenschaft, Begeisterung, Aufregung! Hat sie das – privat? Na ja. Als Polizistin? Manchmal, ja, wenn sie knapp vor der Lösung eines Falls ist, oder wenn sie kalte, nackte Angst hat. Dann spürt sie sich ganz stark. Nein, ein Leben hier in dieser exquisiten Langeweile – unvorstellbar.

Okay, sie wird heute Nacht hierbleiben. In Gottes Namen. Sie geht auf die andere Seite des Zimmers und späht in den Innenhof der Burg. Gerade sind Brautpaar und Angehörige von der kirchlichen Trauung zurückgekehrt.

Wahnsinn, was für ein Kitsch! Ein weißer Rolls-Royce mit einem riesigen Blumenbouquet auf der Kühlerhaube. Prinzessinnenalptraum.

Es klopft an der Tür. Joe? Bitte nicht. Darauf hat sie jetzt gar keine Lust. Nostalgie kann sie echt nicht ab. Es klopft nochmals. »Ja?«

»Ich bin's, Bertram.«

Andrea öffnet die Tür. Bertram trägt einen Kleidersack über dem linken Ellenbogen.

»Was ist das?«

»Das Kostüm.«

»Welches Kostüm?«

»Na, deins.«

»Spinnt ihr? Ich verkleide mich doch nicht! Ich geh so auf die Bühne, wie ich bin.«

»Natürlich. Das ist für später, für den Maskenball.«

»Du meinst Kostümball.«

»Äh, ja, also beides. Du weißt doch, wie die Feste hier sind. Sie beschwören den Geist einer vergangenen Zeit herauf.«

»Wie kommst du darauf, dass mir das Kostüm passt?« Andrea deutet auf den Kleidersack.

»Paul hat mir deine Größe durchgegeben.«

»Wann?«

»Vorgestern.«

»Den mach ich fertig.«

»Andrea, es ist ein Fest. Ihr sollt Spaß haben. Wie alle anderen auch. Und ihr werdet Spaß haben.«

Andrea sieht ihn grimmig an, Bertram lächelt.

»Leg das Kleid aufs Bett«, sagt Andrea nur. Jetzt doch fest entschlossen, nach dem Konzert gleich heimzufahren. So weit kommt es noch, dass sie sich in irgendein blödes

Burgfräuleinkostüm zwängt und eine bescheuerte Maske aufsetzt, um an irgendwelchen bescheuerten Spielchen teilzunehmen. Echt nicht!

HINGERISSEN

Das Konzert ist ein voller Erfolg. Keine von Andreas Befürchtungen bewahrheitet sich. Fast nur junge Leute im Publikum. Klar, gut gekleidet, aber nicht spießig steif. Würde auch nicht zu Michi passen. Und seine Braut sieht auch nicht aus, als wäre sie eine Hochwohlgeborene mit ihrer wilden blonden Mähne. Alle sind begeistert von dem halb akustischen Set, das sie spielen. Pauls warme, weiche Stimme zur akustischen Gitarre, Andreas hingetupfte Töne und Akkorde mit dem E-Bass und im Hintergrund Madelaines engelsgleiches Organ. Was für eine berührende, zarte Stimme. Kein Wunder, dass Paul so in sie verknallt ist. Auch das Publikum ist hingerissen von Madelaine, wie sie ohne jede Eifersucht feststellt.

»Wo hast du so singen gelernt?«, fragt Andrea nach dem Auftritt.

»Nirgends.«

»Komm, erzähl mir nichts. Du hast doch schon mal in einer Band gesungen, oder?«

»Vielleicht in einem früheren Leben.«

Andrea sieht sie verdutzt an, dann lacht sie. Madelaine gefällt ihr. Irgendwas zwischen Elfe und Schlitzohr. Vor allem nicht auf den Mund gefallen. Ja, Paul braucht eine Freundin, die ihm Kontra geben kann.

Andrea hat schon drei Sekt intus, als sie den Bass in ihr Zimmer hochbringt. Jetzt also noch der gesellschaftliche

Teil des Abends. Auf den sie gerne verzichten würde. Vor ihrem Zimmer wartet eine junge nagelkauende Frau, sehr bleich, mit schwarzen langen Haaren. Schwarze Jeans, hohe schwarze Lederstiefel, oben ein kurzes Rüschenkleid mit langen Ärmeln aus Spitze, ebenfalls schwarz. Ganz oben ein Lederhalsband mit Nieten.

»Gothic Party ist heute abgesagt«, sagt Andrea.

»Nein, nur verlegt.«

»Aha.«

»In den Folterkeller.«

Andrea lacht. »Okay. Dann bin ich raus.«

»Ich soll dir helfen. Ich bin Moni.«

»Danke, meinen Bass kann ich allein tragen. Bin ja schon da.«

»Mit dem Kostüm.«

»Das krieg ich gerade mal noch selbst hin.«

»Da hab ich meine Zweifel.«

»Das ist so ein Haken- und Ösen-Ding?«

»So ist es.«

»So tritt näher, holde Jungfrau. Ich bin Andrea.«

»Moni.«

»Sagtest du. Studentenjob?«

»Ja, Studiservice.«

»Was studierst du denn?«

»Bestattungswesen.«

»Ach komm.«

»Kein Scheiß.«

»Aha.«

»Hast du schon mal 'nen Toten gesehen?«

»Ja, klar.«

»Klar?«

»Öfter, als mir lieb ist.«

»Bist du Soldatin?«

»Sehe ich so aus?«

»Ich weiß nicht. Ja, vielleicht?«

»Na, danke. Mordkommission.«

»Geil. Toller Beruf.«

»Geht so. Aber du bist nicht wirklich Bestatterin?«

»Nein, ich studier Informatik.«

»Und, bist du gut?«

»Glaub schon.«

»Die Polizei kann gute Informatiker brauchen.«

»Echt?«

»Echt. Und der Gothic Style ist so dein zweites Leben?«

»Ich mag das. Rollenspiele und das alles.«

»Du magst Rollenspiele, so … Hast du heute noch viel zu tun?«

»Du bist mein letzter Auftrag. Die anderen sind schon alle umgezogen.«

»Und wer hilft den Ladys wieder aus den Klamotten?«

»Die jeweiligen Herrschaften.«

»Sehr witzig.«

»Meine Freundin Britt hat die Frühschicht. Ich bin um zwei aus der Nummer raus.«

»Du, Moni, ich hab da eine Idee …«

KLAPPE

Andrea lässt sich in die Kissen fallen. Ist müde und zufrieden. Soll Moni mal ein bisschen Spaß haben. Das Kostüm hat ihr wie angegossen gepasst. Oben rum ein bisschen eng. Aber vermutlich gehört das so. Macht ein schönes Dekolleté. Mit der Maske und der Perücke wird man Moni nicht erkennen. Solange sie die Klappe hält. Wobei selbst das egal ist. Gerade war Andrea unten und hat einen Blick in den Ballsaal geworfen. Es geht hoch her. Nein, danke. Sie ist froh, dass sie da nicht mehr mitmischen muss. Das ist alles ein guter Tick too much. Mit dem Konzert ist sie bestens bedient. Wenn, dann hätte sie sich nur noch gern ein bisschen mit Joe unterhalten. Aber der war so beschäftigt mit der ganzen Organisation. Egal, dafür wird sie morgen früh noch Gelegenheit haben. Sie duselt weg.

EKSTASE

Ballsaal. Die Paare drehen sich, formieren sich, reichen sich die Hände, bilden einen Kreis. In der Mitte des Kreises in einem Traum in Weiß: Madelaine. Ihre Haare fliegen – pechschwarz. Schwarz? Auch sie trägt eine Perücke. Alle starren auf sie. Paul stürmt in den Kreis. Er trägt einen Frack, dreht sich wie ein Brummkreisel, rasend schnell, geht auf die Knie, rutscht auf sie zu. Springt auf, landet im Spagat, geht mit angezogenen Beinen auf den Hintern, Rücken, dreht sich weiter, dann auf die Schultern, schließlich auf den Kopf. Dreht und dreht sich. Breakdance! Alle feuern ihn an, klatschen, johlen. Ekstase!

Andrea schreckt hoch. Ist verschwitzt. »Wo bin ich?«

Es dauert einen Moment, bis sie sich erinnert. Sie steigt aus dem Bett, ihre nackten Füße auf dem kühlen Steinboden machen sie hellwach. Sie öffnet die Zimmertür und horcht ins Treppenhaus hinaus. Von unten ist gedämpft die Tanzmusik zu vernehmen. Sie sieht auf ihr Handy. Halb drei. Und noch kein Ende in Sicht. Im Turm knallt eine Tür. Sie hört Schritte auf der Steintreppe. Energisch. Oder verärgert. Treppenhaus unbeleuchtet. Fast. Mondlicht durch die schmalen Fenster. Ein Mann stürmt vorbei. Schwarzer weiter Mantel, Zylinder. Traumbild. Ein Traum?

Oben erregte Stimmen, dann knallt wieder eine Tür. Kein Traum. Andrea hat ein ungutes Gefühl. Hier passieren irgendwelche komischen Dinge. Geht sie das was an? Na ja, sie ist Polizistin. Oder ist das einfach Neugier? Sie schleicht die Treppe hoch. Späht durch ein Schlüsselloch. Kerzenschein. Kein Ton. Ist da drin jemand? Vorsichtig drückt sie die Klinke. Zum Glück lässt sich die Tür geräuschlos öffnen. Ein Spalt. Sie horcht. Nichts. Ein kleiner quadratischer Raum wie ein Vorzimmer. Hohe, holzgetäfelte Decke, Regale an allen Wänden, ledergebundene Bücher. Die goldgeprägten Lettern auf den Buchrücken schimmern im schwachen Kerzenlicht. Sie sieht niemanden.

»Das geht so nicht!«, hört sie aus dem dahinterliegenden Raum. Sie erinnert sich. Das Vorzimmer gehört zur Bibliothek. Die Stimmen eben, das sind Joe und sein Vater.

»Wer soll mich daran hindern!«, presst der Hausherr erregt hervor.

»Denk doch mal an Mama!«

Andrea schließt die Tür hinter sich, huscht hinter eine Chaiselongue, drückt sich auf den Boden. Atmet die Staubflusen auf dem Parkett ein, kann ihren Niesreiz kaum unterdrücken, atmet ganz flach.

»Wenn du das jetzt alles verkaufst, dann fliegt alles auf.«

»Nichts fliegt auf. Das gehört alles mir, und ich lasse mir nicht vorschreiben, was ich mit meinem Eigentum mache.«

»Es ist nicht nur dein Eigentum. Das ist Familienbesitz!«

»Da täuschst du dich gewaltig!«

Familienstreit. Geht sie das was an? Nicht die Bohne. Warum hat sie sich in so eine bescheuerte Lage gebracht? 100 000 Euro für eine gute Ausrede, wenn sie jetzt gleich entdeckt wird, denn den Niesreiz kann sie kaum länger unterdrücken. Ganz super.

»Komm mit!«

Jetzt ist es still. Andrea lugt hinter der Liege hervor. Sie muss hier raus. Hier hat sie nichts verloren. Sie schleicht zur Tür, späht in die Bibliothek. Wo sind sie? Sie sieht das blaue Blitzen einen Kopierers. Ist da noch eine Kammer? Sie muss hier raus. Die Gelegenheit ist günstig. Sie huscht zur Eingangstür, öffnet sie und zieht sie lautlos hinter sich zu.

Als sie auf ihrem Zimmer ist, lässt sie sich erschöpft aufs Bett fallen. Ist komplett durchgeschwitzt. Passiert ihr öfters in letzter Zeit. Tja, man ist keine 20 mehr. Sie geht in das kleine Bad und duscht. Mustert ihr gerötetes Gesicht im Spiegel. Misstrauisch. Was macht sie schon wieder? Das ist nicht in Ordnung. Rumspionieren. Worüber ist Joe so ganz anderer Ansicht als sein Vater? Geht es um das Erbe? Was würde er an der Stelle seines Vaters nicht machen? Und wer war der Mann auf der Treppe? Mit Mantel und Zylinder – Bertram?

Jetzt kann sie natürlich nicht schlafen. Sie ist hellwach. Worüber haben Vater und Sohn gestritten? Andrea wälzt sich von einer Seite auf die andere. Soll sie noch runtergehen in den Ballsaal, schauen, was Paul und Madelaine machen? Nein. Ihre Augen bleiben an dem großflächigen Ölgemälde an der Wand gegenüber hängen. Ein großer schwarzer Hengst im Sprung. Mit Herrenreiter. Was ist das für eine Welt? Nicht ihre. Aber schönes Tier.

Irgendwann fallen ihr die Augen zu. Sie träumt davon, durch eine Märchenlandschaft zu reiten. Bis sie an ein Schloss gelangt und an dessen Holztor pocht. Niemand macht auf. Sie klopft wieder. Tock, tock, tock. Nein, sie ist es gar nicht, die klopft. Oder?

Als das Klopfen heftiger wird, schreckt sie hoch. »Ja?«

Bertram steckt seine Nase in den Türspalt.

»Was ist?«

»Andrea, komm bitte! Es ist etwas passiert.«

»Was ist denn los?«

»Etwas Schlimmes ist passiert.«

Andrea steht schlaftrunken auf. »Wie spät ist es?«

»Sieben Uhr morgens.«

Sie schlüpft in den Bademantel und folgt ihm. Und sieht es gleich. Unten im Treppenhaus auf dem Steinboden liegt der Burgherr. In ungesunder Pose in einer großen Lache Blut. Wie gemalt. Eher schrecklich als schön.

»Scheiße!«, rutscht es Andrea raus.

Letzte Festgäste drängen sich auf dem unteren Absatz der Treppe. Betroffene Gesichter, Tränen.

»Wie ist das passiert? Wer hat ihn gefunden?«, fragt Andrea.

»Ich«, sagt Bertram.

»Und warum hast du mich geholt?«

»Ich dachte, du … Also …«

»Du dachtest, ich hab Erfahrung mit Toten?«

»Äh, ja.«

Andrea überlegt kurz. Der Streit in der Nacht. Jetzt ist er tot.

Sie sieht Bertram an. »Wo ist Joe?«

»Schon weg, er musste zu seinem Flugzeug.«

»Bitte pass auf, dass hier niemand rumtrampelt. Ich ruf

die Kollegen an, die Spurensicherung soll sich das anschauen. Was ist mit seiner Frau?«

»Sie schläft.«

»Und der Rest der Familie?«

»Michi und die Braut sind abgereist. Johann ist auf dem Weg nach Shanghai.«

»Geh bitte und weck Frau von Warth.«

BEGEISTERT

Josef war nicht begeistert, als sie angerufen hat. »Das ist nicht unser Revier«, hat er gesagt und nur widerwillig zugestimmt, dass sie sich die Sache näher anschaut. Ihrer Aussage, dass sie rein zufällig auf der Burg sei, hat er keinen rechten Glauben geschenkt. Als ob sie was dafürkönnte, wenn auf einer Hochzeitsfeier, wo sie zu Gast ist, jemand sein Leben aushaucht. Auch Tom fragt als Erstes, als er kurz nach neun im Burghof eintrifft: »Was machst du überhaupt hier draußen?«

»Ich hab Paul auf einen Auftritt begleitet. Ein Konzert auf einer Hochzeit. Ich brauch deine Hilfe. Ich will sichergehen, dass es ein Unfall ist.«

»Hast du Zweifel?«

»Ein Gefühl.«

»Das du mir sicher noch genauer erläuterst.«

»Frag nicht lang, sei mir einfach behilflich, okay?«

»Ja, okay. Du kennst die Leute hier gut?«

»Klar, wenn du aus der Gegend bist, kennst du die von Warths. Die haben Papierfabriken hier und in der ganzen Welt.«

Tom begutachtet die Leiche, zuckt mit den Achseln. »Müsste sich Dr. Sommer ansehen. Also, wenn das sein Zuständigkeitsbereich wäre. Ist offenbar eine schlimme Kopfverletzung, soweit ich das beurteilen kann. Das viele Blut. Andrea, warum machen das nicht deine Kollegen hier vor Ort? Das ist nicht unser Revier.«

»Du redest schon wie Josef. Ich möchte mir eine Meinung bilden, bevor die Kollegen das hier übernehmen.«

Tom sieht sie zweifelnd an. »Du weißt doch irgendwas?«

»Bitte schau dir das genau an. Ich sag dir später, warum.«

Tom stellt keine weiteren Fragen, geht den Turm Stufe für Stufe nach oben, mustert jede Stufe genau. Bertram betrachtet das Ganze mit sorgenvollem Blick von unten, hält scheinbar Wache bei seinem verblichenen Herrn.

Ganz oben sagt Andrea: »Hinter der Tür ist eine Bibliothek.«

»Was du alles weißt.«

Sie winkt Bertram hoch. »Dürfen wir da rein?«, fragt sie, als er oben angekommen ist.

»Ja, natürlich, wenn es notwendig ist.«

»Bertram, wie geht es Frau von Warth?«

»Sie ist sehr schockiert und hat ein Beruhigungsmittel genommen.«

»Hast du die Söhne erreicht?«

»Noch nicht. Johann sitzt im Flieger nach Shanghai und Michi geht nicht ans Handy.«

Sie betreten den Vorraum und gehen weiter in die Bibliothek. Jetzt bei Tageslicht kommen die Räumlichkeiten Andrea ganz anders vor, viel kleiner. Aber die Regale sind hoch.

Tom zieht einen schweren Prachtband aus dem Regal und streicht ehrfürchtig über den Ledereinband, bevor er ihn aufschlägt. »Johannes Kepler, *Harmonice mundi*. Was für eine schöne Ausgabe! Die Bibliothek ist sicher ein Vermögen wert.«

Andrea geht in den kleinen Nebenraum. Eine fensterlose Kammer mit einem Kopierer. Sie sieht sich um. Was haben die kopiert? Sie müsste Joe fragen, aber der ist ja gerade hoch oben über irgendeinem Ozean. Und weiß noch gar nichts, weil sein Handy im Flugmodus ist. Oder er weiß alles.

»Also, klärst du mich jetzt auf?«, fragt Tom.

Andrea sieht zu Bertram. Der zieht sich daraufhin zurück.

Sie erzählt Tom die ganze Wahrheit. Dass sie die Familie kennt, dass sie und Paul eng mit den Söhnen befreundet waren, dass sie nicht nur Musik auf der Hochzeit gemacht haben, dass sie zwar nicht lange mitgefeiert hat, aber nachts hier in der Bibliothek gewesen ist, weil sie den Streit von Vater und Sohn gehört hat. Und eine mysteriöse Gestalt im Treppenhaus gesehen hat. Mit Zylinder und weitem Mantel.

»Das klingt wie ein Hörspiel von den ›Drei Fragezeichen‹.«

»Ja. ›Die Bibliothek des Grauens‹.«

»Oder: ›Die Treppe des Todes‹. Hast du auch aktuell engere Verbindungen zur Familie?«

»Wie kommst du dadrauf?«

»Weil das hier eigentlich nicht unsere Sache ist. Das müssen doch die Kollegen vor Ort machen. Und wenn du engere Beziehungen zur Familie hast, dann solltest du in dem Fall sowieso nicht ermitteln.«

»Jetzt sei nicht gleich so amtlich. Natürlich übernehmen das die hiesigen Kollegen. Josef hat mit denen telefoniert.

Die haben gerade einen Personalengpass, eine erste Lagebeurteilung können wir machen. Es ist ja eh nicht klar, ob es vielleicht einfach ein Unfall war. Oder?«

»Warum habe ich immer wieder das Gefühl, dass du deine Kompetenzen überschreitest?«

»Ach komm, du weißt doch, wie das läuft. Warum sollte jemand auf die Idee kommen, dass das kein Unfall ist?«

»Und du, warum vermutest du was anderes?«

»Vater und Sohn hatten in der Nacht Streit.«

»Wenn du das den Kollegen sagst, werden sie dich schon anhören.«

»Ich hab da ein paar Sachen gehört, letzte Nacht, die mich misstrauisch machen. Bist du dabei?«

»Wobei?«

»Dass wir schon mal anfangen zu ermitteln. Wegen Fremdverschulden.«

»Wie du meinst, meine Liebe.«

Im hinteren Bereich der Bibliothek steht ein großer Schreibtisch aus dunklem Holz vor einem dreigeteilten hohen Fenster, das einen weiten Blick auf Hügel, Wiesen und Wälder gewährt. Darauf ein schlanker schwarzer PC-Turm samt großem Bildschirm. Tom hebt das Gehäuse des PCs an und legt die flache Hand an die Unterseite des Geräts.

»Ist noch ein bisschen warm. Das Gerät war vor Kurzem in Betrieb.«

»Wann ist der Hausherr gestorben?«

»Ich bin von der KTU, kein Rechtsmediziner. Aber das Gerät war vor Kurzem noch an, und ich schätze mal, der Hausherr ist seit mehreren Stunden tot. Wenn das sein Rechner ist, warum ist er dann noch warm, aber ausgeschaltet? Er kann es ja nicht gewesen sein.«

»Wir müssten wissen, was da auf dem Rechner ist. Oder war. Man kann doch gelöschte Dateien rekonstruieren?«

Tom schüttelt den Kopf. »Datenschutz. Ohne richterliche Anordnung, ohne Staatsanwalt geht da gar nix.«

»Das dauert doch ewig!«

»Erst mal müssen wir sowieso wissen, ob es nicht doch einfach ein Unfall war. Vielleicht ist er einfach gestürzt.«

»Das glaubst du doch selber nicht!«

»Mann, Andrea!«

»Kannst du wenigstens schon mal Fingerabdrücke sichern? Am Computer und am Kopierer nebenan?«

»Was genau suchst du?«

»Ob der Sohn des Hauses da seine Finger dran hatte.«

»Ich denk, das weißt du schon, also, dass die hier gestritten haben.«

»Ja, aber außer dir und mir weiß keiner, dass ich hier drin war.«

Tom nickt müde. »Alles klar, dann hol ich mal das Besteck.«

Jetzt fällt Andrea Paul ein. Den hat sie total vergessen. Sie geht zu seinem Zimmer. Er und Madelaine sind weit entfernt in einem anderen Trakt der Burg untergebracht. Sie klopft. Keine Reaktion. Vorsichtig öffnet sie. Sieht den Gitarrenkoffer auf dem Sofa. Die Vorhänge des Himmelbetts sind zugezogen. Sie tritt näher. Schiebt eine Stoffbahn zur Seite. Sie sieht im milchigen Licht Paul und Madelaine, aneinandergeschmiegt. Andrea muss lächeln. Sie will nicht stören. Muss sie aber. Denn draußen ist der Tod. Sie zischt leise. Madelaine blinzelt, öffnet die Augen, sieht Andrea fragend an.

SCHLIMMES ENDE

»So ein schlimmes Ende«, murmelt Paul, als der Leichen-
wagen den Burghof verlässt. »Was passiert jetzt mit ihm?«

»Die Rechtsmedizin sieht sich den Leichnam genauer an.
Leider nicht Dr. Sommer. Der Fall geht an die Kollegen.«

»Wieso ist das ein Fall? Das war doch ein Unfall?«

»Man sollte alle Eventualitäten berücksichtigen.«

»Jetzt red nicht so geschwollen. Du ermittelst nicht?«

»Nein, die hiesigen Kollegen fanden es schon nicht so
super, dass Tom bereits hier war. Ich hab geschwindelt und
gesagt, dass er ebenfalls auf der Hochzeit eingeladen war.«

»Aber jetzt sind die Polizisten schon wieder weg?«

»Die gehen davon aus, dass das ein Unfall war. Die nehmen mich nicht richtig ernst. Der eine hat mich auch noch
gefragt, ob ich die Tochter vom alten Mangfall bin. Die
immer beim Demonstrieren war und bei den Grünen.«

»Willkommen daheim.«

»Echt nicht.«

Paul kratzt sich am Kopf. »Was für ein Wechselbad. Gestern das große Fest, und heute geht sie unter, die feine Welt
der von Warths. Alles Fassade.«

»Wie meinst du das?«

»Ach, der ganze Reichtum, der oberflächliche Glanz.«

»Hey, Paul, das hörte sich vor ein paar Tagen aber noch
ganz anders an.«

»Madelaine hat mir die Augen geöffnet.«

»Ach ja?«

»Oh ja. Sie sieht die Sachen und Menschen, wie sie sind.«

»Boh, ich brauch jetzt 'nen Kaffee.« Andrea geht in die Küche und trifft dort die Frau, die Paul die Augen geöffnet hat.

Madelaine hält eine Tasse Kaffee in beiden Händen und sieht durchs Fenster in den Park hinaus. »Was, glaubst du, ist passiert?«, fragt sie Andrea.

»Ich weiß es nicht, noch nicht.«

»Du weißt mehr, als du sagst.«

»So?«

»Du warst gestern nicht auf dem Maskenball.«

»Gut beobachtet. Ich hab mich vertreten lassen.«

»Das schwarzhaarige Mädchen?«

»Ja.«

»Und was hast du gemacht?«

»Geschlafen. Ich war müde.«

»Ich hab den Hausherrn näher kennengelernt. Ein unangenehmer Mensch, ein Machtmensch, jemand, der glaubt, alles bekommen zu können, was er will.«

»Dich?«

Madelaine lacht. »Nein – wobei, doch. Genau diese Haltung. Ich hab ihn abblitzen lassen. Weißt du, ich finde das alles schön hier. Die alte Burg, die alten Möbel, die Tradition. Aber es ist nicht mit Leben gefüllt, mit Haltung, sondern nur mit Pose. Das ist alles leer. Lieber bin ich arm und glücklich, als so zu leben. Und du?«

»Ja, so seh ich das auch.«

»Ermittelt ihr hier?«

»Der Fall gehört den Kollegen hier vor Ort. Wenn es überhaupt ein Fall ist. Vielleicht ist der Burgherr ja auch einfach gestolpert und die Treppe runtergefallen.«

Madelaine sieht sie ernst an, dann sagt sie: »Ich möchte zurück nach München.«

»Wir fahren bald. Ich muss noch was erledigen.«

Andrea fragt Bertram nach der schwarzhaarigen Studentin.

»Wenn du Glück hast, erwischst du Monika noch. Sie hatte für gestern Nacht ein Zimmer im Wirtschaftstrakt.«

Andrea geht über den Burghof zum Wirtschaftsgebäude und trifft Moni tatsächlich noch an. Ja, sie hat das mit dem Todesfall bereits gehört. Andrea bittet sie mitzukommen und geht mit ihr in die Bibliothek des Burgherrn, macht die Tür hinter ihnen zu. Die Studentin sieht sie fragend an.

»Wie war der Abend, Moni?«

»Ging so. Ganz lustig.«

»Bist du traurig, dass der Hausherr tot ist?«

»Geht so.«

»Unangenehmer Mensch, oder?«

»Kannst du laut sagen.«

»Hat er sich gestern auch an dich rangemacht?«

»Ja, aber deswegen bringe ich keinen um.«

»Hilfst du mir?«

»Wobei?«

»Ich möchte, dass du einen kurzen Blick in den Computer wirfst.«

»Auf die Festplatte?«

»Ja.«

»Das geht nicht. Datenschutz.«

»Der Besitzer des Computers ist tot. Wir nehmen die Kiste sowieso auseinander.«

»Ihr? Du bist von der Münchner Polizei, oder?«

»Die hiesigen Kollegen sind schon weg. Die nehmen das nicht ernst.«

»Du glaubst an Fremdverschulden?«

»Ja.«

»Warum?«

»Bauchgefühl.«

Moni deutet auf den PC. »Passwortgeschützt?«

»Ja, leider, sonst hätte ich dich nicht herbemüht. Du studierst doch Informatik?«

»Das heißt noch lange nicht, dass ich Computer hacken kann. Oder so was generell tue.«

»Nein, klar. Entschuldige. Also, gibt es Möglichkeiten, auf die Festplatte zu kommen, ohne Kennwort?«

»Dafür brauchst du einen Passwort-Knacker. Ich kann so was organisieren, aber das dauert ein bisschen und der rechnet dann auch eine ganze Zeit lang rum. Der probiert einfach gängige Passwörter und Buchstabenkombinationen. Aber wie gesagt, ich hab den nicht in meiner Hosentasche.«

»Wie lange brauchst du, um so ein Teil zu organisieren?«

Moni stöhnt auf und zieht an den Schubladen. Abgeschlossen. Dann hebt sie die Schreibtischmatte an. Diverse Zettel. Einen findet sie interessant. Dann zeigt sie auf die Tastatur. »Was ist das für weißes Zeug?«, fragt sie.

»Puder. Die Spurensicherung hat nach Fingerabdrücken geschaut.«

»Und?«

»Nix. Ist doch erstaunlich. Auf einer Tastatur.«

»Allerdings«, sagt Moni und studiert die Buchstaben und Zahlen auf dem Zettel in ihrer Hand. Sie wirft den PC an, probiert ein paar Kombinationen aus und ist beim dritten Versuch im Computer. »So viel zum Thema Datensicherheit«, murmelt sie und deutet auf die Tastatur. »Willst du?«

»Nein, mach mal, wenn du schon dabei bist.«

Andrea sieht fasziniert zu, mit welcher Geschwindigkeit Monis Finger über das Computerkeyboard fliegen. Sie betrachtet im Finder die Dateienbäume. Bis auf einige Systemdateien ist dort aber nicht viel zu sehen.

»Die Festplatte wurde formatiert. Heute um 4:12 Uhr.«

»Scheiße. Aber die Dateien sind nicht wirklich weg, oder?«

»Partiell lässt sich bestimmt wieder was herstellen, aber das ist in der Regel ziemlich aufwendig.«

»Kannst du das?«

»Nein, das ist die hohe Schule. Ihr habt doch Spezialisten für so was?«

»Ja, klar. Aber ich kann ja schlecht hingehen und sagen: Hey, der hat seine Festplatte gelöscht ... Ich bräuchte irgendwelche Belege für illegale Geschäfte des Verstorbenen ...«

»Hä?«

»'Tschuldigung. Du bist ja gar nicht bei der Polizei ...«

»Ich ruf einen Freund an, der checkt das, okay?«

»Wie lange?«

»Zwei, drei Stunden. Wenn er die Daten rauskriegt, sichern wir sie auf einem Stick.«

Andrea überlegt kurz. Dann nickt sie. »Okay. Und kein Wort zu niemand.«

KEINE REGUNG

Andrea spricht mit der Burgherrin. Soweit das möglich ist, denn sie hat ein starkes Beruhigungsmittel bekommen. Andrea sieht sie mit Sorge und Bedauern, auch mit ein bisschen Abscheu an. Ungute Erinnerungen kommen hoch. Der strenge Ton, den sie früher immer draufhatte, ihr magerer Körper, der jetzt geradezu ausgezehrt wirkt, und die scharfen Gesichtszüge, die noch an Härte hinzugewonnen haben. Über den gestrigen Abend kann Frau von Warth nicht wirklich Auskunft erteilen, da sie sich bereits kurz nach Mitternacht mit starker Migräne zurückgezogen hat. Andrea glaubt ihr, denn schon damals, als sie wegen Joe immer wieder zu Gast auf Burg Warth war, wurde Frau von Warth von heimtückischen Migräneattacken geplagt. Es gibt eine Reihe von Fragen, die Andrea ihr jetzt gerne stellen würde, aber angesichts der schwierigen emotionalen Situation und der stark verlangsamten Reaktionen ihres Gegenübers macht sie das lieber nicht.

»Sobald es geht, werden wir Johann und Michael informieren«, sagt sie abschließend.

Die Hausherrin nickt still. Andrea sieht in ihr wächsernes Gesicht. Keine Regung. Sie erinnert sich an einen Abend, früher, als sie zufällig einmal Zeugin einer Auseinandersetzung von Joes Mutter mit ihrem Mann wurde. Es ging um eine Frau. Der Alte war ein Lebemann, flirtete ständig, betrog sie wahrscheinlich nach Strich und Faden. Und sie war oft unpässlich. Irgendwas sagt Andrea, dass sein Tod auch damit etwas zu tun hat.

Sie führt anschließend mit Bertram ein langes Gespräch, das leider nicht viel ergibt. Die Durchsicht der Gästeliste bringt auf den ersten Blick auch nicht viel. Bei den meisten handelt es sich um Freunde von Michi und der Braut, von denen vermutlich keiner näheren Kontakt zum Burgherrn hatte. Zu einigen Personen kann ihr Bertram ein paar Details geben, die aber ihre Vermutung nur unterstreichen. Nein, von denen hat zumindest auf den ersten Blick keiner einen Grund, vorsätzlich für das Ableben des Hausherrn zu sorgen. Aber sie werden die Eingeladenen alle befragen müssen … Die Kollegen aus Tölz. Wenn es nur ihr Fall wäre! Sie denkt an die Frauengeschichten, die dem Alten von Warth nicht ohne Grund immer nachgesagt wurden. Zum Abschluss fragt sie Bertram gleich noch direkt nach den Affären des Burgherrn.

»Ich bitte dich!«, empört sich Bertram.

»Jede Information ist wichtig!«

»Nein, dazu kann ich dir gar nichts sagen. Herr von Warth war glücklich verheiratet.«

»Ach komm, Bertram, erzähl mir doch nix.«

Sie ignoriert, dass jetzt Paul neben ihnen steht, was Bertram zusätzlich irritiert.

»Nur mal als Hypothese. Herr von Warth gräbt eine junge Frau an, macht ihr Avancen, es kommt zu einem Handgemenge auf der Treppe und er stürzt.«

»Ich bitte dich. Das hätte Herr von Warth nie gemacht. Definitiv!«

»Wann fahren wir endlich los?«, fragt Paul, der die Sache angesichts von Bertrams Diskretion schon nicht mehr so spannend findet. Er mustert seine Schwester. Warum verbeißt sie sich in den Gedanken, dass hinter dem unglücklichen Todesfall ein Verbrechen steckt? Ist das typisch für sie oder für alle Polizisten, immer vom Schlimmsten auszugehen?

Andrea nickt Bertram zu. »Gut, lassen wir das. Die Gästeliste nehm ich mit. Mal sehen, ob jemand von den Leuten uns noch was über die Ereignisse der Nacht erzählen kann.«

Sie sieht auf den Burghof hinaus. Moni verabschiedet sich gerade von einem blassen Jüngling mit schwarzer Hornbrille unter dem blonden Pony. Er radelt mit einem alten Damenfahrrad davon. Die Rockschöße seines Parkas wehen im Wind.

Andrea geht nach draußen. »Und? Hat dein Freund was gefunden, war doch noch was auf der Festplatte?«

Moni gibt ihr die Hand. »War schön, dich kennengelernt zu haben.«

Andrea spürt den USB-Stick in ihrer Hand. »Danke. Wie gesagt – bei der Polizei brauchen wir Leute mit guten Computerkenntnissen.«

SCHARFKANTIG

Dr. Sommer blickt von seinem Rechner auf.

»Und, was sagt der Kollege?«, fragt Andrea.

»Schädelbasisbruch …« – »Vom Sturz?«, unterbricht ihn Andrea.

»… liegt nicht vor. Es ist eine Platzwunde. Viel Blut, aber nicht tödlich.«

»Sondern? Was ist die Todesursache?«

»Genickbruch. Offenbar durch den Sturz.«

»Die Kopfwunde auch?«

»Kann man nicht sicher sagen. Wenn da ein großer Zeitabstand zwischen dem Entstehen der Verletzungen vorliegen würde, dann könnte man das anhand der Blutgerinnung feststellen. Aber die Verletzungen sind wohl entweder zur selben Zeit entstanden oder in nur kurzem zeitlichen Abstand. Die Kopfwunde stammt von einem scharfkantigen Gegenstand. Treppe, Geländer?«

Andrea überlegt. »Das ist eine alte ausgetretene Steintreppe. Das Geländer hat einen verschnörkelten Handlauf, eher rund.«

»Ein scharfkantiger Gegenstand. Stein oder Metall. Nicht klein. Länglich.«

»Ein Schlag?«

»Keine Ahnung. Oder er ist gegen etwas Scharfkantiges gefallen.«

Andrea nickt nachdenklich. Ruft sich das Treppenhaus in Erinnerung. Da ist nichts Scharfkantiges. »Hat er viel Blut verloren? Durch die Kopfwunde? Wäre er verblutet?«

»Nein.«

»Aber das Treppenhaus war voller Blut.«

»Er hat sich die Zunge beim Sturz durchgebissen und die Nase zertrümmert.«

»Selbstverschuldet? Oder hat ihn jemand gestoßen?«

»Du fragst mich Sachen. Ich hab keine Ahnung. Andrea, ganz ehrlich: Das kam jetzt schon komisch bei dem Kollegen in Tölz, was ich alles wissen wollte. Hast du einen konkreten Verdacht, dass es kein Unfall war?«

»Ja, klar, sonst würde ich nicht fragen.«

»Okay, du wirst wissen, was du tust. Also noch mal zusammengefasst: eine Platzwunde am Kopf und hoher Blutverlust, aber keinesfalls tödlich. Tödlich war der Genickbruch. Wenn es den nicht gegeben hätte, wäre er aber vermutlich an dem vielen Blut in Mund und Nase erstickt.«

»Danke. Sonst Spuren, von einem Kampf, fremde DNA?«

»Willst du nicht den Kollegen selbst fragen?«

»Nicht wirklich. Die gehen von einem Unfall aus.«

»Würde ich auch, wenn du mir nicht Löcher in den Bauch fragen würdest. Übrigens – erster Tipp für den Todeszeitpunkt: 4:37 Uhr.«

»Das kann man so genau bestimmen?«

Sommer nickt gewichtig.

»Wow!«, sagt Andrea.

Sommer grinst. »Nicht aus medizinischer Sicht.«

»Sondern?«

»Die Uhr von dem alten Herrn ist um 4:37 Uhr kaputt-gegangen. Also, falls sie vorher richtig ging, könnte das die Todeszeit sein.«

»Hey, danke, cool!«

Andrea macht sich auf den Weg ins Büro. Grübelt. 4:12 Uhr wurde die Festplatte des Rechners formatiert. War das der Alte noch selbst? Oder war er da schon tot? Schade, dass ein Rechtsmediziner den Todeszeitpunkt nicht auf die Minute bestimmen kann. Aber vielleicht stimmt das mit der Uhr ja auch und er ist um 4:37 Uhr die Treppe runtergestürzt.

Josef ist nicht begeistert, dass bei Andrea mal wieder Privates und Berufliches völlig durcheinandergeraten. »Ich hab dir doch gesagt, du sollst ein paar Tage lang zu Hause bleiben«, beschwert er sich. »Stattdessen machst du einen auf Burgfräulein und wir haben schon wieder eine Leiche.«

»Jetzt bin ich wohl schuld dran? Wo ich auftauche, sterben die Leute wie die Fliegen. Fallen die Treppen runter, stürzen sich aus Fenstern.«

»Mach mal halblang. Die Kollegen dort finden es nicht so super, dass sich die Münchner einmischen. Wegen eines Unfalls.«

»Das war kein Unfall. Ich hab in der Nacht Geräusche im Treppenhaus gehört. Ich bin aus meinem Zimmer raus und hab jemanden gesehen. Schwarzer Mantel, Zylinder.«

»Ach komm! Hast du ein Glas zu viel gehabt?«

»Ich war nüchtern! Unten war das Kostümfest in vollem Gange. Ich hab jedenfalls Geräusche gehört, knallende Türen. Im Treppenhaus war ein Mann. Er ist die Treppe runtergerannt. Ich war neugierig und hab geschaut, wo er herkommt. Durch die Tür zur Bibliothek hab ich den Streit mitgekriegt.«

»Du hast gelauscht?«

»Ja, ich hab gelauscht. Berufskrankheit. Vater und Sohn, also der ältere Sohn, haben gestritten.«

»Moment! Hast du das den Kollegen gesagt?«

»Ähm …«

»Mann, Andrea!«

»Ach komm, die wollen keinen Stress. Die sind doch happy mit einem Unfall. Die waren gleich wieder weg. Ich geb mich damit nicht zufrieden.«

»Wo ist der Sohn jetzt?«

»Shanghai. Geschäftsreise. Die haben da auch Fabriken.«

»Worum ging es in dem Streit?«

»Der Alte wollte irgendwas verkaufen. Vielleicht eine Fabrik. Oder mehrere.«

»Und der Sohn wollte das nicht?«

»So hörte es sich an.«

»Woher kennst du die Familie?«

»Na ja, die sind da draußen ziemlich bekannt. Paul ist mit Michael befreundet, dem jüngeren Sohn. Das ist der, der geheiratet hat. Und die haben vereinbart, dass Paul auf der Hochzeit spielt. Und ich ihn begleite.«

Josef sieht sie ernst an. »Du kannst da nicht ermitteln. Das ist nicht unser Revier. Außerdem bist du zu nah an diesen Leuten dran.«

»Josef, jemand von außen kommt doch gar nicht an diese Leute ran. Das ist eine eigene Welt. Gib mir Christine dazu und wir kümmern uns.«

»Echt nicht!«

»Wir pfuschen den dortigen Kollegen nicht rein, versprochen! Wenn die sich überhaupt kümmern. Ich glaub nicht, dass die das interessiert. Die haben nur Bertram ein paar belanglose Fragen gestellt. Josef, es kann doch nicht schaden, wenn ich noch mal nachbohre. Christine passt auf mich auf.«

Josef stöhnt. »Und was ist mit unserem U-Bahn-Schubser? Aschenberger sitzt mir im Nacken.«

»Was willst du machen? Ohne Zeugen. Ohne weitere Videos. Du kannst da nicht aktiv werden, da kannst du nur abwarten.«

Josef schüttelt den Kopf. »Hey, das ist irgendwie uncool. Erst gibst du uns in dem U-Bahn-Fall deine Expertise als Profilerin und jetzt findest du das Ganze wohl nicht mehr so heiß?«

»Josef, sei ehrlich, in der Geschichte kommen wir erst weiter, wenn wieder etwas passiert. Ist doch so. Und ich mein das nicht zynisch. Oder siehst du das etwa anders?«

»Dass wieder was passiert?«

Andrea nickt.

Josef schnauft. »Du hast leider recht. Aber das ist keine Taktik.«

»Hat Karl denn noch was mit den Videos rausgefunden?«

»Leider Fehlanzeige.«

»Also, das mit Christine und mir geht klar?«

»In Gottes Namen. Aber vermassle es nicht!«

Auf dem Flur läuft Andrea Tom in die Arme.

»Und, leitest du den Fall?«, fragt Tom.

»Sieht ganz so aus. Also nicht offiziell.«

»Und wie soll das gehen?«

»Inkognito. Wenn du nicht petzt. Hast du denn was Neues für mich?«

»In der Bibliothek sind jede Menge Spuren. Hinter dem Sofa ist alles voller Fingerabdrücke.«

»Die sind von mir.«

»Weiß ich. Hab ich schon abgeglichen. Mann, was hast du hinterm Sofa gemacht?«

»Ermittelt.«

»Weiß Josef das schon?«

»Das mit dem Streit schon. Dass ich in dem Zimmer war, nicht.«

»Okay, ich muss dann mal.«

»Hey, Tom!«

»Ja?«

»Danke.«

»In dem Bericht steht natürlich drin, dass da oben in der Bibliothek deine Fingerabdrücke sind.«

»Ja, klar. Muss passiert sein, wie ich mit dir da drinnen war.«

»Logisch. Oder auch nicht. Aber ich muss den Bericht ja nicht sofort abgeben.«

»Danke.«

VERMÖGENSWERTE

Andrea holt sich einen Kaffee und eine LKS und klemmt sich hinter ihren Computer. Steckt den USB-Stick ein, den Moni ihr gegeben hat. Von dem sie niemandem was erzählt hat. Natürlich nicht. Voll illegal. Aber man muss einer Spur folgen, solange sie heiß ist. Beziehungsweise solange der Computer noch warm ist. Monis Freund hat erstaunliche Fähigkeiten. Gelöschte Daten zurückholen, das ist schon Königsklasse. Den Typen muss sie sich warmhalten. Um im Bild zu bleiben. Trotzdem ist sie ein bisschen enttäuscht: Auf dem Stick sind gerade mal ein knappes Gigabyte Daten. Viel ist das nicht. Aber PDFs und Worddokumente sind ja nicht groß. Sie sortiert die Dateien nach Datum. Die Neuesten zuerst. Englische Dokumente, Verträge. In groben Zügen versteht Andrea, worum es geht. Kaufverträge für Fabriken in China und Südostasien. Kaufen oder verkaufen? Andrea klickt sich der Reihe nach durch die Dokumente. Auch deutsche Schriftstücke sind dabei. Vom Notar des alten von Warth. Aufstellungen von Vermögenswerten.

Ihre Augen schmerzen, als Christine sie endlich unterbricht: »Kantine?«

»Gerne.«

»Was machst du da?«

»Erzähl ich dir gleich.«

Beim Backhendlsalat berichtet ihr Andrea, was sie weiß. Dass Vater und Sohn gestritten haben, weil der Alte offenbar seine Fabriken verkaufen wollte.

Christine hält sich nicht mit Nachfragen auf, woher Andrea die Information hat, sondern sagt ganz trocken: »Das ist doch ein glasklares Motiv. Wenn der Sohn jetzt kein gutes Alibi hat, dann hat er ein Problem.«

»Er hat ein Alibi. Joe hat um drei Uhr das Fest verlassen, weil er zu seinem Flieger nach Shanghai musste.«

»Und wann ist der Todeszeitpunkt?«

»Circa halb fünf Uhr morgens.«

»Das weiß Sommer so genau?«

»Die Uhr des Alten ist beim Sturz kaputtgegangen. 4:37 Uhr.«

»Hm. Nur mal geraten. Der Täter braucht ein Alibi. Er hat ihn gerade erschlagen. Da kommt ihm die Idee mit der Uhr. Er stellt sie zwei Stunden vor, haut sie kaputt und wirft ihn dann die Treppe runter.«

»Nicht schlecht, Christine. Aber ich kenn Joe ganz gut. Das trau ich ihm dann doch nicht zu.«

»Ihr wart einmal ein Paar?«

»Wer sagt das?«

»Niemand. Du erzählst immer am meisten, wenn du nichts erzählst. Und?«

»Ja.«

»Sag das Josef nicht. Der zieht dich sofort ab.«

»Die Hölle tu ich. Und du sagst nichts wegen dem Verkauf. Die Daten hab ich mir auf dem kurzen Dienstweg beschafft.«

»Dienstweg?«

»Na ja, da gibt es eine Studentin auf der Burg, die hilft ab und zu aus. Und die studiert Informatik.«

»Und hat Zugriff auf den PC des Alten?«

»Äh, sie spielt ihm immer Software-Updates drauf.«

»Die kommen automatisch aus dem Netz. Andrea, ich will keine Details wissen. Wann kommt Joe denn zurück?«

»Morgen Nachmittag. Wir fahren in der Früh hin und sprechen vorher schon mit den anderen Burgbewohnern.«

»Wir?«

»Ja. Bist du dabei?«

»Was sagt denn Josef?«

»Ich hab's so mit ihm besprochen. Ist okay, solange wir dort nicht so viel Wind machen.«

»Was sagen denn die Kollegen vor Ort?«

»Die gehen von einem Unfall aus. Bislang.«

»Was ist denn mit dem jüngeren Sohn?«

»Der bricht seine Hochzeitsreise ab. Kommt auch morgen zurück. Aber der ist nicht interessant. Das Brautpaar hat die Burg schon um Mitternacht verlassen. Da war der Vater noch am Leben.«

»Gut. Dann schauen wir mal. Ich freu mich drauf.«

»Worauf?«

»Na, dass wir das gemeinsam machen. Wir passen doch ganz gut zusammen.«

»Zur Meyfarth hätte ich auch nicht allein gehen sollen. Schon in die Wohnung nicht. Die hätte ja dort bereits austicken können.«

»Tja.«

»Und in Haar hätte sie das nicht so einfach hingekriegt, wenn ich nicht allein gewesen wäre.«

»Ach komm, die war zu allem entschlossen. Die hätte sonst auch die Wachbeamtin vor dem Zimmer entwaffnet.«

»Ich war die Letzte, die sie lebend gesehen hat. Manchmal macht mir der Job keinen Spaß. Überall Tod.«

»Hey, komm, du arbeitest in der Mordkommission!«

»Habt ihr denn irgendwas Neues von unserem U-Bahn-Schubser?«

»Karl wühlt sich immer noch durch die Videos der letzten Jahre. Und Harry war noch mal bei den Kiosk-Typen.«

»Aha? Aber keine Spur?«

»Nichts, gar nichts. Josef fürchtet, dass er es irgendwann noch mal macht.«

»Und die Presse?«

»Gar nicht so schlimm. Hat sich schon auf andere Themen gestürzt. Die jagen ja jede Woche eine neue Sau durchs Dorf. Ich schau, dass ich meine Sachen vom Tisch krieg, dann steh ich dir morgen voll und ganz zur Verfügung.«

»Cool. Aber zieh dich warm an.«

»Hä?«

Andrea deutet aus dem Fenster.

Dicke Flocken.

MIT SCHARF

Andrea macht sich um sechs Uhr auf den Heimweg. Sie friert auf dem Fahrrad. Trotz Handschuhen. Statt Schnee jetzt feiner Graupel. Sie ist froh, als sie ihre Straße erreicht. Bei Ali lehnt sie ihr Rad an die Scheibe und kauft zwei Döner. Wenn Paul nicht zu Hause ist, dann isst sie eben beide. Sie hat einen Riesenhunger. Wie immer, wenn ihr kalt ist.

Während Ali das Fleisch vom Drehspieß runterschneidet, schaut sie auf die Straße raus. Sieht, dass oben in der Wohnung Licht brennt. Zwei Köpfe in der Küche.

»Mach gleich drei, Ali.«

»Mit scharf?«

»Mit sehr scharf.«

Ali lacht. »Keine Probleme mit dem Auspuff.«

Andrea grinst höflich über den alten Witz. Aber sie ist abgelenkt. Ihr Blick ist an einem Mann hängen geblieben, der sich in den Hauseingang neben ihrem Wohnhaus drückt. Stellt sich unter. Klar. Das Wetter. Wartet er auf was? Die Körpergröße, der Mantel, die Baseballcap.

Sie verlässt den Laden und überquert die Straße. Natürlich schaut der Mann in genau diesem Moment zu ihr. Will schon weg, sieht die Gruppe Jugendlicher auf dem Gehsteig, Weg versperrt. Dreht sich um, klingelt an dem großen Klingelbord.

Als Andrea an der Tür ist, fällt diese gerade ins Schloss. Sie drückt mit der flachen Hand mehrere Klingelknöpfe auf einmal.

»Was denn?«, schnauzt eine Männerstimme genervt aus der Gegensprechanlage.

»DHL für Mattusek«, nennt Andrea wahllos einen Namen von den Klingelschildern.

Die Tür summt. Sie drückt sie auf. Sieht den Lichtschalter. Mühsam geht eine Energiesparlampe an. Sie tritt durch die schwach beleuchtete Einfahrt, späht ins Treppenhaus. Kein Licht. Dann Innenhof. Auch der nur mäßig erleuchtet. Sie schaut nach nebenan. Dort die Durchfahrt zu ihrem Hof. Weiter oben, an der Seite, eins der beiden Küchenfenster, hinten die Fenster von Bad und den zwei Schlafzimmern ihrer Wohnung. Wenn ein Fenster gekippt wäre, könnte sie Paul hören, wenn … Was, wenn? Unsinn. Das kann irgendwer gewesen sein. Sie sieht auf dem nassen Boden keine Spuren. Wenn der Schnee doch liegenbleiben würde! Tut er nicht. Sie horcht. Nichts. Doch, da ist was. Bei den Mülltonnen. Sie holt ihre Waffe raus, entsichert sie. Ein Scheppern, ein Kreischen. Eine schwarze Katze springt über den Hof. Andrea flucht, sichert die Waffe wieder. Blickt sich noch mal um. Sieht schon Gespenster. Trotzdem will sie es genau wissen. Sie probiert die Kellertür. Versperrt. Sie geht zurück ins Treppenhaus, steigt nach oben. Ist da was? War da ein Geräusch? Sie ist sich nicht sicher. Leise nimmt sie Stufe für Stufe. Ganz oben sind die Treppenstufen zunehmend von Staub und Dreck bedeckt. Ein schmieriges kleines Fenster filtert das fahle Laternenlicht von der Straße unten. Jetzt sieht sie die Abdrücke im Staub. Sind die neu? Kann man nicht sagen. Waren unten feuchte Schuhabdrücke? Mist, darauf hat sie nicht geachtet. Aber wie auch. Im Dunkeln. Warum macht sie das Scheißlicht nicht an? Jetzt tut sie es. Baustelle. Offenbar wird der Dachboden ausgebaut. Sie probiert die Tür zum Speicher. Unversperrt. Sie tastet um den Türstock, findet keinen Schalter. Sie tritt in die Dunkelheit, die Tür fällt hinter ihr zu, schluckt das Licht vom Treppenhaus. Sie macht ein paar Schritte, sieht fast nichts. Ihre Schuhe knirschen auf dem Bauschutt. Wind zerrt an Plastikplanen. Sie zieht wieder die Waffe. Ihr Atem geht schnell. Sie will schon was sagen. Hat Angst davor, ihre Stimme in dieser Stille zu hören. Sie dreht sich um und macht fast einen Sprung zurück zur Tür. Öffnet sie schnell und tritt ins Treppenhaus, lässt die Tür zufallen. Jetzt geht das Minutenlicht aus. Sie flucht und knipst es wieder an. Raus hier.

Sie eilt die Treppe runter, tritt auf die Straße raus. Schaut nach rechts und links. Flucht: »Mann, Mann, Mann.«

Sie ist schon im ersten Stock ihres Hauses, als sie aufstöhnt und umdreht.

»Ich dachte schon, du kommst nicht mehr«, sagt Ali mit hochgezogenen Augenbrauen, als er ihr die Tüte mit den drei Dönern reicht.

»Nur ein kurzer Verdauungsspaziergang vorab.« Sie legt ihm das Geld auf den Tresen und geht.

Als sie in der Wohnung ist, sind Paul und Madelaine ausgeflogen.

»Ganz groß!«, murmelt sie und holt sich ein Bier aus dem Kühlschrank.

Sie greift zum Handy. »Hey, Tom. Hast du Lust auf anderthalb lauwarme Döner?«

KATEGORIE

»Guten Morgen«, sagt Tom. Andrea wendet den Blick von den tanzenden Schneeflocken vor dem Küchenfenster und sieht zu Tom. Der steht in der Küchentür. Wirre Haare, Knittershirt, Jeans, keine Socken. Sieht gut aus. Sie küssen sich über Andreas dampfende Kaffeetasse hinweg.

Andrea deutet zum Küchenschrank. »Tassen oben rechts.«

Tom holt sich eine und gießt sich Kaffee ein, wirft einen Blick auf die Titelseite der SZ.

Andrea schiebt ihm den Bayernteil hin, deutet auf den kleinen Artikel mit der Überschrift »Unglück auf der Burg Warth«. »Die wissen nix«, sagt sie.

»Du willst wirklich noch mal hin ...?«

»Christine ist dabei.«

»Aber das können doch die Kollegen vor Ort machen?«

»Denen fehlen die Hintergrundinfos.«

»Dann gib sie ihnen.«

»Nein, ich will das selbst klären.«

»Wenn du meinst.«

»Ja, das mein ich«, sagt sie kampflustig.

»Pass auf dich auf.«

Tom schmiert sich ein Marmeladenbrot. Andrea geht sich anziehen.

»Kommst du noch mit ins Präsidium?«, fragt Tom.

»Ich hol Christine mit dem Auto ab. Ich bring dich.«

Kurz darauf sitzen sie in Andreas Golf. Sie hat die Scheibenwischer an, weil große, nasse Schneeflocken auf die Scheibe platschen.

»Ich hab Winterreifen«, nimmt Andrea Toms Frage vorweg.

Christine wartet im Innenhof und raucht.

»Ist das jetzt amtlich mit dir und Tom?«, fragt sie, nachdem sich Tom mit einem Kuss verabschiedet hat.

»Wen interessiert das?«

»Mich zum Beispiel.«

»Amtlich ist keine Kategorie für Liebe.«

»Standesamtlich?«

»Was soll das, Chrissie?«

»Nichts. Ich freu mich für dich.«

»Bist du neidisch?«

»Nur theoretisch. Tom ist nicht mein Typ.«

»Na, Gott sei Dank, dann können wir ja Freundinnen bleiben.«

Dieses Mal wählt Andrea die Autobahn in Richtung Tölz. Stadtauswärts ist wenig Verkehr. Leichtes Schneetreiben. Hört bei Starnberg ganz auf. Die Sonne kommt durch. Bringt die überzuckerte Landschaft zum Glitzern.

Christine holt die Sonnenbrille raus, kurbelt ihren Sitz ein wenig zurück. »Hast du schon mal überlegt, aufs Land zu ziehen?«, fragt sie.

»Nein, niemals. Ich bin auf dem Land aufgewachsen.«

»Ich in München-Laim.«

»Würdest du gerne aufs Land?«

»Mit dem richtigen Mann – vielleicht.«

»Gibt es ›den‹ richtigen Mann?«

»Na hoffentlich.«

Dann schweigen sie und genießen die Landschaft.

»Lass uns irgendwo anhalten«, meint Christine schließlich. »Ich muss Pipi, und ein Kaffee wäre auch nicht schlecht.«

Kurz darauf stehen sie an der Bundesstraße am Stehtisch vor einer kleinen Bäckerei. Zwei Haferl Kaffee und zwei Butterbrezen. Sie paffen Nikotinschwaden in die kalte, klare Winterluft. Die Sonne im Gesicht ist warm. Andrea schaut auf die Bergkette. Ja, das ist wirklich schön. Sie sollte öfters mal aus der Stadt raus.

Christine sinniert: »Einen alten Bauernhof hier draußen herrichten, das wär's.«

»Da wärst du nicht die Einzige. Die Preise hier sind nicht wirklich anders als in München.«

»Tja. Schade. Macht aber auch viel Arbeit, so ein Hof. Und ein Schloss können sich nur wenige leisten.«

»Eine Burg.«

»Das ist nicht so der Riesenunterschied. Gibt es irgendwas, was ich vorher noch wissen sollte, bevor wir da aufkreuzen? Außer, dass dieser Michi und du mal ein Paar waren.«

»Joe und ich. Michi ist der kleine Bruder, der gerade geheiratet hat.«

»Dann ist einer der beiden Söhne des Verstorbenen noch frei? Also, dein Ex?«

»So ist es, meine Liebe. Du kannst ihn haben.«

Die Weiterfahrt verläuft in bester Stimmung. Das liegt weniger an der gepflegten Konversation als vielmehr an der fantastischen Natur, die dank der Witterung einen ganz eigenen Charakter entfaltet. Die Eiskristalle in Bäumen und Sträuchern glitzern wie Edelsteine vor dem dunkelblauen Himmel, die Hügel werden von der gleichmäßigen Schneedecke weich gezeichnet, sind nur gelegentlich verziert vom Zickzack eines Feldhasen oder den zarten Spuren eines Rehs. Eine Märchenlandschaft, aus der sich nach dem letzten Waldstück plötzlich die Türme der Burg erheben.

»Wow, das ist nicht wahr, Andrea!«

»Doch, doch.«

»Also, wenn das kein Schloss ist, dann weiß ich es auch nicht.« Christine checkt im Schminkspiegel der Sonnenblende ihr Make-up.

Andrea stöhnt auf. »Hey, jetzt übertreib nicht.«

»Wissen die Bescheid, dass wir kommen?«

»Ja, ich hab mit Joe telefoniert, Ferngespräch Shanghai. Ich hab nicht genau gesagt, warum wir kommen. Nur dass wir jegliches Fremdverschulden ausschließen wollen. Ich hab gesagt, dass das immer so ist, wenn es keine Zeugen gibt. Für Joe ist das in Ordnung. Er möchte, dass ich mich persönlich kümmere. Er kommt heute Nachmittag. Sein Flieger landet um vier Uhr.«

»Aha. Und die Tölzer Kollegen wissen Bescheid, dass wir hier sind?«

»Nein.«

»Aha.«

»Sag mal, du nervst nicht zufällig ein bisschen?«

»Niemals.«

Der Golf rollt über den angefrorenen Kies im Innenhof.

Bertram nimmt sie in Empfang: »Leider kein schöner Grund für unser Wiedersehen, Andrea.«

»So ist es. Das ist meine Kollegin Christine Pulver.«

»Grüß Gott, Frau Pulver.«

»Sagen Sie bitte Christine.«

»Gerne. Bertram.« Er wendet sich an Andrea. »Johann sagte, du hättest Zweifel an der Todesursache von Herrn von Warth?«

»Das wäre jetzt zu viel gesagt. Sagen wir mal, ich möchte einfach ganz sichergehen, dass hier kein Fremdverschulden vorliegt.«

»Gibt es denn Hinweise darauf?«

»Nein. Aber der alte Herr war sehr vermögend, die Situation auf dem Hochzeitsfest war ziemlich unübersichtlich. Das siehst du doch bestimmt auch so.«

»Ja, es war sehr viel los. Aber was hat das …« – »Reine Routine«, beruhigt ihn Andrea.

Bertram nickt. »Kommt doch rein. Wir stehen hier in der Kälte.«

Sie betreten das Foyer. Bertram nimmt ihnen die Jacken ab und deutet nach vorne. »Die Familie ist im Speisesaal versammelt. Johann wird erst später dazukommen. Er kommt direkt vom Flughafen. Darf ich Kaffee oder Tee anbieten?«

»Kaffee, gerne«, sagt Andrea und geht voran.

Sie öffnet die Flügeltüren zum Speisezimmer. Sechs Personen sitzen an dem großen Tisch. Die Witwe und ihre Schwester, deren Sohn samt Frau, der junge Bräutigam und seine Braut.

»Hallo, Frau von Warth. Noch mal mein herzliches Beileid. Das hier ist meine Kollegin Christine Pulver. Wir werden Ihnen jetzt ein paar Fragen zu der Nacht der Hochzeitsfeier stellen. Es geht darum sicherzustellen, dass es wirklich ein Unfall war, dass es keinerlei Fremdeinwirkung gab.«

Entsetzen in allen Gesichtern.

Andrea lächelt. »Das ist nur eine Routinemaßnahme. Ich habe es gerade Bertram schon erklärt. Nun ja, Herr von Warth besitzt große Vermögenswerte, also Sie alle als Familie.«

Die Erklärung befriedigt die Anwesenden nicht wirklich. Unruhe in allen Augen. Außer in denen von Frau von Warth. Ihr Blick ist leer, sie wirkt sediert.

Andrea wendet sich an sie. »Frau von Warth, wann wird Johann hier sein?«

Sie antwortet mechanisch: »Er wird spätestens um sechs Uhr hier sein. Andrea, glaubst du wirklich, dass es kein Unfall gewesen ist? Hat ihn gar jemand gestoßen?«

»Ich will nur ganz sichergehen. Uns interessiert, was Ihr Mann an dem Abend gemacht hat, wer ihn als Letzter lebend gesehen hat. Wir werden Sie alle einzeln befragen. Sie erzählen mir bitte genau, was Sie an dem Abend gemacht haben, vor allem zu später Stunde, nach Mitternacht. Ob Sie etwas beobachtet oder gehört haben.«

Andrea weiß selbst, dass das ein ziemlich schwieriges Unterfangen ist, denn auf dem Kostümball war keiner mehr nüchtern. Am interessantesten ist für sie natürlich Joe, der mit seinem Vater gestritten hat. Doch das wissen nur er und sie. Jedenfalls darf sie es ihm später nicht gleich auf die Nase binden. Er soll denken, dass sie noch komplett im Nebel stochern.

Allerdings verlaufen auch die anderen Gespräche bereits interessant. Jetzt, da der Alte von Warth tot ist, ist es, als ob ein Ventil geöffnet wurde. Fast ungefiltert sprudeln die Geschichten über ihn aus den Mündern der Befragten. Alle hatten Angst vor ihm. Vor seiner unwirschen Art, seinem Meinungsmonopol. Sogar seine Frau, die bedingungslos zu ihm stand, hat sich gefürchtet. Andrea überlegt: Kann einer von ihnen so weit gehen, ihn töten zu wollen? Nein, sie glaubt es nicht. Wenn überhaupt, dann liegt eine Affekttat vor. Und dann kommt nur Joe in Betracht, wenn er vorher Streit mit ihm hatte. Doch das klang nicht wie ein Streit auf Leben und Tod. Oder?

Als schließlich Johann das Speisezimmer betritt, ist es draußen längst stockdunkel. Er sieht Andrea und entschuldigt sich: »Tut mir leid, dass ich so spät bin. Ging nicht schneller. Die Straßen sind vereist. Wo ist Mutter?«

Andrea deutet zur Rückenlehne des Ohrensessels, in dem die Witwe sitzt und ins Kaminfeuer starrt.

»Mutter!« Er nimmt sie in die Arme.

»Johann. Das ist alles so schrecklich!« Sie schnieft.

Johann sieht über die Schulter seiner Mutter Andrea an. Seine Augen sagen – nichts?

»Andrea hat ein paar Fragen an dich«, sagt Frau von Warth.

»Ich weiß.« Er geht zu Andrea. »Du glaubst, dass das kein Unfall war?«

»Nein, das habe ich nie gesagt.«

»Wann genau ist es passiert?«

»Das Fest war noch im Gange.«

»Oh Gott.«

»Kann ich allein mit dir sprechen?«

»Komm, wir gehen in den kleinen Salon.«

Christine sieht den beiden interessiert hinterher. Ein Lächeln huscht über ihr Gesicht. Ganz kurz nur. Ist nicht der richtige Moment für so was.

»Also, was ist passiert?«, fragt Johann, während er sich einen Whiskey einschenkt. »Du auch?«

»Danke, nein.«

»Also, schieß los, du kommst doch nicht wegen einer reinen Routinesache?«

»Jetzt nur mal als Hypothese. Also wirklich nur Hypothese: Er wurde erschlagen. Von hinten. Mit einem scharf-kantigen Gegenstand.«

»Ich denke, er ist die Treppe runtergefallen?«

»Er lag da unten. Vielleicht eine Anschlusstat zur Ver-schleierung …«

»Und weiter?«

»Nichts weiter. Wie war dein Verhältnis mit deinem Vater in der letzten Zeit?«

Joe ist empört. »Du glaubst doch nicht im Ernst …!«

Andrea lächelt. »Nein, ich spiel nur alle Möglichkeiten durch. Um sie auszuschließen. Also, habt ihr immer noch wegen jeder Kleinigkeit gestritten?«

»Ständig, ja. Aber du meinst, in dieser Nacht?«

»Ja, in dieser Nacht. Ich hab euch gehört. Ihr habt gestritten. Also?«

»Ja, er hat mir gesagt, dass er jetzt, wenn Michi aus dem Haus ist, alles verkaufen wird.«

»Warum?«

»Michi hat mit dem ganzen Kram nichts am Hut, er wollte weg, raus aus dem goldenen Käfig.«

»Und du?«

»Mir möchte er nichts überlassen. Er hat mir als Vorerbe die Fabrik bei Tölz gegeben, das Stammhaus, die Manufaktur. Als Alibi. Das sind nur ein paar ganz kleine Krümel vom großen Kuchen. Alles andere wollte er zu Geld machen.«

»Warum?«

»Na ja, das ist jetzt ein bisschen heikel.«

»Nur zu.«

»Er hat Fabriken in Shanghai. Und nicht nur die Fabriken.«

»Eine andere Frau?«

»Nicht nur eine Frau. Eine ganze Familie. Zwei Kinder. Neun und elf Jahre alt.«

»Im Ernst? Dein Vater?«

»Ja, mein Vater. Der alte Tyrann, der Moralapostel. Führt ein zweites Leben am anderen Ende der Welt.«

»Und ihr wusstet davon?«

»Nur ich.«

»Was ist mit Michi?«

»Sein Augenstern. Nein. Und er hatte immer noch die Hoffnung, dass Michi ins Geschäft einsteigt. Aber Michi will nichts. Nur weg. Er hätte das alles haben können.«

»Warum nicht du?«

»Wir hatten Streit. Wie so oft. Und diesmal ging es tatsächlich um mehr. Ich hab ihm gesagt, dass er das Familienunternehmen nicht einfach veräußern kann.«

»Warum tut er das? Früher hat er doch trotz aller Reibereien dich als Nachfolger gesehen. So war es doch früher, oder?«

»Ja, so war es irgendwann mal. Damals, als wir ein Paar waren. Da war ich noch eine richtig gute Partie. Hast du echt was versäumt.«

»Lass das! Das hier ist dienstlich. Warum habt ihr euch so zerstritten?«

»Erinnerst du dich noch an die Leute von Grünes Tölz?«

»Klar, die Umweltaktivisten.«

»Sie haben mir Dokumente zugespielt. Die bewiesen, dass in dem Werk bei Tölz massiv gegen Umweltschutzbestimmungen verstoßen wurde.«

»Warum haben die das nicht an die Presse gegeben?«

»Wegen der Arbeitsplätze. Und ich hatte Kontakte in die Gruppe.«

»Du?!«

»Ja, ich. Glaubst du, Umweltschutz ist mir egal? Ich habe mit dem Alten einen Deal gemacht. Ich bekomme als Vorerbe die hiesige Fabrik, modernisiere sie, mache daraus ein Vorzeigeprojekt im Umweltschutz. Das war der Deal mit den Umweltschutzaktivisten. Imagemäßig war das ein

Riesengewinn für die Firma, auch für ihn selbst. Und ich hab dabei gelernt, wie teuer das alles ist. Die Fabrik hat erst letztes Jahr ein positives Ergebnis abgeliefert. Wenn uns nur ein großer Kunde wegbleibt, dann haben wir ein Problem.«

»Und dein Vater hat in der Folge vornehmlich in Fernost investiert. Wo sich kaum jemand für Umweltschutz und Arbeitsbedingungen interessiert. Die Fabrik hier ist euer Ökofeigenblatt.«

»Wenn du das so nennen willst.«

»Boh, das kotzt mich alles an.«

»Andrea, das ist Unternehmertum, das ist Industrialisierung. Solange keine Gesetze übertreten werden, ist das schlicht und einfach Wettbewerb. Geld und Know-how gehen dahin, wo sie sich am besten entfalten können.«

»Und du machst hier einen auf Ökounternehmer – echt nicht!«

»Du bist sehr hart in deinem Urteil. Ich hab eine Menge Arbeitsplätze hier erhalten, sehr viel Steuern bezahlt. Und mich um die Umwelt gekümmert. Ich hab meinen Beitrag geleistet. Und mich selbst um mein Erbe gebracht.«

»Na komm, jetzt übertreib nicht.«

»Andrea, wirf mich nicht in einen Topf mit meinem Vater, mach mich nicht für seine Geschäftspraktiken verantwortlich! Du hast ihn doch gekannt.«

Andrea nickt bedrückt. »Was hast du in Shanghai gemacht?«

»Ich hab mit den Managern vor Ort gesprochen, mit dem Notar meines Vaters in Shanghai. Ob ich das Geschäft noch stoppen kann.«

»Warum?«

»Weil wir in seiner Rechnung nicht mehr vorkommen. Nach deutschem Recht kann er das Familienunternehmen nicht einfach verkaufen. Mutter sitzt im Aufsichtsrat, Michi auch.«

»Du auch?«

»Nein, ich nicht.«

»Und weiter?«

»Papa wollte sich mit seiner neuen Familie zur Ruhe setzen.«

»Aber deine Mutter hat wirklich keine Ahnung?«

»Nein, von seiner zweiten Familie weiß nur ich. Wenn Mutter es erfahren hätte, hätte sie den Verkauf mit allen Mitteln verhindert.«

»Und Michi?«

»Der zählt nicht. Der unterschreibt alles. Die Firma ist ihm egal.«

»Wer entscheidet jetzt? Also, wer erbt?«

»Ich weiß es nicht. Ich hoffe, Mutter.«

»Dir ist schon klar, dass du und deine Mutter gute Motive haben?«

»Das traust du uns zu?«

»Ich hatte gerade einen Fall, in dem eine Frau ihren Exmann mit 50 Messerstichen getötet hat. Ein ganz zartes Wesen. Das hätte ich ihr nicht zugetraut.«

»Na danke. Was ist mit ihr passiert?«

»Sie hat Selbstmord begangen.«

Johann schluckt. »Was hast du jetzt vor?«

»Mit den anderen haben wir bereits gesprochen. Du bist der Letzte. Wir fahren nachher wieder nach München. Die Ergebnisse der Spurensicherung kriegen wir voraussichtlich morgen. Ist der Computer deines Vaters passwortgeschützt?«

»Vermutlich. Also, er wäre dumm, wenn nicht.«

»Du kennst das Passwort?«

»Andrea, was soll das? Woher soll ich das wissen? Oder glaubst du, dass ich ihn ausspioniert hab?«

»Na ja, ich frag mich halt, wie du von seinen Verkaufsplänen erfahren hast?«

»Von unserem Justiziar. Er hatte Streit mit Papa. Und aus Rache hat er sich eine Indiskretion geleistet. Aber was mich jetzt interessiert: Wie kommst du auf die ganze Geschichte? Wie kann es überhaupt sein, dass du uns beim Streiten gehört hast? Wir waren in seinem Arbeitszimmer. Und ich hab dich auf dem Ball gesehen. Vorher und hinterher. In dem gelben Kleid.«

»Kleines Geheimnis. Ich war oben. Ich hab euch jedenfalls gehört.«

Sie sieht ihm an, dass es in seinem Kopf heftig arbeitet, aber sie erklärt ihm keine Details.

»Joe, danke für deine Offenheit.«

»Was passiert jetzt?«

»Wie gesagt, wir warten, was die Spurensicherung sagt, und dann sehen wir weiter.«

»Was wir besprochen haben, das bleibt unter uns? Mutter darf das nicht wissen. Michi und Bertram genauso wenig.«

»Ja, das bleibt unter uns. Versprochen.«

»Danke.«

Andrea steht auf und geht zur Tür.

Johann lacht.

»Was ist so lustig?«, fragt sie irritiert.

Johann deutet zu einer anderen Tür. »Da geht's raus.«

Sie sieht auf die Klinke, die sie in der Hand hat, öffnet die Tür und lacht ebenfalls. Eine Besenkammer. Das war ihr damals ständig passiert. In diesem Haus der tausend Türen hat sie ständig die falsche erwischt.

Als sie das Esszimmer betritt, ist dort niemand mehr. Irritiert geht Andrea ins Foyer. Geht weiter zum Eingang, will eine Zigarette im Hof rauchen. Der Burghof und auch ihr VW Golf sind von einer dicken Schicht Schnee bedeckt. Gut 20 Zentimeter. Sie sieht auf ihr Handy. Halb acht vorbei. Wie lange hat sie mit Joe gesprochen? Verdammt.

Bertram kommt in einem weiten Wintermantel und mit Schirm über den Hof gestapft. »Ihr könnt heute nicht mehr zurückfahren. Die Straßen sind nicht geräumt.«

»Wo ist Christine?«

»Ich hab euch zwei Zimmer zurechtmachen lassen. Ist das in Ordnung?«

»Ja. Äh, natürlich. Aber als ich das letzte Mal hier war, ist jemand gestorben. Nicht, dass wieder was passiert. Manchmal hab ich das Gefühl, dass wir von der Kripo das Verbrechen anziehen.«

»Das will ich aber nicht hoffen«, sagt Bertram ohne jede Ironie.

»Wenn ich nicht da gewesen wäre, würde jetzt jemand anderes ermitteln. Wenn überhaupt wer ermitteln würde. Findest du das unangenehm?«

»Du tust, was du tun musst, Andrea. Du warst schon immer hartnäckig.«

»Ach, es wäre eigentlich ganz schön, wenn etwas anderes von mir in Erinnerung geblieben wäre. Mein Witz, mein Charme.«

»Aber Andrea. Du und dein Bruder haben so viel Fröhlichkeit hier auf die Burg gebracht.«

»Ach Bertram, dass du es so lange mit dem alten Drachen ausgehalten hast?«

»Herr von Warth war streng. Aber unser Verhältnis war immer gut und von gegenseitigem Respekt geprägt.«

Andrea nickt. Ja, das glaubt sie. Denn Bertram hat etwas, was jedermann Respekt abfordert: Haltung. Das wusste selbst der alte Herr von Warth. Gott hab ihn selig.

ZEITMASCHINE

Andrea liegt auf dem Bett. Ihr Kopf brummt. Too much information. Und sie hat das Gefühl, als würde sie rücksichtslos von rechts von ihrer Vergangenheit überholt. Themen und Leute, die sie fast vergessen hat. Grünes Tölz. Dass die so knallhart Politik gemacht haben. Sie dachte, das wären so Flower-Power-Typen, spät geborene Hippies wie sie. Von wegen. Handeln einen Deal mit einem Industriellen aus. Na ja, wenn das Joe letztendlich zu einem besseren Menschen und Unternehmer gemacht hat, dann war es das schon wert. Vielleicht ist sie aber auch immer zu streng gewesen. Vom hohen Ross ist sie schon lange heruntergestiegen, wundert sich jetzt, wie hart sie damals geurteilt hat. Andere zu bewerten, steht ihr nicht an. Außer beruflich natürlich, da gehört das zu ihrem Job. Und das hier ist dienstlich. Darf man eigentlich eine Übernachtung einfach so annehmen? Also ohne Bezahlung? Ach, scheiß der Geier. Sie steht auf und geht ans Fenster. Dicke Flocken schweben vom schwarzen Himmel, decken alles zu. Die Äste der Fichten neigen sich schon beträchtlich.

Es klopft an ihrer Tür.

»Ja, bitte?«

Christine steckt ihren Kopf ins Zimmer. »Hey, Andrea. Alles klar? Du bist gar nicht mehr aufgetaucht? Alte Liebe rostet nicht, was?«

»Sehr witzig. Ich weiß jetzt schon mehr, als mir lieb ist.«

»So, dann bin ich ja mal gespannt. Aber fass dich kurz, denn in zehn Minuten gibt es Abendessen.«

Jetzt merkt Andrea erst, dass sie einen Riesenhunger hat. Und sie ist erschöpft, hat einen Mörderdurst. Sie fasst sich an die Schläfe. Heiß. Nein, nur warm.

GELÖST

Das Abendessen findet in erstaunlich gelöster Stimmung statt. Einzig die Witwe bleibt stumm. Aber auch nicht verzweifelt vor Gram. Christine trinkt sogar ein Glas Wein zum Essen. Andrea verzichtet. Zu viele ungeordnete Gedanken in ihrem Kopf. Dazu passt Alkohol nicht. Immer wieder schaut sie aus dem hohen Fenster. Schnee, Schnee, Schnee. Sie kommt sich vor wie in einem alten Agatha-Christie-Film. Die Gemeinschaft muss die Nacht zusammen verbringen und ist von der Zivilisation komplett abgeschnitten. Unter ihnen ist ein Mörder. Oder eine Mörderin. Und morgen früh ist wieder einer oder eine von der Tischgesellschaft tot. Nein, Unsinn. Aber etwas Surreales hat die Situation schon. Sie ist vorhin in ihrem Zimmer noch ein paar Minuten am offenen Fenster gestanden und hat in die Nacht hinausgehorcht. Gespenstisch still. Ein dicker weißer Mantel.

»Kommst du mit rüber in den Salon?«, fragt Christine.

»Kurz, ja.«

Andrea setzt sich nah ans Feuer zu Frau von Warth.

»Wir hatten uns nicht mehr viel zu sagen«, sagt Frau von Warth unvermittelt. »Aber dieses Ende hat er nicht

verdient. Jetzt müssen die Kinder das Unternehmen wei-
terführen.«

Andrea nickt. Aber dieser Dünkel geht ihr gewaltig auf
den Zeiger. Und offenbar hat Frau von Warth auch immer
noch keine Ahnung, was ihr Mann sonst noch so alles getrieben hat. Oder doch? Andrea sieht zu Michi. Der kann
sich mit seiner jungen Frau das Scherzen nicht ganz ver-
kneifen. Christine wischt geschäftig über ihr iPad. Andrea
fühlt sich bleischwer und versinkt langsam in ihrem Sessel,
nickt ein, bis Christine sie anstößt.

»Hey, Andrea, es ist Zeit fürs Bett.«

Auf dem Zimmer checkt Andrea ihr Handy. Kurz nach
zehn. Sie könnte vielleicht noch Tom anrufen. Oder Paul.
Könnte. Nein, kann sie nicht. Kein Netz.

OCHSENTOUR

Paul wundert sich, dass Andrea nicht heimkommt, aber er
genießt es auch, die Wohnung mal für sich zu haben. Will
in aller Ruhe ein Bad nehmen. Den erneuten Streit vorhin
mit Madelaine hat er schon verdaut. Ja, schon klar, er weiß
es inzwischen, dass sie seinem Manager nicht traut, diesem
»Kommerz-Heini«. Und ja, vielleicht war es ein Fehler, ihr
vorhin von seiner Bayerntour vorzuschwärmen, die Chris
für ihn klargemacht hat. Nicht das ganz große Rad, aber
doch ein paar Speichen davon. Ohne Basisarbeit wird es
nicht klappen mit den Hits. Und das bedeutet nun mal
Ochsentour. Er sieht sich schon auf Kleinkunstbühnen, in
Discos und Mehrzweckhallen in Erding, Aschaffenburg und
Sulzbach-Rosenberg. Leider ist Bayern ziemlich groß. Aber

das Ganze mit Festgage – nicht auf Eintritt. Vielleicht sollte er das trennen – die massentauglichen Songs und dann die guten Sachen für Madelaine, Andrea, seine Freunde. Nein. Kann er nicht. Will er auch nicht. Oasis haben auch beides hingekriegt. Und da kann man ja auch nicht einfach sagen: kommerziell. *Don't look back in anger ...* Was für ein großartiger Song! Eingängig und doch mit Tiefe. Er lässt das Lied laut von den Badfliesen widerhallen. Es klingt, als würde er in einem Ballsaal singen. Jetzt denkt er an die verrückte Hochzeit auf der Burg mit dem blutigen Ausgang. Bloody Wedding sozusagen – klingt wie ein Billy-Idol-Song. Er hat die Vision von einem schneeweißen Brautkleid mit einem großen leuchtenden Blutfleck. Was für ein Schmarrn. Trash. Und die Braut hat mit dem Ganzen am allerwenigsten zu tun. Ob sie es nun bedauert, wo sie eingeheiratet hat? Wenn sie mitkriegt, was ihr Schwiegervater für ein Mensch war. Nein, Michi ist ein cooler Typ. Der hat so gar nix von seinem Vater. Der Maskenball – Wahnsinn! Alles hat sich gedreht. Die Frauen in diesen wunderbaren Kleidern, die schwarzen und glitzernden Masken, die Perücken. Klar, Madelaine hat er an ihrem Kleid erkannt, er hatte es ja auf dem Bett liegen sehen, aber die anderen nicht, auch die Männer nicht. Unbekannte, vor denen man keine Hemmungen hat. Der Ballsaal – Darkroom mit Festbeleuchtung. Paul kichert. Was für ein schwachsinniger Vergleich!

Paul nimmt einen letzten Zug aus seiner Bierflasche und steigt aus dem Badewasser. Schlingt sich ein Handtuch um die Hüften und geht in die Küche. Sieht das dichte Schneetreiben im gelben Laternenlicht. Auf der anderen Straßenseite steht ein Mann in einem Hauseingang. Kurz sieht Paul das Weiße seines Gesichts. Tom – der die Wohnung beobachtet? Quatsch. Andrea ist ja bei ihm. Paul holt sich

Zigaretten und steckt sich eine an. Sieht wieder runter. Der Mann ist weg.

Das Telefon klingelt.

»Ja?«

»Hi, Paul, ich bin's, Tom.«

»Ach, Tom. Was gibt's?«

»Ist Andrea bei dir?«

»Ich dachte, sie ist bei dir?«

»Ich erreich sie nicht. Sie wollte heute noch mal zu der Burg raus.«

»Aha. Alte Liebe rostet nicht.«

»Was?«

»Ach nichts. Ermittelt sie da?«

»Hat sie denn nichts gesagt?«

»Ich war gestern unterwegs. Ist der alte Herr etwa nicht durch einen Unfall gestorben?«

»Dazu darf ich dir nichts sagen. Aber sie ist mit Christine hin.«

»Na, dann ist ja alles gut. Wahrscheinlich bleiben sie bei dem Wetter draußen. Und die Burg liegt in einem Funkloch. Hast du es denn schon übers Festnetz probiert?«

»Nein.«

»Dann mach das doch.«

»Um diese Uhrzeit?«

»Ach, vielleicht machen die noch Party.«

»Nein, ich ruf nicht mehr an. Dann denkt sie noch, ich spionier ihr nach.«

»Tust du das?«

Keine Antwort.

»Sorry«, sagt Paul. »War nicht so gemeint. Hey, hast du noch Lust auf ein Bier?«

»Jetzt noch?«

»Na komm, auf einen Absacker im ›Kilombo‹. Das kennst du, oder?«

»Okay. Ich brauch 'ne halbe Stunde. Bis gleich.«

Paul grinst. Na bitte, geht doch noch was heute. Er könnte jetzt sowieso noch nicht schlafen. Er sieht auf die Straße runter. Kein Mensch.

Wenig später geht er die tief verschneite Straße entlang. Er kann sich nicht erinnern, wann es schon mal so stark geschneit hätte. Der Verkehr ist komplett zum Erliegen gekommen, es ist unheimlich still, schallgedämpft. So kennt er die Stadt gar nicht.

Als er die Kneipe betritt, ist er erstaunt, dass so viel los ist. Musik, Stimmen, Wärme. Und Tom ist bereits da. Er winkt ihm von einem kleinen Tisch im hinteren Bereich.

»Da hatten noch mehr dieselbe Idee«, sagt Tom.

»Besser als daheim sitzen und aus dem Fenster starren.«

»Ach, manchmal geh ich um die Uhrzeit auch einfach ins Bett.«

»Das ist der Nachteil an so einem Bürojob.«

»Dafür festes Einkommen.«

»Eins zu null für dich.«

SCHATTENSPIELE

Andrea findet keine Ruhe. Als würde sie die Sache hier persönlich angehen. Tut sie nicht. Oder? Sie kennt doch Joe. Mal diesen ganzen Adels- und Industriellendünkel ausgeblendet – er war immer ein feiner Kerl. Aber der Rest? Hat sie Vorurteile wegen seiner Familie, seinem Vater? Der war ein astreines Arschloch. Schon immer. Ein

Despot. Joes Bericht über die Fabriken in Fernost unterstreicht das noch mal. Und diese bizarre Doppelmoral! Dort einfach noch eine Familie zu haben. Wenn seine Frau das wüsste, wäre das ein handfestes Tatmotiv. Wobei »handfest« zu der gebrechlichen Frau von Warth so gar nicht passt. Wie könnte sie ihren Gatten aus dem Turmzimmer schleifen und die Treppe runterwerfen? Gar nicht. Also doch Joe?

Sie tritt ans Fenster, schaut hinaus auf den Garten. Der ist begraben unter einer dicken Schneedecke. Die Fenster unten werfen lange Lichtquader in den Glitzerschnee. Schattenspiele. Zwei Personen. Gestikulieren heftig. Ist das im Salon? Nein, da sind Joes Schlaf- und Arbeitszimmer. Andrea weiß noch, wie sie sich früher in die Burg reingestohlen hatten, wenn sie erst morgens aus der Disco kamen. Über den Holzstapel durch das angelehnte Fenster.

Sie hat schon die Jacke an, als ihr Zweifel kommen. Nein, keine Zweifel. Auf einen Versuch lässt sie es ankommen. Sie schleicht durchs Treppenhaus ins Foyer hinunter. Im Salon brennt kein Licht mehr. Sie geht zur Terrassentür durch, öffnet sie und zieht sie hinter sich zu. Lässt sie einen Spalt offen, um später wieder reinzukommen. Steigt die wenigen Stufen hinab in den tief verschneiten Garten. Sinkt ein bis zu den Waden. Sie erreicht den Holzstapel, drückt sich eng an ihn, denn von oben fällt der Lichtschein aus Johanns Arbeitszimmer. Was jetzt? Hochklettern? Ein knarzendes Geräusch nimmt ihr die Entscheidung ab. Das Fenster wird geöffnet. Sie drückt sich noch enger an den Holzstoß.

»Und was heißt das?«

»Dass die Tussi mit ihm hoch ist und vielleicht die Letzte war, die ihn lebend gesehen hat.«

»Wer war das?«

»Ich weiß es nicht. Die Kleider sahen alle sehr ähnlich aus, dann die Perücken.« Kurze Stille. »Hat er nur diese eine angebaggert?«

»Nein, mehrere. Er hat sogar Andrea angegraben.«

»Wie? Und die hast du erkannt?«

»Ich hatte ihr das gelbe Kleid persönlich gebracht.«

»Oh, Mann. Hat sie was gesagt?«

»Nein.«

»Wie peinlich ist das denn? Mein Vater! Wenn ich mir das nur vorstelle! Ein Tänzchen, dann tatschen und dann …«

»Red nicht so von ihm. Er ist dein Vater!«

»Er war mein Vater.«

»Du hast doch mit ihm gestritten …«

»Spinnst du? Was soll das jetzt heißen?«

Andrea reckt gerade den Kopf nach oben, als eine Kippe aus dem Fenster geflogen kommt. Hektisch zieht sie den Kopf ein. Zu spät, die Kippe fällt genau in die Kapuze ihrer Daunenjacke. Hektik. Sie reißt den Reißverschluss auf und schüttelt die Jacke aus. Zischend fällt die Kippe in den Schnee.

Sie atmet heftig, fühlt kalten Schweiß im Gesicht. Lauscht. Nichts. Das Fenster ist wieder zu. Joe! Und Bertram! Sie tritt den Rückzug an, schleicht in ihr Zimmer hoch, zieht sich aus und die Decke über den Kopf. Sie schwitzt immer noch. Der Schlaf übermannt sie.

BLAULICHT

Paul stapft durch den schweren Schnee. Es hat aufgehört zu schneien. Es ist kurz nach eins. Sie waren die letzten Gäste. Am aufgeklarten Himmel steht der Mond fett über den Dächern des Westends, die Sterne blitzen. Tom ist zu Fuß in Richtung Hauptbahnhof gegangen. Als Paul zu Hause ankommt, sieht er die Blaulichter. Ein Unfall? Es herrscht doch kaum Verkehr? Er geht auf die Lichter zu. Sieht Polizei und Feuerwehr an der U-Bahn-Station Schwanthalerhöhe. Ein Fahrgastunfall? Ein Selbstmörder? Er ist schon versucht, hinzugehen und einen Polizisten zu fragen. Bleibt an der Absperrung stehen und sieht in Richtung U-Bahn-Eingang. Aber halt, wie uncool ist das denn? Er ist nicht sensationsgeil. Trotzdem bleibt er wie angewurzelt stehen. Schließlich dreht er sich weg und geht nach Hause.

KOMPLETT

Fieber. Schweiß. Andreas Unterwäsche und das Bettzeug sind klatschnass, ihr Kopf brummt wie ein Stromgenerator. Sie hat das Klopfen gar nicht gehört, aber plötzlich steht Christine neben dem Bett. »Du schaust aus wie der Tod.«

»Ich fühl mich auch so.«

Sie rappelt sich hoch, will aufstehen, sinkt ins Bett zurück.

Christine deckt sie sorgfältig zu. Andrea schläft sofort ein.

Es klopft an der Tür. Christine öffnet.

»Ist alles in Ordnung?«, fragt Bertram.

»Andrea ist krank.«

»Sehr?«

»Sieht so aus. Wir müssen eigentlich nach München. Aber ich glaube, dass sie im Moment nicht wirklich transportfähig ist.«

»Sie kann sich hier erholen. Johann könnte sie nachher nach München mitnehmen. Er hat einen Geschäftstermin.«

»Andrea hier allein lassen? Ich meine, es gab hier gerade erst einen Todesfall …«

»Sie glauben doch nicht etwa, dass jemand aus dem Familienkreis dafür verantwortlich ist?«

Christine überlegt kurz, dann sagt sie: »Tut mir leid, wenn ich das so direkt sage, aber ich kenne Sie und die Hausbewohner nicht einmal ansatzweise. Und wir haben hier einen Todesfall, dessen Ursache noch nicht zweifelsfrei geklärt ist.«

»Vertrauen Sie mir. Ich kenne Andrea, seit sie noch ein Teenager war. Ich passe auf sie auf.«

»Versprechen Sie mir das?«

»Aber natürlich.«

»Gut, dann fahre ich nachher mit Johann nach München rein. Und Andrea kuriert ihr Fieber aus und kommt dann mit ihrem Auto nach. Ja, das ist vielleicht das Beste.«

U5

Christine findet die Kollegen in München in heller Aufregung. Der U-Bahn-Schubser hat erneut zugeschlagen. Wieder die U5. Diesmal allerdings auf der Schwanthalerhöhe. Sie sehen sich im Präsidium immer wieder die Videoaufnahmen an. Ein junger Mann mit Daunenjacke und Mütze. Allein am Bahnsteig. Wartet auf den Zug. Die Zuglichter sind schon zu sehen, als ein anderer Mann auftaucht und den Wartenden ins Gleis schubst. Aufprall, Funkenflug von der Notbremsung, Täter geht ohne Eile fort.

»Wer ist das, also, das Opfer?«, fragt Christine.

»Ein Student«, sagt Karl. »Da steckt kein Muster dahinter. Ein Student, kein Sozialarbeiter, kein Gutmensch. Ein junger Mann, der einfach mit ein paar Kumpels im Westend was trinken war.«

»Woher wisst ihr das?«

»Weil er ein paar Minuten vor seinen Freunden zur U-Bahn gegangen war, um am Hauptbahnhof noch seine S-Bahn zu erwischen. Seine Kumpels sind 20 Minuten später an der U-Bahn eingetroffen.«

»Oh Gott!«

Karl nickt. »Das kannst du laut sagen. Die Jungs waren mit einem Schlag nüchtern.«

»Das ist die Station von Andrea«, sagt Christine nachdenklich.

»Wie meinst du das?«, fragt Karl.

»Na, sie wohnt doch ganz in der Nähe. Das ist ihre U-Bahn-Station.«

»Und was meinst du damit, Christine?«, fragt Josef.

»Na ja, das ist die einzige Verbindung, die mir spontan zu den beiden weit auseinander liegenden U-Bahn-Stationen einfällt. Andrea ermittelt in dem Fall, jetzt passiert es wieder, fast am anderen Ende der Linie, vor ihrer Haustür.«

Karl schüttelt den Kopf. »Ja, klar, der Täter weiß von ihr und will sie beeindrucken. Fängst du jetzt auch noch an mit dieser Psychoscheiße?«

Harry schüttelt den Kopf. »Mann, Karl, geh vom Gas runter! Andrea hat doch gesagt, dass sie sich beobachtet fühlte, als sie am Michaelibad war.«

»Hm. Jetzt wird es schwierig für uns«, sagt Josef schließlich. »Der große Unterschied zum ersten Mal: Dieses Mal waren in der U-Bahn zahlreiche Fahrgäste. Die haben den ganzen Einsatz von Feuerwehr und Polizei mitbekommen. Diesmal wird die Presse schnell sein. Spätestens in der Abendausgabe der Zeitungen wird die Sache publik. Wann ist Andrea von der Burg zurück?«

»Ich denke morgen«, sagt Christine. »Wenn das Fieber runter ist.«

»Was habt ihr denn rausgekriegt in dem Fall mit dem Burgherrn?«

»Nix Konkretes. Vielleicht sollten wir das doch einfach an die Kollegen vor Ort abgeben. Das hier ist wichtiger.«

»So seh ich das auch.«

RAUCHZEICHEN

Andrea trinkt Tee, den ihr Bertram mit ein paar Keksen auf einem silbernen Tablett gebracht hat.

»Geht's besser, Andrea?«

»Ein bisschen. Ich muss mir irgendwas eingefangen haben. Sind Johann und Michi da?«

»Johann kommt abends zurück. Er ist in München. Und Michi ist mit seiner Frau in Tölz.«

»Bertram, mit wem hat Herr von Warth auf dem Maskenball getanzt?«

»Wieso fragst du das?«

»Frag nicht zurück, antworte!«

»Er war meines Wissens nicht sehr lange dort.«

»Überleg bitte!«

»Du weißt es nicht mehr, Andrea?«

»Was?«

»Er hat auch mit dir getanzt. Das gelbe Kleid hat dir wunderbar gestanden.«

»Stimmt, ja. Es war so viel los.«

»Kann ich noch etwas für dich tun?«

»Nein, danke.«

Bertram verlässt das Zimmer und Andrea steht auf. Bisschen wackelig. Aber geht schon. Der Alte hat also mit Gothic-Moni getanzt. Bertram glaubt, dass sie auf dem Maskenball gewesen ist, dass sie diejenige ist, die der Alte angebaggert hat. Genauso, wie sie es gestern am offenen Fenster gehört hat. Sie zieht sich an und verlässt das Zimmer. Sie will schon Bertram fragen, wie sie Moni erreicht, als ihr die Studentin im Foyer über den Weg läuft – mit einer Kiste Einkäufe.

»Hey, Moni, wieder im Dienst?«

»Nein, pures Vergnügen.«

»Dein Leben will ich haben.«

»Willst du nicht.«

»Rauchen wir eine, wenn du fertig bist?«

»Ich hab gehört, du bist krank?«

»Geht schon wieder. Husten, Schnupfen, Heiserkeit. Du hast nicht zufällig Menthol-Chicks?«

»Nein, nur Weihrauch.«

»Super, bis gleich.«

Wenige Minuten später stehen sie im Innenhof der Burg und lassen Rauchzeichen aufsteigen.

»Du hast mit dem Alten getanzt«, sagt Andrea.

»Leider. Kann man ja nicht Nein sagen.«

»Warum leider? Ich denk, der war ein Gentleman?«

»Der war ein geiler alter Sack. Da hast du gleich eine Hand am Arsch.«

Andrea muss unwillkürlich lachen. Moni auch.

Dann ist Andrea wieder ernst. »Hattet ihr Streit?«

»Er wollte mich auf sein Herrenzimmer entführen, da hab ich ihm eine geknallt.«

»Glaubst du, dass er dich für mich gehalten hat?«

»Wegen dem Kleid? Woher sollte der denn wissen, wer welches Kostüm anhat? Beine und Dekolleté, mehr brauchte der nicht. Und er war schon ziemlich angesoffen. Außerdem waren ja alle verkleidet. Das ist ja die Idee eines Kostümballs.«

»Was wollte er? Anonymen Sex?«

»Ja, wenn du mich so direkt fragst. Irgendwie schon. Also theoretisch.«

»Aber jetzt noch mal: Du hast ihm eine geknallt. Und das war's dann?«

»Ja, das war's. Er hat sich beleidigt getrollt.«

»Und du warst nicht mit ihm in seinem Herrenzimmer im Turm?«

»Ganz sicher nicht.«

»Wo er dann zudringlich geworden ist. Und du dich gewehrt hast und mit einem harten Gegenstand zugehauen hast?«

»Hey, spinnst du? Definitiv nein!«

»Ich mach nur Spaß. Und mit dem Computer hast du mir geholfen, weil er so ein Arschloch war?«

»Ja, man muss solchen Typen das Handwerk legen.«

»Aber den Job behältst du?«

»Traurig genug, gell?«

Andrea zuckt mit den Achseln. Sie muss ja gerade reden. Paul hat ihr erzählt, dass er von Joe 1.000 Euro für den Abend mit den paar Songs bekommen hat.

»Du glaubst mir doch?«, hakt Moni nach.

»Ja, klar. Hast du gesehen, mit wem er sonst noch angebandelt hat?«

»Ich war so sauer, dass ich den Saal gleich verlassen hab. Ich hatte auch Angst, dass er kapiert, wer ihn gerade geohrfeigt hat. Dann wäre ich sofort meinen Job los gewesen. Ich brauch die Kohle. Warum fragst du nicht deinen Bruder? Der war doch auch auf dem Maskenball.«

»Weil der bestimmt wieder blau für drei war.«

Moni nimmt einen tiefen Zug aus ihrer Zigarette. »Weißt du, wer mich noch antanzen wollte? Johann. Der war gerade im Anmarsch, als der Alte seine Ansprüche anmelden wollte. Da hat er gleich beigedreht.«

Andrea nickt wieder nachdenklich.

»Ich muss jetzt los«, sagt Moni.

»Gibst du mir noch deine Handynummer?«

Moni notiert sie ihr auf. »Ist aber ein ziemliches Funkloch hier. Du musst vors Burgtor. Bei der großen Linde, da klappt's.«

»Ich dachte eher, wenn ich wieder in München bin und noch Fragen habe. Und entschuldige wegen eben. Ich überleg einfach, was in der Nacht passiert sein könnte. Irgendwas ist faul hier. Und ich komm nicht drauf.«

»Meld dich einfach. Ich muss jetzt weitermachen.«

Andrea raucht noch eine Zigarette. Grübelt. Wenn Joe davon ausgegangen wäre, dass sie das in dem gelben Kleid war, dann hätte er nicht von »dieser Tussi« gesprochen, wie sie es am Fenster gestern Nacht belauscht hat. Wen meint er also? Er muss eine Frau gesehen haben, die der Alte angebaggert hat und die ihm offenbar in seine Gemächer gefolgt ist. Und das alles erst nach dem Streit mit seinem Vater? Oder hat sie etwas falsch verstanden unter dem offenen Fenster? Was, wenn er selbst …?

Jetzt rollt ein großer Range Rover in den Innenhof. Joe steigt aus.

»Hi, geht's dir besser, Andrea?«

»Passt schon. Was macht der Maserati?«

»Winterschlaf. Aber die Straßen sind wieder frei.«

»Ich fahr nachher noch.«

»Das tust du nicht. In der Dunkelheit. Es wird glatt. Außerdem hat Bertram gesagt, dass du nicht fit bist.«

»Bisschen erkältet, sonst nichts.«

»Du hast schon immer gerne untertrieben.«

»Ich überleg's mir. Sag mal, an dem Abend – das Kostümfest – mit wem hat dein Vater getanzt? Außer mit mir?«

»Mit jeder, die nicht bei drei auf dem Baum war.«

»Irgendwas Besonderes?«

»Nein, ich glaub, die Damen konnten sich alle seines Charmes erwehren. Was willst du wissen?«

»Hat er sich eine mitgenommen nach oben in die Bibliothek?«

»Hör mal! Wie redest du denn?«

»Antworte bitte!«

»Das weiß ich doch nicht. Warum fragst du?«

»Ach, ich mach mir so meine Gedanken.«

»Du glaubst nicht, dass es ein Unfall war?«

»Ich hab meine Zweifel. Das ist mein Job. Mir Gedanken machen, was passiert sein könnte.«

»Klar, ja. Nein, ich weiß nichts von einer Begleitung.«

»Tja, schade. Also …« – »Du isst mit uns zu Abend?«

»Hm, ich will wirklich noch los.«

»Das tust du nicht. Die Straßen sind gefährlich. Wir sehen uns gleich.«

Er verschwindet, und Andrea ärgert sich, dass für sie einfach entschieden wird, aber tatsächlich will sie nicht mehr in der Nacht hier draußen über die Straßen schlittern. Sie holt ihre Jacke und geht zum Burgtor, um zu telefonieren. Auf dem Weg dorthin rutscht sie mehrfach aus. Nein, heute wird sie ganz sicher nicht mehr fahren. Sosehr sie sich auch nach zu Hause sehnt. Bei der Linde hat sie Empfang. Sie sieht mehrere eingegangene Anrufe von Josef und einen von Tom. Trotzdem ruft sie zuerst Paul an. Der berichtet ihr aufgeregt von dem Vorfall in der U-Bahn-Station Schwanthalerhöhe und dass es bereits in den Abendausgaben der Zeitungen steht. Als Nächstes ruft sie Josef an und erfährt die ganze Geschichte. Vor allem, dass die Presse am Durchdrehen ist.

»Das ist ein verdammtes Chaos hier. Wir haben nichts in der Hand, nicht den Hauch einer Spur«, klagt er.

»Warum tut er das jetzt an der Schwanthalerhöhe?«

»Woher soll ich denn das wissen?«

»Ich bin morgen wieder bei euch.«

»Hast du denn was rausgekriegt bei dem Burgherrn?«

»Leider nein. Außer, dass der Hausherr nicht mal in seiner eigenen Familie der große Hit war, eine echte Reizfigur.«

»Kein Anhaltspunkt für ein Verbrechen?«

»Nicht wirklich. Na ja, der Alte hat Frauen angebaggert. Beim Tanzen. Und betatscht.«

»Was heißt das?«

»Keine Ahnung. Vielleicht ein Handgemenge?«

»Belege? Zeugen?«

»Leider nicht wirklich.«

»Was hast du vor?«

»Ich bin morgen wieder bei euch.«

Dann ruft sie auch noch Tom an. Der geht nicht dran. Tja, schade, denkt Andrea und steckt das Handy ein.

Sie dreht sich zur Burg, die wirklich eindrucksvoll aussieht, wie ein Traumbild in der Dämmerung. »Mit einem dunklen Geheimnis«, murmelt sie.

Jetzt klingelt ihr Telefon. Sie sieht aufs Display. Tom. Sie geht dran. Tom erzählt ihr, dass er mit Paul aus war. Dass Paul auf dem Heimweg noch an der gesperrten U-Bahn-Station vorbeigekommen ist. Ein neues Kapitel mit dem U-Bahn-Schubser. »Und du, hast du noch was rausgekriegt auf der Burg?«, fragt er abschließend.

Sie berichtet ihm dasselbe wie Josef.

»Was ist mit seinen Söhnen?«, fragt Tom. »Paul hat gesagt, dass ihr euch von früher kennt.«

»So ist es.«

»Äh …« – »Tom, ich muss jetzt. Ich schau, ob ich noch was erfahre. Morgen bin ich wieder bei euch in München. Ciao.«

Sie drückt das Gespräch weg. Nicht die nette Art. Und ihr blöder Bruder kann natürlich nie die Klappe halten. Mann, wenn Josef erfährt, dass sie und Joe mal ein Paar waren, dann entzieht er ihr den Fall sofort.

PUZZLE

Andrea fühlt sich erheblich besser. So langsam finden sich die Puzzleteilchen zu einem Bild zusammen. Der Hausherr baggert eine der Frauen auf dem Fest an, lockt sie in seine Gemächer, sie wehrt sich. Noch mal will er sich so was wie bei Moni nicht bieten lassen und es kommt zu einem Handgemenge. Entweder sie zieht ihm was über die Rübe oder er fällt unglücklich. Panisch verlässt die Frau den Tatort. Er taumelt hinaus und stürzt die Treppe runter. Hm. Die Tür oben zur Bibliothek war zu. Tom hat drinnen keine Blutspuren gefunden. Also muss es woanders passiert sein. Wo? Und was ist mit der belästigten Frau? Vielleicht vertraut sie sich jemandem an? Einem von den Söhnen? Die wollen einen Skandal vermeiden, beschließen, einen Unfall vorzutäuschen, stürzen ihn die Treppe runter. Nicht ahnend, dass er noch lebt. Tragisch. Ist das eigentlich Mord? Oder die Vertuschung eines … Eines was? Unfalls? Totschlags? Nein, gerade nicht. Er war ja Täter, nicht Opfer. Jedenfalls endet ihre Theorie von der Vertuschung zweifelsfrei mit dem Tod des Hausherrn. Was immer vorher im Detail passiert ist. Aus Panik, dass jetzt all die dunklen Geschäfte auffliegen, löscht jemand die Festplatte des Alten. Das kann eigentlich nur Joe gewesen sein. Michi hat doch keine Ahnung von den Geschäften, und außerdem war er bereits mit seiner frisch angetrauten Frau abgereist. Joe also? Die Hauptfrage bleibt: Wer war die Frau, der der Alte in seinen Privatgemächern Avancen machte? Bei 150 Gästen, annähernd die Hälfte davon Frauen, wird es kein Spaß werden, die Gästeliste abzuklappern, vor allem, wenn die Leute aus aller Herren Ländern stammen. Ist das wirklich den Aufwand wert? Und wer war der geheimnisvolle Mann im Treppenhaus? Mit dem weiten Mantel und dem Zylinder? Bertram? Andrea würde Joe am liebsten gleich mit ihrer Theorie konfrontieren, doch sie will heute Nacht noch etwas überprüfen.

Nach dem Abendessen zieht sie sich schnell zurück. Auf der Burg kehrt um elf Uhr Ruhe ein. Die Erkältung ist nicht mehr so schlimm. Aber Bertram hat ihr fürsorglich noch eine Thermoskanne Tee mitgegeben. Ganz lieb. Aber jetzt will sie keinen. Andrea stellt ihren Handywecker auf zwei Uhr nachts und legt sich schlafen.

Sie wacht noch vor dem Klingeln auf. Sie zieht sich an und verlässt ihr Zimmer. Horcht. Nichts. Der Mond klebt dick am klaren Nachthimmel und beleuchtet Flur und Treppenhaus ausreichend. Sie huscht nach oben. Im ersten Stock des Turms ist noch ein Zimmer. Das haben sie nicht überprüft. Von dort kann er nicht die Treppe runtergefallen sein, auf den paar Metern bricht man sich nicht das Genick. Trotzdem – was ist in dem Zimmer? Auf dem Weg vom Abendessen in ihr Zimmer hatte sie die Klinke schon probiert. Abgeschlossen. Jetzt auch. Sie späht aus dem Fenster im Treppenhaus. Der Sims. So könnte man zu dem Zimmerfenster kommen, das man von hier sieht. Das Risiko ist überschaubar. In den Garten runter sind es circa vier Meter.

ANDERE WELT

»Wann kommt Andrea?«, fragt Karl bei der Teamsitzung am Morgen im Präsidium.

»Tippe mal, am Nachmittag«, sagt Christine.

»Was hast du für einen Eindruck von den Leuten auf dieser Burg, Christine?«, fragt Josef.

»Ganz andere Welt. Sollte man eigentlich meinen, dass es so was heute nicht mehr gibt. Ich mein, der Luxus ist schon cool. Aber irgendwie auch unangenehm, formell.«

»Falls es kein Unfall war – dein Tipp?«

»Der Sohn, also der ältere.«

»Wir werden sehen. Jetzt zu unserem U-Bahn-Schubser. Aschenberger ist nervös. Die Presse will wissen, was wir in der letzten Woche gemacht haben.«

»Kilometer von Videobändern gesichtet«, sagt Harry.

»Es gibt keine Bänder mehr«, sagt Karl. »Wir haben Gigabytes von Videodaten durchforstet. Vor allem ich. Ergebnislos.«

»Wir haben keinerlei Anhaltspunkt. Es gibt keine Verbindungen zwischen den Opfern. Die sind völlig unterschiedlich. Ein Sozialarbeiter und ein Student. Der Täter handelt völlig willkürlich«, murmelt Josef.

»Andrea hat doch gesagt, dass sie das Gefühl hatte, beobachtet zu werden«, sagt Harry.

»Was hat das mit diesem Schubser zu tun?«, fragt Karl.

»Na ja, vielleicht hat er sie tatsächlich am Tatort gesehen. Sie war zweimal da. Oder in der Siedlung.«

»Das ist eine fixe Idee von ihr, diese Siedlung. Ein kleiner runtergerockter Psychopath, der seinen großen Auftritt haben will, sich über die soziale Enge seiner Herkunft erheben will.«

»Mensch, Jungs, konzentriert euch«, mahnt Josef. »Es ist wieder auf dieser Linie passiert. Dieses Mal vor Andreas Haustür. Es kann durchaus sein, dass das etwas bedeutet. Wir warten ab, bis sie heute Nachmittag da ist, dann besprechen wir uns noch mal.«

»Und, was sagen wir Aschenberger?«, fragt Karl.

»Dass wir kurz vor dem Durchbruch sind.«

Karl sieht Josef erstaunt an. Der grinst müde.

RUNTERROCKEN

»Wie, Paul, du hast es dir noch mal überlegt?« Chris sieht Paul über die polierte Tischplatte seines Schreibtischs hinweg genervt an.

Paul ist zerknirscht. »Na ja, ob das so clever ist, so die Klubtour mit Halbplayback und Synthies. Ich bin eher der Typ mit der Gitarre.«

»So, und die Barnhome Brothers, das ist so ein Typ mit Gitarre?«

»Nein, das ist was anderes, das ist a cappella, das ist ein spezielles Projekt. Aber hey, das kannst du auf Dauer eh nicht bringen. Wo krieg ich denn die Knackis her?«

»Das wird unsere Benefiznummer fürs Weihnachtsgeschäft. Die Jungs organisier ich. Da haun wir einen Song als Download raus, und bumm! Und die Songs für die Tournee, die kommen aus meinem Fundus. Das sind ja nur kurze Auftritte. Die rockst du runter und parallel arbeiten wir an deinen richtigen Songs.«

»Können wir bitte den ersten Schritt überspringen?«

»Mein Lieber, ich sag dir was. Du glaubst wohl, die Leute da draußen warten auf einen einsamen Songwriter mit Gitarre. Da gibt es Legionen von solchen Typen. Jetzt sagst du vielleicht: ›Aber gute Songwriter gibt es nicht so viele.‹ Und auch da muss ich dich enttäuschen. Da draußen schwirren jede Menge große Talente rum. Und die sind sogar schon da und haben eine Platte am Start. Wie willst du da punkten? Sag's mir. Wenn du keine besondere Story anzubieten hast, dann hast du keine Chance. Dann kannst du weiterhin für ein Taschengeld durch die kleinen Klubs tingeln, dich mit Veranstaltern rumschlagen, die dich auf Eintritt spielen lassen. Alles dein Risiko. Das ist die Realität. Oder siehst du das anders?«

Paul sagt nichts. Es ist genau so. Er weiß es auch. Nach schlecht besuchten Gigs auch noch Streit ums Geld. Genau aus dieser Nummer will er ja raus. Um jeden Preis. Um jeden Preis? Madelaine findet diesen ganzen Kommerzmist schrecklich. Aber seit wann entscheiden andere über sein Leben? Das gilt für Madelaine und Chris. Er ist drauf und dran, Chris über wichtige Dinge seines Lebens entscheiden zu lassen.

»Meine Freundin findet das uncool«, sagt Paul schließlich.

Chris lacht laut auf. »So, die Lady sitzt auf dem hohen Ross, muss kein Geld verdienen. Ganz toll. Weißt du, was ich dir sag: Freundinnen kommen und gehen. Und wenn es ihr wirklich ernst ist mit dir, dann schreibt sie dir nicht vor, was du zu tun und zu lassen hast.«

»Sie ist Künstlerin.«

»In was? In der Kunst, von Luft und Liebe zu leben? Paul, wach auf, du bist jetzt Mitte 20. Wenn du dein Zeug nicht bald auf die Reihe kriegst, ist der Zug abgefahren. Und um dir mal eine Entscheidung abzunehmen: Du hast einen Vertrag mit mir unterschrieben, wir haben eine Abmachung, eine geschäftliche Vereinbarung. Und die ist bindend.«

»Willst du mich erpressen?«

»Paul, ich hab jetzt zu tun. Die Stunde, die wir gelabert haben, hätten wir besser in einen deiner Songs investiert. Weißt du, ich bin auch Musiker, das ist meine Sprache.« Er dreht sich zum Flügel und hämmert ein paar Akkorde in die Tasten.

So blöd es ist – das versteht Paul. Musik – sonst nichts. Was soll das ganze Gewese, Zaudern? »Okay, ich hab's kapiert, ich krieg das hin.«

»Sie wird ja nicht auf jedem deiner Auftritte dabei sein. Trenn mal ein bisschen das Private und das Berufliche, und schon flutscht das. Privat kannst du so viele kitschige Liebeslieder schreiben, wie du willst.«

»Ich schreibe keine kitschigen Liebeslieder.«

»Doch, das tun alle Songwriter. Und jetzt raus mit dir. Ich hab noch einen wichtigen Telefontermin. Ich bin eh schon zu spät dran.«

Draußen an der Trambahnhaltestelle fühlt sich Paul ganz komisch. Mann, hat der ihm den Kopf gewaschen! Und Chris hat ja recht, er hat ja schließlich den Scheißvertrag unterschrieben. Was heißt hier Scheißvertrag? Seine erste professionelle Maßnahme in Richtung Karriere. Die Tram kommt. Kurz blitzt in seinem Kopf wieder das Bild mit dem Porsche Cabrio auf. Er und Madelaine. Zwischen ihnen der Gitarrenkoffer. Was für ein Unsinn! Geht gar nicht. Ein altes Käfer Cabrio vielleicht. Oder ein rostiger Twingo mit Faltdach. Das wäre realistisch. Nein, die Realität heißt momentan sogar nur Trambahn fahren. Brav stempelt er zwei Streifen seiner Karte.

SPIDER WOMAN

Andrea macht die Augen auf. Nein, sie macht sie nicht auf. Oder? Alles bleibt dunkel. Boh, ihr tut alles weh. Was ist passiert? Wo liegt sie hier? Auf einer Bank? Sie richtet sich mühsam auf. Was ist das für ein Geräusch? Pfeifender Wind. Sie tastet sich vorwärts. Holz. Ein Fenster. Sie öffnet es. Auch die Fensterläden. Grau, weiß, Schneesturm, schneidender Wind, Eiskristalle. Schnell schließt sie das Fenster wieder. Trotz offener Fensterläden ist es sehr dunkel. Handylicht? Kein Handy, keine Jacke, keine Waffe. Ganz toll! Ihre Augen gewöhnen sich langsam an das schwache Licht. Umrisse von einem Tisch, Stühlen. Sie braucht einige Zeit, bis sie es einordnen kann. Das ist eine Hütte. Könnte das die Jagdhütte der von Warths sein? Sie tastet den Raum ab. Bank, Tisch, Stühle. Ja, könnte sein – die Jagdhütte, wo sie so oft gefeiert haben. Was macht sie hier, was ist passiert, wer hat sie hierhergebracht? Das kann nur Joe gewesen sein. Warum? Will er verschwinden?

Sie zittert am ganzen Körper. Mann, wo ist ihre Jacke? Wo sind ihre Stiefel? Nicht da. Sie sucht in der Tischschublade nach Streichhölzern. Da waren die früher immer. Richtig. Alles am alten Platz. Sie reißt ein Streichholz an und sucht eine Kerze. Auf der Anrichte findet sie einen dicken roten Wachsstumpen. Das Kerzenlicht flackert durch die Hütte. Sie sieht den Kanonenofen, hält ihre Hand prüfend hin. Ein bisschen Wärme. Daneben ein paar Holzscheite. Sie legt Holz nach und bläst in die Glut. Sie muss die verdammte Hütte warm kriegen.

Wenige Minuten später knacken die Scheite im gusseisernen Ofen. Sie wärmt sich die Hände. Blickt vor die Tür. Der Sturm hat nachgelassen. Direkt vor der Hütte sind noch Spuren von breiten groben Reifenprofilen im Schnee zu erkennen. Das muss ein Geländewagen gewesen sein. Vermutlich Joes Range Rover. Sie verlieren sich nach wenigen Metern in den Schneeverwehungen. Sie erinnert sich. Der Forstweg bis zur Landstraße ist mindestens fünf Kilometer lang. Sie sucht nach ihren Klamotten. In der Hütte sind weder ihre Jacke noch ihre Stiefel. Was für eine Scheiße! Sie kann hier nicht weg. Wer denkt sich so was aus? Sie schüttelt den Kopf.

Andrea durchsucht die ganze Hütte, zieht die Kommodenschubladen auf und öffnet den Schrank. Findet ein paar alte grobe Decken, in der Anrichte Dosen mit Eintopf und Ravioli. Und einen Dosenöffner. »Na, schönen Dank auch.«

Sie kriecht auf das schmale Bett und zieht sich eine Decke über, starrt in das kleine orange glühende Ofenfenster. Denkt nach, was passiert ist. Sie ist auf den Mauersims nach draußen gestiegen und hat eines der kleinen Butzenfenster eingeschlagen, den Fenstergriff geöffnet. Dabei wäre sie fast abgerutscht. Aber sie hat es geschafft. Dann stieg sie ein. Im Mondlicht geschmackvolle Möbel, vor allem ein reich verziertes Himmelbett. Plötzlich hat sie es ganz klar vor Augen: Die Arbeit der Spurensicherung in der Bibliothek war verlorene Liebesmüh. Wenn der Alte jemand mit aufs Zimmer genommen hat, dann wohl hierher. Sie muss Tom Bescheid geben, damit er das Zimmer untersucht. Jetzt ohne Licht konnte sie gar nichts machen, nichts feststellen. Das Licht anzumachen, traute sie sich nicht. Durch die Fenster zum Garten raus wäre das Licht sofort vom angrenzenden Wohngebäude zu sehen. Und jetzt hörte sie auch noch

Schritte im Treppenhaus. Sie spähte zum Treppenhausfenster und sah zu ihrem Entsetzen, wie es von innen geschlossen wurde. Wie sollte sie wieder aus dem Zimmer rauskommen? Die Fassade nach unten klettern, so Spider-Woman? Ganz toll. Na ja, die vier Meter könnten klappen mit den Vorsprüngen, Nischen und dem Rankgitter für die Rosen. Also nach unten an grobem Stein und rostigem Gitter. Das letzte Stück ließ sie sich nach unten plumpsen. Einmal um das gesamte Gebäude, beim Wirtschaftstrakt wieder ins Haus. Sie wusste, welche Tür nie abgesperrt wird. Wozu auch, wenn das Hoftor verschlossen ist.

Als sie sich ins Bett fallen ließ, schnaufte sie noch heftig. Und war kalt. Sie goss sich aus der Thermoskanne eine Tasse Tee ein. Der Tee war noch erstaunlich warm.

Hier endet ihre Erinnerung.

Scheiße! Der Tee! Wer hat ihr da was reingetan? Bertram? Von dem war der Tee. Oder Joe? Seine Mutter nimmt starke Schmerzmittel wegen ihrem Rücken und den ständigen Migräneanfällen. Und Schlaftabletten. Hat Joe sie betäubt? Warum hat er sie hierhergebracht? Hat er geahnt, dass sie das Schlafzimmer seines Vaters und Kampfspuren darin findet? Noch hat sie ja gar nichts entdeckt im Dunkeln und in der kurzen Zeit. Was hat er jetzt vor? Die Spuren des Kampfes vertuschen? Wer war die Frau, die der Alte mit in sein Zimmer genommen hat? Vielleicht findet Tom dort die entscheidenden Spuren. Wenn sie das Herrenzimmer jetzt nicht gerade von Grund auf renovieren. Ja klar, das ist der Grund, warum man sie hierher entsorgt hat. Steckt Bertram mit Joe unter einer Decke? Dass sie so weit gehen! Na ja, solange es keine weiterreichenden Pläne für sie gibt …

Also Joe. Wie der Vater, so der Sohn. Gut, dass sie ihn damals abgeschossen hat. Und schlecht, dass sie mit Paul überhaupt auf diese blöde Hochzeit gefahren ist. Wie es Paul wohl geht? Sie lauscht dem Knacken der Holzscheite und sieht in das feurige Bullauge des Kanonenofens. Wie lang ist sie schon hier? Sie sieht aus dem vergitterten Fenster. Es dämmert bereits.

STALKER

Westend. Tom sitzt bei Paul am Küchentisch. Beide sind besorgt. Andrea ist nicht wie angekündigt abends nach München zurückgekommen. Der Anruf bei Bertram hat ergeben, dass Andrea schon sehr früh und ohne Nachricht nach München aufgebrochen sein muss, da sie auf der Burg nicht zum Frühstück erschienen ist und ihr Auto morgens schon weg war.

»Wo ist sie hin?«, fragt sich Paul.

»Vielleicht ermittelt sie mal wieder auf eigene Faust.«

»Ohne Bescheid zu geben?«

»Ich kann Josef anrufen. Vielleicht weiß der was.«

»Und wieso du nicht?«

»Ich arbeite in einer anderen Abteilung.«

Das Telefonat ergibt nichts. Außer, dass sie jetzt auch noch Josef aufgeschreckt haben. Tom verspricht ihm, sich zu kümmern.

»Kann er nicht seine Leute da rausschicken?«, fragt Paul.

»Auf einen bloßen Verdacht hin? Außerdem haben die zurzeit alle Hände voll zu tun wegen diesem U-Bahn-Schubser.«

»Ist Andrea weniger wert als so ein Heini?!«

»Paul, beruhig dich. Du kennst doch Andrea. Sie setzt sich was in den Kopf und dann kannst du sie nicht bremsen.

Und damit ihr keiner reinfunkt, macht sie auch noch ihr Handy aus.«

Paul nickt. »Ja, so ist sie. Trotzdem. Ich hab echt Angst. Wir fahren noch raus.«

»Nein, das machen wir nicht. Da kommst du nicht durch. Das Schneeräumen ist komplett eingestellt. Mach dir keinen Kopf. Bestimmt ist das mal wieder einer ihrer Alleingänge. Sie puzzelt da rum und dann taucht sie wieder auf. Paul, wenn sie sich morgen früh nicht meldet, rufen wir noch mal an. Und wenn die nichts wissen, fahren wir raus.«

»Kannst du dir denn einfach freinehmen?«

»Na ja, ich bin der Abteilungsleiter. Ich sag den Kollegen Bescheid.«

Sie sehen aus dem Fenster. Es schneit in dicken Flocken. Keine Räumfahrzeuge. Bestimmt schon 30 Zentimeter Schnee.

Paul bestellt Pizza.

»Ob die heute liefern?«, fragt Tom.

»Der Laden ist nur eine Straße weiter, ich hab gefragt. Das machen die zu Fuß. Willst du ein Bier?«

»Ja, bitte.«

Paul holt zwei Bier aus dem Kühlschrank. »Habt ihr denn was Neues zu diesem U-Bahn-Heini?«, fragt er.

»Nein. Aber sag mal, hat Andrea zu dir was gesagt? Dass sie sich beobachtet fühlt?«

»Ja. Kürzlich. Ich dachte, jetzt spinnt sie. Aber dann hab ich auch mal so einen Typen gesehen. Der lungerte da drüben im Hauseingang rum.«

Paul steht auf und geht ans Fenster. Zeigt Tom, wo. Unten steht auch jetzt jemand im dichten Schneetreiben. Ein Mann im Wintermantel. Und raucht.

»Ist er das?«

»Woher soll ich denn das wissen? Auf die Entfernung.«

»Er schaut rauf.«

»Zu uns? Ich weiß nicht.«

»Du bleibst am Fenster, ich geh runter.«

»Wenn du meinst.«

Paul bleibt am Fenster stehen und beobachtet den Mann. Es klingelt. Hat Tom was vergessen? Er geht an die Tür. »Hallo?«

»Pizza«, kommt es aus der Gegensprechanlage.

Paul drückt den Summer, geht zurück in die Küche. Schaut nach unten. Der Mann ist weg. Phantom. Er sieht Tom, der zu ihm hochblickt. Tja.

Jetzt ist der Pizzamann an der Tür. Paul nimmt die Pizzen entgegen und zahlt. Kurz darauf ist Tom wieder oben. Er hat nicht geklingelt. Hat sich offenbar mit dem Pizzamann die Klinke in die Hand gegeben.

»Er war weg. Wo ist er hin?«, fragt Tom.

»Ich hab's nicht gesehen, sorry. Der muss verschwunden sein, als ich vom Fenster weg bin, um an die Wohnungstür zu gehen wegen dem Klingeln.«

»Blöd. Na ja.«

Tom zeigt Paul einen Plastikbeutel mit einer Kippe.

»Von ihm?«, fragt Paul.

»Kann sein. Vielleicht ist es tatsächlich der U-Bahn-Schubser.«

»Wirklich?«

»Nur Spaß. Aber vielleicht hat Andrea einen Stalker.«

Paul überlegt. »Dieser Fotograf vom Abendblatt, der uns bei der Geschichte mit dem erschlagenen Ehemann so auf die Pelle gerückt ist? Dem wäre es ein Fest, wenn er wüsste, dass Andrea an den Ermittlungen zu dieser U-Bahn-Geschichte beteiligt ist.«

»Na ja, wenn er eins und eins zusammenzählt, weiß er das.«

»Die Presse ist nicht gut.«

»Was sollen wir machen? Mir wäre es lieber, die Zeitungen schreiben nicht darüber. Das schürt nur Angst und Panik. Verbrechen ohne Motiv in einer Großstadt.«

»Na ja, auf dem Land gibt es auch Verbrechen.«

Tom nickt nachdenklich. »Was hältst du denn von den Leuten da auf der Burg? Christine meint, die sind sonderbar.«

Sie setzen sich an den Küchentisch und fangen an, die Pizzen aus den Kartons zu essen.

»Also, Paul, was denkst du? Du kennst die Leute doch von früher.«

»Na ja, die Leute da draußen sind so ein bisschen aus der Zeit gefallen. Und stinkreich natürlich. Aber sonst ganz normal. Was glaubst du eigentlich ist da draußen vorgefallen? War es ein Unfall?«

»Ich bin nur bei der Kriminaltechnik. Ich sichere Spuren, ich stelle keine Hypothesen auf.«

»Fühl dich frei, du bist nicht im Dienst.«

»Na ja, mit Blick auf Andreas Beobachtungen – es gab Streit, der Vater mit dem Sohn, ein Handgemenge und der Alte stürzt unglücklich, bleibt reglos liegen. Er bekommt Angst …«

»Wer ist ›er‹?«

»Der Sohn, also der, der nicht geheiratet hat.«

»Joe, also Johann.«

»Johann kriegt Angst, will das vertuschen und schleift seinen Vater nach draußen, stürzt ihn die Treppe runter. Aber das sind alles nur Vermutungen. Wie gesagt, ich bin bloß bei der Spurensicherung. Problem: In der Bibliothek waren keine Kampfspuren. Zumindest hab ich keine gefunden.«

»Am liebsten würde ich sofort hinfahren.«

»Das machen wir morgen. Ich hol dich um sieben ab. Okay?«

»Alles klar. Bis morgen dann.«

Paul sieht nachdenklich auf die Straße runter, wartet, bis Tom aus dem Haus kommt. Tom sieht zu ihm hoch, winkt. Er winkt zurück. Schaut, ob noch jemand auf der Straße ist. Nein, niemand. Es ist jetzt elf Uhr. Er probiert es bei Madelaine auf dem Handy, sie geht nicht dran. Nun ja. Er macht Musik an gegen die Stille in der Wohnung. Serge Gainsbourg. Hat ihm Madelaine geschenkt. Eh klar. So stellt sie sich einen Songwriter vor. Musikalisch zumindest. Bei Lebenswandel und Charakter durchaus Diskussionsbedarf.

BELOHNUNG

Andrea wacht fröstelnd auf. Stochert im Ofen. Legt drei Scheite nach und bläst in die Glut. Sogleich knackt das Holz. Sie reibt sich die klammen Hände. Bis auf die steifen Knochen fühlt sie sich erstaunlich gut. Hat tief geschlafen. Die Grippe ist weg. Und draußen scheint die Sonne. Sie füllt den Wasserkessel mit Schnee und stellt ihn auf den Ofen, gibt einen Löffel Instantkaffee in einen Becher. Findet ein Paket Knäckebrot und ein Glas Honig.

Durch das eisblumenverzierte Fenster sieht sie in die gleißende Winterlandschaft des Hochplateaus. Hinter der Weidefläche der Hochalm stehen große Fichten, die sich unter der schweren Kristallpracht beugen. Von den Autospuren ist jetzt gar nichts mehr zu sehen. Die Tür ist nicht verschlossen. Warum auch? Barfuß kommt sie von hier nicht weg. Der Schnee liegt einen guten halben Meter hoch. Mit der dampfenden Kaffeetasse stellt sie sich auf die schmale Veranda. Die Sonne wärmt ihr Gesicht. Ganz komisches Gefühl. Keine Verzweiflung. Eher Durchatmen. So ein bisschen Western-Feeling. Kreisen irgendwo Geier? Nein. Himmel stahlblau poliert. Jetzt bei Tageslicht gibt es keine Bedrohung. Sie hat immer noch Hunger, geht wieder in die Hütte, macht eine Dose Eintopf auf und stellt sie auf den Ofen. Inspiziert die Hütte im Detail. Unten die Stube, der Tisch, der Ofen, die zwei Stockbetten. Sie wirft einen Blick nach oben. Dort, unterm Dach, ist ein Matratzenlager, sie steigt durch die enge Luke. Halbdunkel. Das kleine Dachfenster lässt kaum Licht ein. Sie steigt wieder runter und prüft den Eintopf, ob er schon warm ist. Ist er nicht.

Über der Anrichte hängt ein gerahmtes Foto. Sie nimmt es ab und betrachtet es. Beinahe hätte sie ihn nicht erkannt, den Alten. Damals noch jung, vielleicht Mitte 20. Um ihn herum eine ganze Jagdgesellschaft. Noch einen erkennt sie – ihren Vater. Klar, die beiden waren befreundet. Dann irgendwann nicht mehr. Irgendwas war vorgefallen. In grauer Vorzeit. Und dementsprechend war er damals nicht begeistert gewesen, als er erfuhr, dass sie und Johann ein Paar waren. Die alten Herren wechselten in den Jahren, in denen sie zusammen waren, kein Wort miteinander. Sture Böcke. Andrea mustert das alte Foto. Vier Jungs, alle das Kinn vorgereckt mit männlichem Stolz. Gewehre an der Seite. Jetzt erst sieht sie den erlegten Bock links unten auf dem vergilbten Bild. Sieht aus wie aus einem anderen Jahrhundert. War auch ein anderes Jahrhundert.

Sie mustert die beiden anderen. Sie kennt sie nicht. Eigentlich weiß sie nichts aus der Zeit, als ihr Vater noch nicht ihr Vater war, sondern ein junger Mann, der es offenbar hier im Oberland krachen ließ mit seinen Freunden. Jagen und saufen, sie kann es sich ziemlich gut vorstellen. Sie nimmt den Eintopf vom Ofen und löffelt ihn direkt aus der Dose.

DRÖHNEND

»Meinst du, das ist eine gute Idee?«, fragt Tom im Auto.

»Keine Ahnung.« Paul gähnt und streckt auf dem Beifahrersitz den Rücken durch. »Aber wenn sich jemand im Tölzer Land auskennt, dann mein Vater.«

»Was ist er für ein Typ?«

»Ach, du wirst ihn mögen.«

»Aha.«

Sie sind bereits auf der engen Zufahrtsstraße zur Burg, als in dem Wäldchen hinter ihnen ein großer Mercedes-Geländewagen auftaucht und sehr eng auffährt, aufblendet. Tom fährt bei der nächsten Gelegenheit genervt rechts ran. Der Wagen schießt steinespritzend vorbei.

»So ein Arschloch!«

»Ich sagte doch: Du wirst ihn mögen.«

»Das ist dein Vater?«

»Wie er leibt und lebt.«

»Ja, das könnte der Beginn einer großen, wunderbaren Freundschaft sein.«

Sie fahren durch das Tor in den Burghof. Der Mercedes steht schon dort, es ist niemand zu sehen.

Plötzlich hören sie eine dröhnende Stimme: »Mensch, Bertram, wie lange ist das jetzt her?! 30 Jahre? Das reicht nicht!«

Tom betrachtet seinen Schwiegervater in spe. Ein Riesentyp in Wachsjacke und dicken Fellstiefeln. Ein bisschen wie ein Jäger, Trapper. Ein großer grauhaariger Kopf und eine eindrucksvolle Habichtnase. Keinerlei Ähnlichkeit mit Andrea oder Paul. Ein Machtmensch.

Jetzt hat Herr Mangfall auch die beiden Neuankömmlinge gesehen. »Oh, wen haben wir denn da? Unseren Musikanten.«

Paul und sein Vater umarmen sich kurz und Paul stellt Tom vor: »Hallo, Papa. Das ist Tom, Andreas Freund.«

Herr Mangfall mustert Tom von oben bis unten, schnalzt mit der Zunge. Fragt: »Auch Polizei?« In der gleichen Tonart, wie manche Senioren vielleicht fragen würden: »Haben Sie gedient?«

»Ja, Spurensicherung«, lautet Toms Antwort.

»Das klingt interessant. Jagen Sie?«

»Nein.«

»Schade. Aber einen Waffenschein haben Sie?«

»Papa, lass Tom in Ruhe, wir müssen rauskriegen, wo Andrea steckt.«

Herr Mangfall wendet sich an Bertram: »Kannst du uns was dazu sagen?«

»Heute Morgen war ihr Auto weg. Wir frühstücken immer um neun Uhr.«

»Neun Uhr, pah! Ihr von und zu. Hat sie gestern was gesagt?«

»Nichts zu ihrer Abreise. Sie hatte Fieber. Ich habe sie ins Bett gesteckt. Sie hatte sich offenbar verkühlt.«

»Ermitteln Sie im Todesfall des Hausherrn?«, fragt Mangfall Tom.

»Nicht direkt. Ich bin bei der Spurensicherung. Andrea ermittelt in diesem Fall.«

»Und warum tut sie das? Ich denke, es war ein Unfall?«

»Nun ja. Sie hat da offenbar Zweifel.«

Mangfall dreht sich wieder zu Bertram. »Wo ist Andrea, Bertram?!«

»Ich weiß es nicht.«

»Ich habe gute Kontakte zur Tölzer Polizei. Die stellen das ganze Oberland auf den Kopf!«

»Ähm …«, meldet sich Tom.

»Ach, ich hab's vergessen. Sie sind von der Polizei. Spurensicherung. Sagen Sie, sind Sie auch qualifiziert für die Fahndung nach vermissten Personen?«

»Papa, jetzt mach mal halblang. Wir wissen gar nichts. Vielleicht verfolgt Andrea auch irgendeine Spur.«

»Und hat ihr Handy nicht an?«, wirft Tom ein.

Paul nickt bedrückt. »Also, was machen wir?«

»Bertram, ist Johann da?«

»Nein, er ist in München.«

»Und Theodors Frau? Ist sie da?«

»Ja, aber es geht ihr nicht gut.«

»Sag ihr, dass ich sie sprechen muss.«

»Sehr wohl.«

Als Bertram verschwunden ist, sagt Herr Mangfall zu Tom und Paul: »Ihr schaut euch inzwischen hier um.«

»Warum? Glaubst du, sie steckt hier irgendwo in einem Verlies?«

»Quatsch. Aber irgendwas ist hier komisch. Bertram verhält sich merkwürdig.«

»Wie meinst du das?«

»Seine Wiedersehensfreude war ziemlich schaumgebremst.«

»Na ja, Papa, was erwartest du? Da schneist du nach Jahr-
zehnten rein, der Hausherr ist kürzlich verstorben und jetzt
verschwindet hier Andrea mir nichts, dir nichts. Da bist du
nicht so locker-flockig drauf. Was Bertram sowieso nie ist.«

»Trotzdem. Ich hab da so ein Bauchgefühl.«

Also doch ein bisschen wie Andrea, denkt Tom.

»Na, was steht ihr hier rum. Legt los, Jungs! Ich besuche
solange die Herrin des Hauses.«

»Ist dein Vater immer so?«, fragt Tom.

»Ja, immer. Mindestens.«

»Mein Beileid.«

»Ach, mit genug Abstand geht es. Also, wo schauen wir?«

»Ich will sehen, ob das Siegel am Arbeitszimmer unversehrt ist.«

Sie steigen die Treppe im Turm hoch.

»Riechst du das auch?«

»Farbe.«

»Die werden doch nicht …?«

Das Siegel ist unversehrt. Sie steigen die Treppe wieder
runter.

»Der Farbgeruch kommt von hier.« Paul deutet auf die
Tür des Schlafzimmers des toten Burgherrn. Er drückt die
Klinke. Verschlossen.

Tom schaut aus dem Fenster im Flur. Sieht eine Plastikplane, die einen Teil des Fensters des Turmzimmers notdürftig abdichtet. »Hier stimmt was nicht.«

»Paul, wo bist du?«, kommt es im Befehlston von unten.

»Papa, hier oben. Komm mal.«

»Was wird da drin gemacht?«, fragt Tom Bertram, der mit
Herrn Mangfall die Treppe hochkommt.

»Wir renovieren.«

»Sperren Sie bitte auf.«

»Ich weiß nicht …«

»Das ist eine polizeiliche Ermittlung!«

Bertram nickt und sperrt auf. Sie betreten den großen Raum. Eine Wand ist frisch geweißelt. Der Boden ist mit Folie abgeklebt. In einer Zimmerecke steht ein Eimer mit Putzutensilien.

»Renovieren? So partiell?«

»Schimmel.«

»Das wird sich zeigen.« Tom begutachtet den Fenstersims. Granit. Eine scharfe Kante. Er drückt Paul den Autoschlüssel in die Hand. »Geh bitte runter und hol den Alukoffer aus dem Kofferraum.«

»Bertram, was ist hier los?«, fragt Herr Mangfall.

Bertram zuckt nur mit den Achseln.

»Hat Johann dir den Auftrag gegeben?«

»Nein, das war schon länger nötig.«

»Was ist das überhaupt für ein Zimmer?« Er deutet zu dem großen Bett.

»Nun ja, der gnädige Herr zog sich öfters hierher zurück. Frau von Warth ist ja so oft unpässlich und braucht Ruhe.«

»Ruhe? Mein Lieber, Theodors Witwe wird sediert. Ich habe gerade eben die Mittel auf ihrem Nachttisch gesehen. Das sind starke Morphine.«

»Sie hat heftige Rückenschmerzen.«

»Bertram, deine Loyalität in Ehren, aber ich habe den Eindruck, hier läuft etwas entsetzlich schief.«

Paul bringt den Koffer, stöhnt. »Mann, Tom, was ist da drin? Ziegelsteine?«

»Gib her, Paul.« Tom klappt den Koffer auf, holt eine Infrarotlampe heraus, setzt eine Brille auf, betrachtet den Fenstersims.

»Das ist Blut.« Er nimmt die Brille ab, legt die Lampe in den Koffer zurück, dann sieht er zu dem eingeschlagenen, notdürftig abgedichteten Fenster. »Ich wette, da finden wir Fingerabdrücke von Andrea.«

Bertram sagt gar nichts.

Paul überlegt. »Der Alte war ein ziemlicher Schürzenjäger. Seine Frau war oft krank oder hat sich selbst mit Schlaftabletten nachts weggeschossen. Ich hab gesehen, wie er auf dem Ball die Ladys umgarnt hat. Vielleicht ein bisschen mehr als nur so flirty-flirty. Also mal in der Theorie: Er nimmt sich eine junge Frau hierher mit. Will von ihr Sachen, die sie nicht will, es kommt zum Handgemenge, er stürzt gegen das Fensterbrett, blutet wie ein Schwein.«

»Paul!«, versucht Tom ihn zu stoppen.

Doch Paul redet einfach weiter: »Und so findet ihn sein Sohn Joe. Er hatte immer wieder Streit mit seinem Vater. Andrea hat mir gesagt, dass sie sogar in der Hochzeitsnacht von Michi miteinander gestritten haben. Jetzt findet er seinen Vater und hat Angst, dass man ihm das anhängt, weil er mit seinem Vater geschäftliche Differenzen hat. Er will das Ganze verschleiern, es als Unfall hinstellen. Auch weil der Ruf seines Vaters ruiniert wäre, wenn rauskommt, dass er ständig andere Frauen angegraben hat. Joe schleift ihn die Treppe hoch und stürzt ihn runter, damit es aussieht wie ein Unfall. Was niemand weiß – und jetzt wird das Ganze zur Tragödie – sein Vater ist gar nicht tot, trotz des vielen Bluts, sondern nur bewusstlos. Aber hinterher ist er tot.«

»Danke, Paul«, sagt Tom resigniert, »dass du hier Ermittlungsergebnisse rumposaunst!«

»Tut mir leid. Aber irgendwer muss in dem beschissenen Laden ja mal auf den Putz hauen! Keiner lässt irgendwas raus, keiner traut sich, irgendwas zu sagen.«

Betretene Stille. Bertram ist kreidebleich. Selbst Herr Mangfall schweigt.

Paul ist noch nicht fertig: »Ich weiß nicht, was du weißt, Bertram, aber du bist immer so was von scheißdiskret und hilfst Joe dann auch noch, Spuren zu beseitigen. Warum? Wegen des guten Rufs der Familie?«

»Er war noch nicht tot?«, fragt Bertram.

»Nein, er ist laut Rechtsmedizin durch den Sturz gestorben«, sagt Tom.

»Oh Gott!«

»Wer war die Frau?«, fragt Paul ihn.

»Ich weiß es nicht.«

»Bertram, warst du an der ganzen Sache beteiligt?«, fragt jetzt Herr Mangfall.

»Nein, das war ich nicht«, sagt Bertram.

»Aber du machst die Blutflecken hier weg und lässt weißeln?«

»Ja. Johann hat mich eingeweiht. Dass er ihn tot gefunden hat. Dass er das nicht so stehen lassen wollte. Er wollte nicht, dass herauskommt, was für ein schlechter Mensch sein Vater ist. Deswegen wollte er die Todesursache verschleiern. Die Familie ist doch schon gestraft genug.« Bertram schüttelt den Kopf. Sieht Paul an, dann Tom. »Herr von Warth war noch nicht tot, als er die Treppe runtergefallen ist?«

»Nein«, sagt Tom.

»Hätte er überlebt? Also die Verletzung zuvor …?«

»Ich muss hier raus!«, zischt Paul und dampft ab.

Herr Mangfall sieht ihm etwas ratlos hinterher.

Tom lässt sich von Bertram Joes Arbeitsadresse geben. Er sieht ihn ernst an: »Kein Wort über den aktuellen Ermittlungsstand. Sie geben bitte den Kollegen alles zu Protokoll, sobald die eingetroffen sind.«

»Und was machen wir jetzt?«, fragt Herr Mangfall.

»Wir warten, bis die Kollegen in München Johann in Gewahrsam genommen haben, dann suchen wir Andrea.« Tom wendet sich an Bertram: »Bitte überleg gut, wo Johann Andrea versteckt haben könnte.«

Paul stürmt wieder zur offenen Tür herein: »Ja, Bertram, wo ist Andrea!«

»Die Jagdhütte bei Lenggries vielleicht?«, sagt Bertram.

»Okay, das überprüfen wir. Paul, du begleitest Bertram auf sein Zimmer und schaust, dass er es nicht verlässt.«

»Na los, worauf warten wir?«, fragt Mangfall senior.

»Ich möchte mich hier in der Burg noch ein bisschen umsehen«, sagt Tom. »Kommen Sie mit?«

Es dauert nicht lange, bis sie Andreas Golf in einem der Schuppen entdeckt haben. Was Tom am meisten irritiert: Auf der Rückbank liegt ihre Winterjacke. Geldbeutel, ausgeschaltetes Handy. Auch ihre Waffe. Und ihre Stiefel. Was soll das? Das sieht gar nicht gut aus, denkt er und nimmt die Sachen an sich.

»Was bedeutet das?«, fragt Mangfall.

»Ich habe keine Ahnung.« Tom wählt Joes Handynummer. Keine Verbindung. »Na toll, der Typ hat sein Handy aus. Dann kann man ihn auch nicht orten. Der ist nie und nimmer in München.« Er will Andreas Sachen in seinen Wagen legen.

Mangfall nimmt sie ihm ab, legt sie in den Kofferraum seines Mercedes. »Wo wir hinwollen, brauchen wir Vierradantrieb.«

»Okay. Aber wenn sie nicht in der Jagdhütte ist und wenn uns Joe nicht sagt, wo sie steckt, müssen wir aber die Fahndung rausgeben.«

Andreas Vater nickt bedrückt.

Jetzt rollt ein Polizeiwagen in den Burghof. Tom instruiert die Kollegen. Damit sie Bertram mitnehmen und seine Aussage aufnehmen. Und um sicherzustellen, dass er keine weiteren Beweise vernichtet.

Kurz darauf preschen sie im Geländewagen von Andreas Vater vom Hof. Paul und Tom klammern sich an die Türgriffe.

»Hast du eine Waffe?«, fragt Mangfall Tom und lässt die Förmlichkeiten beiseite.

»Nein.«

»Ich denke, du bist Polizist?«

»Spurensicherung. Wir kommen, wenn's vorbei ist. Und kehren die Scherben zusammen, um zu rekonstruieren, was passiert ist. Dafür braucht man keine Waffe.«

»Du nimmst Andreas Waffe. Ich hab ein Gewehr.« Mangfall deutet nach hinten.

Tom dreht den Kopf und sieht die graue Stahlkiste mit dem Vorhängeschloss. »Dann ist ja alles gut.«

»Nichts ist gut«, murmelt Mangfall und gibt Gas.

BRENNEND

Andrea hat es sich auf der sonnigen Veranda der Hütte bequem gemacht. Was soll sie auch sonst tun? Strumpfsockig zur Straße vorgehen? Kilometerweit, sich die Füße aufreißen und gleich die nächste Höllenerkältung holen? Hat sie ja gerade halbwegs hinter sich. In ihrer Lunge kratzt es immer noch. Abwarten. Irgendwann kommt sicher irgendwer, der irgendwas mit ihr vorhat. Mit etwas wirklich Schlimmem rechnet sie nicht. Sie ist hier geparkt, weil in ihrer

Abwesenheit woanders Sachen passieren, Absprachen getroffen, Spuren beseitigt werden. Grotesk. Warum nur? Wenn der Alte sich eine Frau mit auf die Kemenate genommen und sich diese zur Wehr gesetzt hat – ihr gutes Recht. Notwehr. Handgemenge mit schlechtem Ende. In der Familie weiß wahrscheinlich jeder, was da gelaufen ist, und es geht jetzt nur um eins: den guten Ruf nicht zu beschädigen. Was für ein Witz! Der gute Ruf. Bei dem Typen! Die ganze Familie – alles Fassade. Sie hat es sich schon damals gedacht. Gut, dass sie aus der Nummer noch rausgekommen ist. Wer weiß, wo sie heute wäre. Na ja, wo sie heute ist, weiß sie: in einer einsamen Berghütte ohne Schuhe und Jacke. Aber ihr wird Joe keine Gewalt zufügen. Wobei er das genau genommen bereits getan hat. Betäubungsmittel. Wenn man da bei der Dosierung nicht aufpasst, kann das ein langer, ein endloser Schlaf werden.

Was haben Paul, Tom und Josef gedacht, als sie nicht wie angekündigt nach München zurückgekommen ist? Fahren sie jetzt das große Besteck auf? Oder hat Joe eine gute Ausrede parat, warum sie noch auf der Burg festhängt? Und nicht per Handy erreichbar ist? Nein, nicht wirklich plausibel. Egal jetzt. Die Winterlandschaft vor ihren Augen ist ein Traum. Sie bräuchte dringend eine Sonnenbrille, so sehr brennt die Sonne vom Himmel und entzündet das Schneeweiß, die Welt aus Eiskristallen. Andrea lehnt den Kopf an die Hüttenwand, schließt die Augen, riecht das alte Holz, hört es leise knacken. Denkt nach. Das Foto in der Hütte. Mit den jungen Männern. Einer davon ist jetzt tot. Und nicht an Altersschwäche gestorben. Sie muss ihren Vater fragen, wie das damals war, hier auf der Hütte, auf der Jagd. Damals die besten Freunde, wie man nach den strahlenden Gesichtern der

Jungs auf dem Foto urteilen kann. Warum ist das auseinandergebrochen?

Ihre geschlossenen Augenlider zeigen dunkles Orange. Auf dem kleine schwarze Punkte tanzen, grauschwarze Schleier schwimmen. Als würde man in sein eigenes Universum schauen – endlos weit, endlos tief, endlos warm.

Sie schreckt hoch. Ein Geräusch. Automotor. Andrea steht auf. Geht in die Hütte. Angst. Sie späht durch die Fensterscheibe. Sieht den großen Geländewagen. Wer ist das? Joe? Das ist sein Wagen. Was will er hier? Müsste er nicht verschwinden? Hat er schon alle Spuren beseitigt? Aber was will er ihr jetzt erzählen? Wie sie hierhergekommen ist und warum? Das macht alles keinen rechten Sinn. Dass er jetzt schon zurückkommt, heißt nichts Gutes. Hat er nachgedacht und ist zum Entschluss gekommen, dass er sie doch unauffällig beseitigen muss, damit die Auseinandersetzung mit seinem Vater nicht auffliegt? Jetzt steigt der Fahrer aus. Ja – es ist Joe. Sie klettert auf die Leiter und öffnet die Luke zum Matratzenlager. Wenn sie sich auf die Klappe legt, wird er sie nicht einfach öffnen können.

MINIATUR

Joe steigt aus, kneift die Augen zusammen. Der Schnee so rein und weiß. Er war lange nicht mehr hier. Sein Vater gelegentlich noch zur Jagd. Aber Joe hatte immer den Eindruck, dass er nicht mehr gerne hier war, dass hier irgendwann etwas passiert war, was dem Vater den Aufenthalt verleidete. Streit mit den Freunden, eine unangenehme Erfahrung? Er wirkte immer ein bisschen auf der Hut, wenn er mit ihm und Michi auf der Hütte war. Joe denkt daran, wie sein Vater damals ausgeflippt war, weil sie die verbogene Flinte von Opa, die zur Dekoration in der Hütte hing, abgesägt und damit auf Riesenboviste geschossen hatten, die sie auf einem Baumstumpf hinter der Hütte drapiert hatten. Michi und er. Kinderstreiche. Wie es die großen Pilze von den Schrotkugeln zerriss! Sie hatten gekreischt vor Vergnügen. Papa hatte gebrüllt vor Wut. Er sperrte die Flinte im Werkzeugschuppen weg. Wegwerfen konnte er das Ding aber auch nicht.

Es ist sehr still. Die Sonne steht hoch am Himmel. Joe setzt seine verspiegelte Pilotenbrille auf gegen das gleißende Licht. Er schwitzt. Aber nicht nur wegen der Sonne. Ihm ist heiß, er fühlt sich nicht gut. Er geht zur Hütte, betritt die Veranda, sucht den Schlüsselbund unter den Bodenplanken, findet ihn, sucht den richtigen Schlüssel und will aufsperren. Wundert sich, dass offen ist. Er bemerkt die Wärme, sieht die Glut im Ofen, die halb gegessene Eintopfdose. Er horcht. Nichts. Oder? Ein Knarren? Er sieht nach oben an die Decke. Das Matratzenlager. Es knarrt wieder. Nur die Sonnenwärme im Holz?

Leise tritt er zu der Anrichte, öffnet eine der Schubladen, tastet ganz nach hinten, holt ein Päckchen in Wachspapier heraus. Er verlässt die Hütte und sperrt das Vorhängeschloss am Schuppen auf. Es dauert ein bisschen, bis er die abgesägte Flinte gefunden hat. Er wickelt sie aus den öligen Tüchern und betrachtet sie in dem Lichtquader, der zur Tür hereinfällt. Flugrost. Könnte schlimmer sein. Besser als nichts. Er reißt das Wachspapierpäckchen auf und entnimmt der Pappschachtel die Schrotpatronen. Lädt die Flinte mit zwei Schuss und steckt die restlichen Patronen in die Hosentasche.

Jetzt fühlt er sich sicherer. Er tritt nach draußen. Zwinkert in das blendende Licht, setzt die Brille wieder auf. Hört einen Vogel kreischen. Sonst ist es still. Die Landschaft beeindruckt ihn. Staucht alle menschlichen Probleme auf ein Miniaturmaß zurück. Der Schnee bedeckt alles. Ihm fallen ein paar Textzeilen aus einem Reinhard-Mey-Song ein: »Alle Ängste, alle Sorgen, sagt man, blieben darunter verborgen, und dann würde, was uns groß und wichtig erscheint, plötzlich nichtig und klein.«

PIRSCH

»Er hat eine Waffe«, sagt der alte Mangfall und sieht angestrengt durch seinen Feldstecher.

Sie haben das Auto im Wald stehen gelassen und sind den Reifenspuren gefolgt. Das Plateau betreten sie nicht, da wären sie wie auf dem Präsentierteller. Wer weiß, wie Joe reagiert?

Durch den dichten Wald haben sie sich bis auf 50 Meter an die Hütte herangepirscht. Vater Mangfall lädt sein Jagdgewehr.

»Wir ballern hier nicht rum«, mahnt Tom.

»Nicht, wenn wir nicht müssen. Wir werden sehen. Ob Andrea hier ist?«

»Na ja, was wird Joe hier alleine machen?«

»Keine Ahnung, vielleicht zieht er sich hierher zurück, weil böse Häscher es auf ihn als den Stellvertreter seines Vaters abgesehen haben«, meint Paul. »So High Noon. Oder tarantinomäßig. Er mäht sie alle nieder, wenn sie sich der Hütte nähern.«

FALLE

Joe hat einen Lichtreflex im Wald gesehen. Gefällt ihm gar nicht. Was macht er hier? Ist das eine Falle? Sitzen da im Wald irgendwelche Typen, die ihn abknallen wollen? Betont normal geht er zur Hütte und schließt die Tür hinter sich. Er holt das Fernglas aus der Anrichte und postiert sich hinter einem der Fenster, schiebt den Vorhang ein Stückchen zur Seite. Stellt scharf. Blendendes Weiß. Waldrand. Bäume, Felsen, ein Stock. Nein – der Stock glänzt. Gewehrlauf? Ja, sieht ganz so aus. Jetzt der Schütze dazu. Sein Kopf zumindest. Fellmütze, Sonnenbrille. Wer ist das, was wird das, was soll das? Auf die Entfernung hat er mit seiner abgesägten Schrotflinte keine Chance. Er muss ihn schon kommen lassen.

BLUT

Andrea beobachtet Joe durch eine Bodenritze. Die Angst nimmt ihr fast die Luft zum Atmen. Sie hat das Gefühl, ihr Herz würde so laut pochen, dass es durch die Holzdecke zu hören ist. Was geht hier vor? Auf wen wartet Joe mit seiner Waffe? Auf ein SEK? Auf einen Mafiatrupp, der nach dem Hausherrn jetzt auch noch den Sohn umbringen will, der es nicht geschafft hat, den Tod des Vaters als Unfall hinzustellen? Die gleich noch die Polizistin miterledigen wollen, die er hierherverfrachtet hat, um in Ruhe auf der

Burg Spuren zu beseitigen. Unsinn. Unsinn? Sie sieht es genau, wie Joe unten angestrengt durch das Fenster starrt, die Waffe nach draußen richtet. Bitte kein Shoot-out wie in einem beschissenen Alpenwestern! Harte Jungs, die sich kaltschnäuzig über den Haufen knallen? Die Schuld-und-Sühne-Kiste mit Schnee, der sich rot verfärbt, wenn die Kombattanten zu Boden sinken! Und sie, die stille Zeugin, von der keiner weiß. Nein, Joe weiß ja, dass sie da ist, er hat sie ja schließlich hierhergebracht. Warum hat er nicht nach ihr gerufen, als er die Hütte betreten und sie nicht angetroffen hat? Denkt er, dass sie doch versucht hat zu entkommen – in Strümpfen? Na ja, im Moment ist seine Aufmerksamkeit durch etwas anderes absorbiert. Offenbar sind da draußen Leute mit Waffen unterwegs. SEK oder Verbrecher? Das wird kein gutes Ende nehmen. Soll sie ihn ansprechen, ihm sagen, dass er aufgeben soll? Nein. Sie hat keine Ahnung, wie er dann reagiert. Er ist auf 180 und hat eine durchgeladene Waffe in der Hand. Scheiße, vor Aufregung bekommt sie jetzt Nasenbluten. Nicht ausgerechnet …

Von oben nach unten. Der erste Tropfen trifft Joe an der Schulter, er bemerkt nichts. Der zweite an der Wange.

Joe wischt sich die Schweißperle weg. Schweiß? Irritiert sieht er auf seinen roten Finger. Leckt daran. Blut. Er tastet seine Wange ab. Schnittwunde, Kratzer? Nichts. Er sieht hoch, mustert die Dielen, richtet seine Waffe nach oben. Im Augenwinkel sieht er draußen eine Bewegung. Er starrt aus dem Fenster. Ein Mann rennt über die weiße Fläche auf einen frei stehenden Felsen zu. Mit einem Gewehr im Anschlag.

Joe durchschlägt mit der abgesägten Flinte die Scheibe und gibt einen Schuss ab.

KRISTALLIN

Mangfall wirft sich hinter den von ihm anvisierten, frei stehenden Felsen auf dem verschneiten Hochplateau, Schnee stäubt auf. Er dreht sich zu Tom, zuckt mit den Achseln. Deutet mit dem Gewehr zur Hütte. Tom schüttelt den Kopf und zeigt warnend auf sein Handy.

»Ja, ruf endlich die Polizei!«, sagt Paul. »Sonst knallen sich hier noch Leute ab!«

Tom fordert ein SEK an, beschreibt den Weg. Dann sieht er zur Hütte rüber, zu dem Felsen. »Paul, wo ist dein Vater?«

»Immer noch hinter dem Felsen.«

»Da soll er mal fein bleiben. Sonst hat er ein Riesenproblem. Wenn er versucht, zur Hütte zu gelangen, wird ihn der Typ abknallen wie ein Kaninchen.«

Paul sieht über die kahle Fläche und nickt. »Wie lange wird die Polizei brauchen?«

»Ein Weilchen. So lange darf nichts passieren.«

Paul nickt ernst. »Wenn er uns wenigstens das Fernglas hiergelassen hätte.«

Sie warten. Die Landschaft ist still und unberührt. Interessiert sich nicht für das Drama, das sich da vor der Hütte abspielt.

Tom reibt sich die Augen. Die tun weh wegen des reflektierenden Schnees. Wahnsinn, in welche Geschichten man mit Andrea reingerät!

PENG!

Der Schuss hallt laut über die Hochebene. Eine Wolke

glitzernder Eiskristalle hüllt alles ein. Mangfall hat seine Schrotflinte in die Krone einer großen Tanne vor der Hütte abgefeuert. Der Baum entledigt sich all seiner weißen Pracht.

»Was soll das?«, fragt Paul.

»Dein Vater gibt sich Sichtschutz. Spinnt der?«

»Der will nicht im Ernst zur Hütte?«

Allmählich setzen sich die letzten Kristallschwaden, der Blick wird wieder klar. Der Baum hat seine Schneelast verloren. Sie sehen Mangfall wenige Meter vor der Hütte hinter einem kleinen Felsen kauern. Gewehr im Anschlag.

PULVER

»Johann, gib auf! Du sitzt in der Falle!«

»Wer bist du?«, ruft Joe raus.

»Manfred Mangfall. Der Vater von Andrea.«

»Was willst du?«

»Lass Andrea frei. Wir können über alles reden.«

Stille.

Johann sieht irritiert an die Stubendecke. »Andrea?«

Keine Antwort.

Andrea ist verwirrt. Was macht ihr Vater hier? Was laufen hier für Geschichten? Und was sind das für Geräusche?

Flapp, flapp, flapp.

Mangfall blickt zum Himmel. Paul und Tom auch. Ein Hubschrauber.

»Schneller als gedacht«, sagt Paul.

»Keine gute Idee«, meint Tom. »Gar keine gute Idee.«

»Wieso?«

Tom muss nichts erklären, denn der Hubschrauberlärm löst jetzt schon im oberen Hangbereich kleinere Schneebretter aus.

»Das muss der Pilot doch wissen?«

Der Pilot hat es gemerkt und zieht den Hubschrauber hoch.

Gebannt starren sie auf den Hang. Auch Mangfall.

Nichts ist passiert. Jetzt sehen sie weit oben einen aufgeschreckten Steinbock den Hang queren. »Bitte nicht!«, murmelt Tom.

Doch. Ein Knirschen geht durch den ganzen Hang. 21–22–23. Passiert etwas? Nein, alles gut. Oder? Der Hang rutscht. Lawine! Alles verschwindet im Pulverstaub.

Paul und Tom ducken sich hinter einen gefällten Baumstamm. Die Schneemassen fegen über sie hinweg.

Eine lange Minute später ist alles vorbei. Staubwolken von Eis und Schnee vernebeln noch die Sicht. Sie rappeln sich auf, klopfen sich den Schnee aus der Kleidung. Schauen in Richtung Hütte. Langsam legt sich der feine weiße Staub. Die Hütte ist weg. Dort ist nur noch ein Schneehügel.

Paul kämpft sich bereits durch die fast mannshohen Wehen. »Andrea! Papa!«

Plötzlich bewegt sich was im Schnee.

»Papa!«

Es ist tatsächlich sein Vater. Er hat sich hinter dem Felsen zusammengekauert, um einen Luftraum unter der Schneedecke zu bilden. Zum Glück ist der Schnee nicht nass. Paul hilft ihm, sich zu befreien.

»Mein Gewehr!«

»Bleibt, wo es ist.«

»Welcher Depp kommt hier mit dem Hubschrauber?«

»Die Polizei.«

»Die haben doch nicht alle Tassen im Schrank!«

»Es war der Steinbock. Und vielleicht war es auch dein Schuss!«

»Wir müssen Andrea da rausholen.«

»Und Joe.«

»Der ist mir egal!«

ENERGIE

Im Matratzenlager ist es stockfinster. Das Dach ächzt unter der Schneelast.

»Joe!«, brüllt Andrea zwischen die Holzplanken.

»Andrea, bist du das?«

»Ja, wer denn sonst? Ich komm jetzt runter. Wehe, du tust mir was!«

»Warum sollte ich dir was tun?«

Sie will die Luke anheben, doch sie klemmt. »Verdammt, hilf mir mal!«

Joe drückt von unten, und mit vereinten Kräften gelingt es ihnen, die Luke zu öffnen. Andrea klettert nach unten. Auch dort ist es stockfinster. Joe macht sein Handylicht an. Die Fenster sind geborsten, der Schnee drängt sich bis weit in die Stube. Das alte Holz knarzt und stöhnt.

»Was wird hier gespielt?«, fragt Andrea. »Ist das wirklich mein Vater da draußen?«

»Ich weiß es nicht. Ich versteh das alles nicht.«

Andrea ist ganz schlecht. Was ist mit ihrem Vater?

»Was machst du hier?«, fragt Joe.

»So kommst du aus der Nummer nicht raus. Du hast mich doch hergebracht!«

»Hab ich nicht.«

»So? Und warum bist du dann hier?«

»Bertram hat mich herbestellt. Ich sollte hier jemanden treffen.«

»Wen?«

»Geschäftsleute. Streng geheim. Ich sollte mein Handy ausmachen, dass man mich nicht orten kann.«

»Warum? Ich versteh gar nichts.«

»Vater wollte alles verkaufen. Sich absetzen zu seiner zweiten Familie in Shanghai. Das Geld wäre weg gewesen. Er war mit komischen Leuten in Kontakt.«

»Kriminellen.«

»Ich vermute mal. Und ich habe den Verkauf gestoppt.«

»Indem du ihn umgebracht hast?«

»Zur Hölle, nein!«

»Aber ihr habt gestritten. Ich hab euch gehört. Auf der Hochzeit.«

»Ja, so weit waren wir schon.«

»Aber weiter! Was ist in der Nacht passiert? Nach eurem Streit.«

»Nichts.«

»Doch. Ich werd es dir sagen: Du bist in seinem Zimmer gewesen, im ersten Stock, wolltest noch mal mit ihm sprechen, ihr habt wieder gestritten. Er wurde handgreiflich, du auch. Er hat er sich dabei verletzt. Tödlich. Dachtest du. Du hast ihn dann die Treppe erst hochgeschleppt und ihn dann runtergeschmissen, um es zu verschleiern.«

»Zur Hölle: NEIN! Ich bin nach dem Streit in der Bibliothek losgefahren zum Flughafen.«

»Und was hat er gemacht?«

»Er wollte mit den anderen weiterfeiern. Glaub mir, bitte!«

Andrea überlegt, fragt weiter: »Kann es sein, dass er sich jemanden mit auf sein Zimmer genommen hat, eine Frau? Dass er zudringlich geworden ist, dass es ein Handgemenge gab? Bertram hat so etwas gesagt.«

»Ich weiß nicht, was passiert ist. Wirklich. Ehrenwort!«

»Könnte er jemanden mit auf sein Zimmer genommen haben?«

»Ja, du weißt doch, wie er ist. Also, wie er war. Ja, Bertram hat mir auch so was erzählt.«

»Und wen?«

»Das hätte jede sein können.«

»Ja klar, die Mädels sind alle in Begleitung ihrer Freunde und Männer da und gehen trotzdem mit ihm mit.«

»Das wäre meinem Vater egal gewesen.«

»Das glaub ich nicht. Gib es doch zu, dass du es warst.«

»Hast du denn die Todeszeit? War ich da überhaupt noch auf der Burg? Oder schon längst auf dem Weg zum Flughafen?«

Jetzt kommt Andrea ins Schlingern. »Das kann man nicht auf die Minute sagen. Es ist nach Mitternacht passiert.« Sie stockt. Das bringt alles nichts. Sie bezichtigt ihn hier eines Verbrechens und ist in einer stockfinsteren Hütte unter einer Lawine begraben. Und Joe hat eine Waffe. »Jetzt sag was dazu!«, fordert sie ihn trotzdem auf.

»Bertram. Er hat dich hier rausgebracht. Er hat mich hierherbestellt, damit du denkst, ich hab dich zur Hütte gebracht, damit die Polizei denkt, wenn sie mich hier mit dir findet … Wahnsinn! Bertram hat mich angerufen, mir gesagt, dass ich kommen soll, dass ich das Handy ausmachen soll. Eine Schießerei, besser noch – die Lawine …« Ihm versagt die Stimme.

»Joe, mir kommen die Tränen. Die Lawine kann er kaum geplant haben.«

»Nein, aber das wäre die perfekte Lösung für ihn gewesen.«

In Andreas Kopf purzeln die Gedanken durcheinander. Bertram! Den hatte sie zu keinem Zeitpunkt auf der Liste. »Warum, zur Hölle, soll er das getan haben?«

»Das musst du ihn fragen. Vielleicht, um den Skandal zu vertuschen. Du weißt doch, wie er ist.«

Andrea spricht mit sich selbst: »Ich bin dabei rauszukriegen, wie es passiert ist, er merkt es und betäubt mich mit dem Scheißtee, um mich hierherzubringen und die Spuren auf der Burg zu beseitigen.« Sie schüttelt den Kopf. »Bertram hat wie jeder gute Verbrecher immer ein starkes Betäubungsmittel zur Hand. Was für ein Quatsch!«

»Mama nimmt Morphine gegen die Schmerzen. Vielleicht hat Bertram …« Joe stockt. »Andrea, sag mir, warum er mich hierherbestellt hat?«

Andrea schweigt. Und überlegt. Joes Vermutung ist nicht verkehrt … Bertram schickt ihn hierher, die Polizei ist hinter ihm her, erwischt ihn bei der Hütte der Familie, wo auch sie, die Entführte, versteckt ist. Das sieht dann nicht gut aus für Joe. Wie soll er das erklären? Und vielleicht gibt es sogar einen Schusswechsel. Es sind ja bereits Schüsse gefallen! »Aber wenn Bertram das so ausgetüftelt hat, dann zeugt das schon von einer erstaunlichen kriminellen Energie«, sagt sie mit matter Stimme.

»Das hätte ich ihm nicht zugetraut«, bestätigt Joe. »Und wenn wir Pech haben, dann sind das jetzt unsere letzten gemeinsamen Stunden, Minuten …«

»Spar dir das Drama. Sie wissen ja, wo wir sind.«

Sie wickeln sich in alte Decken ein und warten. Stille. Es ist genug gesagt. Andrea spürt, wie ihr die Kälte langsam in die Knochen kriecht.

Irgendwann fällt durch eines der Fenster ein bisschen Licht. Die Rettungskräfte haben es geschafft.

»Andrea?«, ruft jemand von draußen.

Sie kennt die Stimme. »Papa?«

ZU VIEL FAMILIE

Sie stehen vor dem Burgtor. Es hat etwas Mühe gekostet, die örtliche Polizei zu überzeugen, dass die beiden Verschütteten nicht zur Beobachtung ins Krankenhaus müssen.

»Obwohl ich schon mal gerne Hubschrauber geflogen wäre«, meint Andrea.

»Man kann nicht immer alles haben«, sagt Tom.

»Danke, dass du an die Stiefel gedacht hast. Muss man Bertram lassen. Clever. Vielleicht ist das strafmildernd. Ich war ja nicht eingesperrt.«

»Na ja, am Ende schon. Aber du warst ja nicht allein.«

»Tom, bist du jetzt eifersüchtig? Romantik stell ich mir anders vor.«

»Ach …«

»Entspann dich. Das ist eine ganz alte Geschichte. Abgehakt.«

Jetzt fällt ihr etwas ein. Stichwort »alte Geschichte«. Sie zieht das alte, jetzt verknitterte Foto aus der Tasche. Das hat sie noch aus dem geborstenen Bilderrahmen genommen, bevor sie die verschüttete Hütte verlassen hat. Sie zeigt es ihrem Vater. Er mit seinen Jugendfreunden. Er wirft nur einen flüchtigen Blick darauf und zieht die Augenbrauen hoch.

»Sagst du mir was zu den anderen dreien?«

»Warum interessiert dich das?«

»Weil ich Polizistin bin. Also?«

»Jetzt nicht.«

»Gut, dann heute Abend.«

Mangfall senior brummt, dass er jetzt nicht vorhabe, nach München zu fahren.

»Ich komm zu euch«, sagt Andrea.

»Wie bitte?«, fragt er ungläubig.

»Na, Mama würde sich doch sicher freuen.«

Mangfall strahlt. »Aber so was von. Und Paul, du kommst auch mit!«

»Ja, Papa.«

»Und du, Tom?«

Tom schüttelt den Kopf. »Danke, aber das ist mir zu viel Familie.«

Die Mangfalls lachen, und Tom bemüht sich, mitzulachen. Natürlich wäre er heute Abend gern mit Andrea allein gewesen.

»Wir sehen uns morgen«, verabschiedet sich Andrea schließlich und gibt ihm einen Kuss.

Tom geht zu seinem Auto und sieht sich noch mal um. Eine wirklich schöne Burg. Aber alles Fassade. Der Hausherr tot, der Butler ein Verbrecher, die Hausherrin im Morphiumnebel, der ältere Sohn steht vor einem Scherbenhaufen und der jüngere Bruder ist schon wieder auf und davon mit seiner Braut. Perfektes Familienglück. Und bestimmt kommt da noch was nach wegen der Papierfabriken und der Zweitfamilie in Fernost. All das spricht Bände, ja, der Laden ist am Ende.

Tom steigt in seinen Wagen und fährt los. Die stolze Burg verschwindet im Rückspiegel. Er denkt an Andrea. Sie hat mal wieder eine Menge Chaos produziert, aber doch den

Fall gelöst, weitgehend zumindest. Was immer noch nicht geklärt ist: Wer war die Frau im Herrenzimmer des Patriarchen? Wird Bertram bei seiner Vernehmung umfassend aussagen? Was, wenn er auch nicht weiß, wer die Frau war? Mal sehen. Morgen ist ein neuer Tag.

FRANZ JOSEF

Für Andrea ist der Tag noch nicht zu Ende. So ein bisschen Wiedervereinigung. Wann waren sie das letzte Mal alle gemeinsam im Elternhaus in Bad Tölz? Ihre Mutter ist jedenfalls sehr glücklich, als sie zusammen dort auftauchen.

Die gute Stimmung ihres Vaters endet allerdings abrupt, als Andrea beim zweiten Glas Wein noch mal das Foto rausholt.

»Ist was?«, fragt sie ihren Vater mit Unschuldsstimme. »Das sind doch deine Freunde?«

»Das waren meine Freunde.«

»Und dann nicht mehr. Warum?«

»Komm.«

Sie folgt ihm ins Arbeitszimmer im Souterrain. Der ehemalige Hobbykeller ist jetzt so ein besseres Aktenendlager. Über 20 Jahre Lokalpolitkarriere sind hier sauber abgeheftet. Ein großer Schreibtisch aus dunklem Holz, Computer, Drucker, eine Bayernkarte als Schreibtischunterlage.

»Ein Strauß-Porträt würde sich hier gut machen.«

»Werd mal nicht frech!«

Andreas Vater sucht etwas in seinem Schreibtischcontainer. Schließlich findet er es. Einen Umschlag mit Fotoabzügen. Farbig. Schon ziemlich vergilbt. Er blättert durch die Fotos, zieht eins aus dem Stapel, schiebt es Andrea zu, die auf einem Stuhl auf der anderen Seite des Schreibtisches Platz genommen hat. Sie betrachtet das Bild aufmerksam. Vier junge Männer, einer davon ist ihr Vater, einer der alte Herr von Warth, bevor er der Alte war. Die anderen zwei hat sie schon auf dem Foto aus der Hütte gesehen. Und anders als auf dem Hüttenfoto: auch vier junge Frauen.

»Mama ist da nicht dabei?«

»Damals kannten wir uns noch nicht.«

»Sind das eure Freundinnen?«

»Nicht im engeren Sinne.«

»Wie?«

»Na ja, das war damals alles nicht so fix. Wir waren eine Clique. Und wir fuhren immer wieder auf die Hütte.«

»Um Party zu machen.«

»Ja, wenn du es so nennen willst.«

»Jetzt lass dir doch nicht alles aus der Nase ziehen!«

»Na ja, wir waren jung und wild. Und rücksichtslos. Wir haben hinter der Hütte auf leere Bierflaschen geschossen. Eines Tages war ich mit Heike« – er deutet auf eine der Frauen – »auf einer Wanderung, und als wir zurückkamen, hörten wir schon von Weitem die Schüsse und das Gelächter. Uns selbst war nicht ganz wohl, weil wir nicht sicher waren, ob sie nicht gerade wahllos im Wald herumballerten. Manchmal auf Kaninchen oder Vögel. Wir stiegen bis zum Forstweg ab und gingen auf die Hütte zu. Wieder fiel ein Schuss. Und dann war Stille. Gespenstische Stille. Und dann das Schreien. Das werde ich nie vergessen. Wir rannten zur Hütte. Marie lag am Boden. Ein Querschläger hatte ihre Stirn durchschlagen. Alles war voller Blut. Es sah entsetzlich aus.«

»Wer hat geschossen?«

»Ich weiß es nicht.«

»Wieso gab es Querschläger? Habt ihr nicht mit Schrot geschossen?«

»Nein, mit Schrot machst du doch kein Zielschießen. Die von Warths hatten noch andere Waffen.«

»Seid ihr zur Polizei?«

»Nein, wir hatten alle Angst. Es war ein Unfall. Es hätte jedem von uns passieren können, es hätte jeden von uns treffen können. Eine Dummheit, eine schreckliche Dummheit.«

»Und dann?«

»Wir haben gesagt, dass es ein Jagdunfall war, nachdem wir Marie ins Krankenhaus gefahren hatten.«

»Und weiter? Was war mit ihr?«

»Sie ist gestorben.«

»Und dann?«

»Der Vater von Marie hat uns nicht geglaubt. Er wollte das untersuchen lassen. Aber keine Chance. Ein Querschläger. Keine anderslautenden Aussagen, keine Zeugen.«

»Warum hast du nichts gesagt?«

»Das waren meine Freunde. Und es war ein Unfall. Marie selbst war immer ganz scharf auf das Geballer.«

»Wie ging es weiter?«

»Für die anderen wie zuvor. Sie haben sogar gefeiert, dass man sie nicht drangekriegt hat. Sie sind auch weiterhin zur Hütte gefahren. Ich nicht.«

»Diese Heike?«

»Ist weggezogen.«

»Mann, Papa! Ihr hättet die Wahrheit erzählen müssen.«

»Ja, das war nicht in Ordnung. Aber wir waren jung und naiv.«

»Du warst noch nie naiv.«

»Dann eben jung und blöd. Wir wollten uns nicht die Zukunft verbauen.«

»Man ist verpflichtet, in so einem Fall auszusagen! Die Wahrheit!«

»Es war keine Straftat, es war ein Unfall!«

»Aber ihr habt doch gelogen, ihr habt doch gesagt, dass es auf der Jagd passiert ist.«

»Heike und ich wurden nicht befragt, wir waren ja nicht dabei.«

»Ach, das ist doch Haarspalterei. Du kannst doch nicht darauf warten, bis dich einer ganz konkret dazu befragt, wenn du die Wahrheit weißt.«

»Andrea, das waren meine Freunde. Sie hätten das auch für mich getan. Schuld waren wir alle. Marie eingeschlossen. Es hätte jedem von uns passieren können.«

»Was ist mit den anderen? Bist du mit denen noch in Kontakt?«

»Nein, ich weiß nicht, was sie machen, wo sie wohnen. Außer Gertrud, die wurde ja später Frau von Warth.«

Andrea schaut noch mal das Foto an. Ja, jetzt erkennt sie ihre Beinahe-Schwiegermutter. Eine richtige Schönheit damals.

»Gib mir bitte die Namen von den anderen.«

»Warum?«

»Weil ich Polizistin bin.«

»Andrea, das ist verjährt, das war kein Mord.«

»Gab es Drohungen von dem Vater der Toten?«

»Nein, von ihm nicht. Aber als die Untersuchungen zum Tod von Maria im Sande verlaufen sind, hat uns ihr Bruder gedroht.«

»Und weiter?«

»Nichts weiter. Ich hab damals den Kontakt zu den anderen abgebrochen, bin nach München gezogen und hab meinen Uniabschluss in Jura gemacht. Ich bin erst nach Tölz zurück, als ich deine Mama kennenlernte.«

»Und da hast du keinen deiner alten Freunde wiedergetroffen?«

»Nein, ich hab es vermieden. Und durch die Politik hab ich viele neue Kontakte geknüpft. Da hab ich keine alten Freunde mehr gebraucht. Von der Familie von Warth hab ich mich ferngehalten. Die waren damals auch noch das Feindbild Nummer eins bei den Grünen wegen ihrer Fabrik. Da hätte ein näherer Kontakt mit dem Alten kommunalpolitisch eh nur Stress gemacht. Auch für mich als CSUler.«

»Gib mir bitte die Namen von den anderen Leuten.«

»Was hast du vor? In alten Geschichten wühlen?«

»Mach es einfach. Ich hab das Gefühl, ich erfahre so was über den alten von Warth. Keine Angst, ich wirble keinen Staub auf, also ich häng es nicht an die große Glocke.«

»Jaja, das glaub ich dir aufs Wort.« Widerwillig schreibt er ihr die Namen auf einen Zettel. Sieht die Namen mit Erstaunen an. »Gelegentlich hab ich mich schon gefragt, was aus ihnen geworden ist. Und dann wollte ich es doch nicht wissen. Als du mit Johann zusammen warst, war das für den Alten ein Riesentriumph. Er hat mich angerufen und gesagt, jetzt könnten wir uns doch endlich mal wiedersehen. So als Schwiegerväter in spe. Ich habe abgelehnt. Ich wollte ihn nicht sehen, nicht privat. Beruflich ließ sich das ja nicht ganz vermeiden. Ich war heilfroh, als das mit euch beiden wieder auseinanderging.«

»Weiß Mama von dem Unfall mit der Schusswaffe?«

»Nein. Bitte sag ihr nichts.«

Andrea dreht den Zettel mit den Namen in den Händen, faltet ihn und steckt ihn ein. »Ich geh jetzt ins Bett. War ein aufregender Tag.«

Ihr Vater nickt langsam und sieht auf den Stapel alter Fotos, als Andrea das Arbeitszimmer verlassen hat. Er merkt nicht, dass eins fehlt. Andrea hat das Foto mit den acht jungen Leuten einfach eingesteckt. Er sperrt die Bilder wieder in die Schublade der Vergangenheit.

FAST GEKLÄRT

Am nächsten Tag setzt Paul Andrea mit dem Golf beim Präsidium ab. Er gähnt herzhaft.

»Kannst dich ja daheim noch mal hinlegen«, meint Andrea.

»Mal schauen, ich hab Chris versprochen, dass ich mich bei ihm melde. Und bei Madelaine natürlich auch. Wir könnten heute Abend zusammen kochen?«

»Mit Chris?«

»Nein, mit Madelaine und mir natürlich. Und mit Tom.«

»Ja, warum nicht. Ciao.«

Andrea kommt es vor, als wäre sie ewig weg gewesen. Mental war sie auch in einer ganz anderen Dimension. Die Lawine, die dunkle Hütte.

Bertram wird ins Gefängnis wandern. Sie wird heute noch nach Landsberg fahren, wo er bereits in Untersuchungshaft sitzt. Die Tölzer Kollegen haben zähneknirschend zugestimmt, dass sie die Befragung durchführt. Aber sie hat schließlich auch den Ermittlungserfolg erzielt. Doch erst mal muss sie sich bei den eigenen Kollegen zurückmelden.

Der Empfang ist herzlich. Vor allem von Christine, die ja zeitweise mit vor Ort war. Sogar Karl ist nett zu ihr. Wahrscheinlich flößt ihm der James-Bond-artige Showdown in der verschneiten Bergwelt mit abgesägter Schrotflinte und Lawinenabgang Respekt ein. Denn so viel wissen die Kollegen offenbar schon von Tom.

»Gut, dass du zurück bist«, sagt Josef. »Mach das Verhör mit diesem Hausdiener und schreib deinen Abschlussbericht.«

»Ich hoffe, er kann mir auch sagen, wer für die schwere Körperverletzung des Burgherrn verantwortlich ist.«

»Wenn er gesteht, reicht mir das schon.«

Andrea weiß natürlich, warum Josef möchte, dass sie den Fall möglichst schnell abschließt. Der U-Bahn-Schubser läuft immer noch frei rum, und das offenbar direkt vor ihrer Haustür. Dass ausgerechnet in ihrer U-Bahn-Station der nächste Anschlag war, hält sie für keinen Zufall. »Ich hatte mehrfach das Gefühl, beobachtet zu werden. Ich dachte zuerst an den Pressefuzzi vom Abendblatt. Aber der Typ, der im Hauseingang gegenüber stand, der war bedeutend größer als dieser Fotograf.«

»Wie der Typ auf dem U-Bahn-Video?«, fragt Karl.

»Vielleicht. Kann man schlecht sagen. Aber so ungefähr, ja.«

Josef nickt. »Tom und Paul haben vor eurem Haus auch jemanden rumlungern sehen. Tom hat sogar einen Zigarettenstummel sichergestellt.«

»Und?«

»Kein Ergebnis. Also keine Übereinstimmung mit unserer Datenbank. Schau dir bitte mal das Video und die neuen Tatortfotos von der Station Schwanthalerhöhe an. Und lies den Bericht, ob dir noch irgendwas auffällt. Karl zeigt dir das Video. Gleicher Ablauf. Sieht ganz nach derselben Person aus.«

Andrea betrachtet das Video. Schrecklich. Wie das Erste. Wenn auch ohne den ersten Schockmoment. Sie weiß diesmal bereits, was passieren wird. Aber diese Beiläufigkeit! Warum macht er das? Dieses Mal waren sogar ein paar Leute auf dem Bahnsteig. Am anderen Ende. Und der Zug war noch gut besetzt. Aber keine verlässlichen Zeugenaussagen. Niemand hat das Gesicht unter der Schirmmütze gesehen. Verdammter Mist! Andrea liest auch die Presseberichte, die Harry zusammengestellt hat. Wenig schmeichelhaft für die Polizei. Auf die Artikel hin haben sich auch ein paar angebliche Zeugen gemeldet. Aber alle Aussagen sehr widersprüchlich. Nichts wirklich Verwertbares. Andrea hat das ungute Gefühl, dass sich der Ablauf ein weiteres Mal wiederholen wird.

Tom steckt den Kopf zur Tür rein. »Mittagessen?«

»Nein, danke, zu viel zu tun.«

»Na dann.«

»Ich hol dich später auf 'nen Kaffee ab, okay?«

»Okay.«

Noch etwas nagt an Andrea. Sie gibt jetzt die Liste mit den Namen der Jugendfreunde ihres Vaters in den Computer ein.

BLUBBER

»Boh, Chris, ich weiß nicht.« Paul macht ein Gesicht, als würde er in eine Zitrone beißen, nachdem ihn Chris in seinem Büro mit den Neuigkeiten konfrontiert hat.

»Jetzt hab dich mal nicht so. Du wirst doch ein bisschen Werbung für ein bisschen Energy-Brause machen können. Die schießen pro Gig 500 Euro zu.«

»500? Na super. Voll die fette Gage, was?«

»Paul, spinnst du, weißt du, was mich der ganze Scheiß kostet? Allein für Anfahrt, Hotel, Essen verursachst du Kosten.«

»Wie? Ich verursach Kosten? Ich tret auf, sing meine Lieder und bekomm Gage dafür. So geht die Rechnung.«

»Nein, so geht sie nicht, die Rechnung. Du Träumer! Die Wahrheit ist: Da draußen wartet keiner auf dich. Außer vielleicht ein paar dumme Gören, die dich in dieser bescheuerten Fernsehsendung gesehen haben und in ihrem Kuhdorf festsitzen und denken: ›Hey, der war doch im Fernsehen, der ist ja schon fast berühmt. Hui, das ist die große weite Welt!‹ Vielleicht ist das so. Aber ich sag dir eins: Bis auf die paar Tussis wartet da draußen kein Aas auf dich und deine Songs.«

»Wie redest du denn mit mir? Wenn da draußen keiner scharf ist auf mich und meine Musik, warum sollen sie dann zu meinen Konzerten kommen?«

»Promo-Gigs, mein Lieber, Promo-Gigs. Die Leute sind eh schon in der Disco. Oder auf dem Volksfest. Und bei uns gibt es dann kostenlose Blubberlimo mit Wodka. Und dazu eben noch einen Typen mit Gitarre, der ein paar Liedchen trällert.«

»Und der Typ bin ich.«

»100 Punkte. Und so lernen dich die Leute kennen. Die Synapsen freigelegt durch Wodka-Pitbull, werden dich die Leute mit einer sehr positiven Grundstimmung anhören.«

»Du verarschst mich, oder?«

»Keineswegs, mein Lieber.«

»Da mach ich nicht mit!«

»An deiner Stelle würde ich mal ganz schnell vom hohen Ross runtersteigen. Wir beiden haben einen Vertrag zusammen, und der ist bindend.«

»Da steht nix von irgendwelchem Scheiß-Pitbull-Wodka drin.«

»Natürlich nicht. Aber bei den Nebenrechten steht ein ellenlanger Paragraf zum Thema Sponsoring. Und weil ich dein Manager bin, tüte ich die Deals ein, die uns weiterhelfen. Wenn jetzt dieser neue Drink durch die Decke geht und die Brauseleute sagen: ›Hey, wir geben euch 50 000 Euro fürs erste Album‹, dann würdest du auch nicht lange rumzicken, oder?«

Paul überlegt ein bisschen und sagt dann – zu seiner eigenen Überraschung – leise: »Nein, würde ich nicht.«

»Siehst du, Paul. Sei ein braver Junge und mach, was dein Manager dir sagt. Ich hol das Beste für dich raus, vertrau mir!«

Nein, das tu ich nicht, denkt Paul, als er wie ein geprügelter Hund vor der Villa steht. Scheiße! Das alles!

Er merkt erst auf dem halben Weg zur Tram, dass er ja mit Andreas Auto da ist, und dreht um. Er muss pinkeln, will schon bei Chris klingeln, da nimmt er den Kaugummi aus dem Mund und klebt ihn auf das Videobullauge der Sprechanlage, macht den Stinkefinger zur Haustür und pinkelt in den Topf mit dem dekorativen Zitronenbäumchen. Murmelt: »Sauer macht lustig.«

TOP TEN

Andrea ist mit Christine unterwegs zur JVA Landsberg.

Andrea stöhnt auf: »Mist!«

»Was denn?«

»Ich hab vergessen, Tom Bescheid zu geben, dass wir noch mal weg sind.«

»Was Wichtiges?«

»Wir wollten Kaffee trinken.«

»Er wird's verkraften.«

»Hoffentlich.«

»Ist doch was Ernstes?«

»Vielleicht. Gestern die Geschichte mit der Lawine, mit der verschütteten Hütte, das ging alles so schnell und war so dramatisch, dass ich am Abend lange wach gelegen bin und nachgedacht hab, was und wer mir eigentlich wichtig ist.«

»Und da war er dabei?«

»Nicht auf der eins. Aber in den Top Ten.«

»Das ist doch schon mal was. So, wir sind da.«

Sie betreten den Eingangsbereich der JVA und zeigen ihre Ausweise vor, hinterlegen Waffen und Handys. Ein Justizbeamter bringt sie zum Vernehmungszimmer. Bertram sitzt bereits am Tisch, neben ihm sein Pflichtverteidiger.

»Mein Mandant wird in vollem Umfang mit der Polizei kooperieren.«

»Danke. Hallo, Bertram.«

»Hallo, Andrea.«

Sie setzen sich an den Tisch.

»Warum hast du mich zu der Hütte rausgebracht?«, beginnt Andrea.

»Ich wollte den Raum säubern.«

»Um Herrn von Warths schmutzige Spielchen geheim zu halten.«

»Ja.«

»Bertram, was geht dich das an?«

»Der Ruf des Hauses, meiner Arbeitsstelle.«

»Die meisten wussten doch, dass Herr von Warth außereheliche Kontakte hatte. Auf der Hochzeit war offenbar keiner überrascht, als er sich an die weiblichen Gäste rangemacht hat. Ich hab mit Moni gesprochen, der Studentin, die ihr fürs Ankleiden gebucht habt. Die hat er auch versucht anzutatschen. Also, Bertram, warum konkret hast du das gemacht?«

»Ich hab ihn gefunden. Auf seinem Zimmer. Er musste sich den Kopf angeschlagen haben. Am Fensterbrett. Das viele Blut. Ich dachte wirklich, dass er tot ist. Ich wollte nicht, dass man ihn mit heruntergelassenen Hosen findet. Ich wollte auch nicht, dass sich eine der jungen Damen, die er nach oben gelockt hat, dafür verantworten muss, dass er tot ist. Ich war mir so sicher, dass er tot ist. Alles war voller Blut.«

»Und dann?«

»Ich habe ihm die Hose hochgezogen und wollte ihn eigentlich in die Bibliothek hochbringen. Es sollte so aussehen, als wäre er dort gestürzt. Von der Leiter an den Buchregalen. Aber er war zu schwer für mich. Als ich ihn hochschleifen wollte, habe ich das Gleichgewicht verloren und er ist die Treppe runtergefallen.«

»Warum glaube ich dir nicht, Bertram? Ich überleg schon die ganze Zeit, warum du Joe zu der Hütte bestellt hast.

Und du hast meinem Vater gesagt, dass es sein könnte, dass ich dort bin. Du hast alles getan, um es so aussehen zu lassen, als wäre Joe für all das verantwortlich. Er hätte erzählen können, was er will. Kein Mensch hätte ihm geglaubt, wenn sie ihn da draußen gefunden hätten.«

Der Verteidiger räuspert sich. »Das sind keine Fragen, das sind Unterstellungen. Haben Sie Belege für Ihre Aussagen?«

Doch Bertram winkt ab. »Sprich weiter, Andrea.«

Andrea fährt fort: »Und den alten Herrn von Warth wolltest du in die Bibliothek schaffen, um den Verdacht auf Joe zu lenken, weil auch du den Streit zwischen den beiden mitbekommen hast. Doch dann ist er dir auf der Treppe runtergefallen. Auch eine saubere Lösung. Aber warum wolltest du Joe weiter schaden? Unfall wäre doch okay gewesen? Hat der Alte bei dem Streit in der Bibliothek auch was über dich gesagt? Wollte er dich loswerden? Oder wusstest du eh schon alles über das Doppelleben deines Dienstherrn? Wollten die beiden sich eines Mitwissers entledigen, wenn sie dich entlassen? Hattest du Angst, deine Stelle zu verlieren?«

Bertram sieht sie lange an. In seinen Augen ist nichts. Die freundlichen, warmen Augen, die Andrea schon seit ihrer Teenagerzeit kennt, sind erloschen. Er sagt eine lange Minute lang gar nichts. Dann nickt er.

»Erzähl«, sagt Andrea nur.

»Ich hatte Ärger mit einem Gast, der Herrn von Warth unbedingt sprechen wollte. Wegen Geld. Er war betrunken und randalierte. Ich bin hoch zur Bibliothek, um mit Herrn von Warth zu sprechen. Er war in seinem Arbeitszimmer.«

»Und hat mit Joe gestritten.«

»Ja, ich habe alles gehört. Dass er verkaufen will. Auch die Burg. Dass er wegwill.«

»Damit wäre auch dein Job weg gewesen.«

»Ja.«

»Weiter. Was war mit dem Randalierer?«

»Ich habe ihn von unserem Fahrer wegbringen lassen.«

»Und dann hast du dir den Alten vorgeknöpft.«

»Nein, das habe ich nicht. Er war wieder unten im Ballsaal. Machte den jungen Damen Avancen. Dir doch auch.«

»So?«

»Aber natürlich.«

»Andrea?«, fragt Christine jetzt irritiert.

»Nicht mir, sondern Moni. Sie hatte mein Kleid an. Ich hab den Maskenball geschwänzt. Moni war mir an dem Abend als Ankleidedame zugeteilt. Ich wollte nicht auf den Ball und habe sie hingeschickt. Moni lässt sich nichts gefallen und hat den Alten mit einer Ohrfeige abgefertigt, als er sie angetatscht hat. Bertram, wer ist zu ihm mit aufs Zimmer? Das ist jetzt wichtig!«

»Ich weiß es leider nicht. Wirklich.«

»Der alte geile Bock. Nun ja, warten wir ab, was uns die Spurensicherung zu dem Zimmer sagt. Was ist mit dem Rechner? Die Festplatte hast du gelöscht.«

Bertram nickt.

»Wo hattest du das Kennwort her?«

»Das war nicht sonderlich geheim.«

»Und warum hast du den Verdacht auf Joe gelenkt?«

»Du warst schon so weit. Du bist so hartnäckig. Ohne einen Täter zu finden, hättest du doch nicht aufgegeben. Und Johann – ich weiß nicht, was er dir erzählt hat, aber er ist ein knallharter Geschäftsmann. Wenn er der Erste in der Erbfolge ist ...«

»Was ist mit Gertrud?«, unterbricht Andrea ihn.

»Getrud ist ein Tablettenmonster seit dem Reitunfall.«

»Wann war das?«

»2010. Sie hat chronische Schmerzen, ist selten klar im Kopf. Johann wird die Geschicke des Hauses lenken.«

»Und er würde dich abservieren.«

»Nicht nur das. Er wird alles verkaufen. Er ist voller Groll auf seinen Vater. Und auf diese zweite Familie in Shanghai. Es ging nicht nur um seinen Pflichtteil. Alles wäre weg gewesen, wenn der Alte den ganzen Besitz seiner neuen Familie übertragen hätte. Das wollte Johann mit aller Macht verhindern.«

»Aber es gibt doch ein Testament? Ich denke, Joe ist ausbezahlt mit der Tölzer Fabrik?«

»Johann hat einen Deal mit dem Notar. Von ihm hat er überhaupt erst von den Verkaufsplänen erfahren. Der Notar hatte eine Rechnung mit dem Alten offen.«

Andrea nickt bedrückt. Und mit diesem feinen Herrn Sohn sitzt sie stundenlang Schulter an Schulter in einer verschütteten Hütte. Na danke!

Sie steht auf. »Furchtbar das alles. Und der Alte mal hin oder her, für dich sieht das jetzt nicht gut aus: Wegen Vertuschung, fahrlässiger Tötung, Freiheitsberaubung, Betäubungsmittelmissbrauch bekommst du ein paar Jahre.«

»Das tut mir alles so leid!«

»Das sagtest du bereits. Christine, wir gehen. Mir ist übel.«

Der Anwalt hat alles mitangehört und seinen Mandanten nicht im Redefluss gestoppt. Vielleicht hatten sie im Vorfeld vereinbart, dass Bertram umfänglich aussagt.

Draußen auf dem Flur sagt Christine: »Mann, Andrea, sei nicht so hart, der ist doch ein Häufchen Elend.«

»Das kotzt mich alles so was von an. Dieser ganze Burgherrenscheiß. Der geile Alte! Das verdammte Geld! Die schmutzigen Geschäfte! Und ich war mal mit dem Sohn des Alten zusammen. Was für ein beschissener Irrtum!«

»Ach, wo die Liebe hinfällt.«

»Das sagt die Richtige.«

»Über Josef bin ich schon lange weg.«

»Na dann.«

RIECHER

Am Nachmittag widmet sich Andrea noch mal dem Foto ihres Vaters und der zugehörigen Namensliste. Ihre Suchanfragen sind jetzt durch den Computer gelaufen. Mit interessantem Ergebnis. Zwei Männer wurden bei Unfällen mit Fahrerflucht in München getötet, eine Frau ist bei einer Bergwanderung tödlich verunglückt beziehungsweise unter ungeklärten Umständen abgestürzt.

»Wenn das alles Unfälle waren, geb ich meinen Beruf auf«, murmelt Andrea.

Sie spricht mit Josef. Der ist nicht wirklich begeistert, dass Andreas Fall immer neue ungute Facetten zeigt. Aber wenn diese Todesfälle tatsächlich Mordfälle sind, dann muss natürlich ermittelt werden.

Josef nickt nachdenklich. »Guter Riecher, Andrea. Respekt! Wie bist du auf die Idee gekommen?«

Sie erzählt, wie sie das Foto in der Jagdhütte gefunden hat. Und von der dazugehörigen Geschichte ihres Vaters. »Wird das noch Konsequenzen für meinen Vater haben?«, fragt sie abschließend.

»Nein, wenn er keinen Meineid begangen hat. Und es war ja offenbar fahrlässige Tötung. Nur Mord verjährt nicht. Aber wenn da jetzt irgendwas dran ist, dass die anderen Leute durch ein und dieselbe Person gestorben sind …«

»Und der alte von Warth vielleicht auch.«

»Ja, was jetzt, ich denke, eine junge Frau ist mit ihm in Streit geraten? Das passt doch altersmäßig nicht.«

»Vielleicht eine junge Verwandte der damals erschossenen Frau?«

»Ach komm, Andrea. Ein Racheengel?«

»Okay, das glaub ich auch nicht. Aber sicher ist sicher. Wir müssen noch mal die Gästeliste durchgehen. Vielleicht kennt mein Vater einen der Namen.«

»Wenn dein Racheengel inzwischen verheiratet ist und einen anderen Namen hat?«

»Dann such ich eben auch noch die Mädchennamen raus. Ich geh die Namen noch mal durch. Hm. Von der Hüttengesellschaft auf dem Foto meines Vaters sind noch zwei Frauen übrig. Und mein Vater. Also die sind noch am Leben. Vielleicht besteht auch Gefahr für sie?«

»Wann waren denn die Todesfälle der anderen?«

»Alle im Jahr 2010. Und Frau von Warth hatte 2010 einen schweren Reitunfall. Wenn da jemand seine Finger im Spiel hatte …«

»Warum so spät? Die tödliche Schussverletzung passierte im Sommer 1979. Warum kommen die Beteiligten erst 2010 zu Tode? Und warum jetzt nach über fünf Jahren noch mal ein neuer Fall? Glaubst du wirklich, das hat was miteinander zu tun?«

»Ich weiß es nicht. Vielleicht. Ich werde erst den Bruder von dieser Marie überprüfen. Der hat meinen Vater und seine Freunde damals bedroht.«

»Nicht gerade eine heiße Spur. Der wartet erst mal

30 Jahre, behält seinen Zorn so lange für sich, dann schlägt er zu? Und dann macht er noch mal fünf Jahre Pause.«

»Ich krieg das raus.«

Andrea ist angespannt. Ihr kommt es vor, als hätte sie ein großes dunkles Haus betreten und erst eine einzige Tür geöffnet. Wie viele Kammern haben die Shaolin?, denkt sie und zerteilt die Büroluft vor ihrem PC-Bildschirm mit ein paar schnellen Handkantenschlägen.

»Deine Dämonen?«, fragt Tom.

»Hä?«

»Kämpfst du mit deinen Dämonen?«

»Immer. Sorry, dass wir uns nicht mehr gesprochen haben. Ich war mit Christine in der JVA Landsberg bei Bertram.«

»Und?«

»Geständnis. Alles gut. Und irgendwie auch nicht. Magst du heute zum Essen kommen?«

»Mit dir allein?«

»Nein. Wir beide und Madelaine und Paul. Paul kocht. Ich hol nachher noch eine Flasche Wein.«

»Klingt gut.«

»Um acht.« Sie steht auf und gibt ihm einen Kuss. Klemmt sich wieder hinter ihren Bildschirm. Recherchiert wegen der Namen auf der Gästeliste. Wieder erfolglos. Davon hat sie sich allerdings auch nicht wirklich viel versprochen. Interessanter ist schon der Bruder von Marie. Sie hat seine Adresse und Telefonnummer. Aber sie hat telefonisch niemanden erreicht. Gmund am Tegernsee. Sie wird morgen vorbeifahren, versuchen, das Überraschungsmoment zu nutzen.

Sie schaltet den PC aus und geht nach Hause. Zu Fuß. Sie stoppt bei dem kleinen Weinladen in der Landsberger

Straße. Kauft drei Flaschen Rotwein aus Sizilien. Der Weinhändler bietet ihr noch ein Gläschen zum Probieren an. Was soll's, sie ist außer Dienst.

Roter Perlwein. Eiskalt. Schießt sofort in den Kopf.

Der Weinhändler mit der roten Nase lacht.

»Hui!«, sagt Andrea lachend und nimmt von dem Wein auch noch eine Flasche als Aperitif mit.

Als sie auf die Straße raustritt, merkt sie, wie laut der Verkehr ist. Hat sie das Glas Wein so sensibilisiert? Die vielen Autos. Sie hat heute Nachmittag die Berichte zu den zwei Todesfällen mit Fahrerflucht gelesen. Einmal in Riem und einmal in Allach. Was haben die Leute dort gemacht? Ihre Wohnadressen waren woanders. Hat sie jemand dorthin gelockt? Nachts, einsame Straße, einfach umfahren und liegen lassen. Die Frau ist am Brauneck beim Aufstieg über das Längental zu Tode gekommen. Abgestürzt. Sie war allein unterwegs gewesen. War sie verabredet? Mit wem?

Andrea hat ihr Haus erreicht. Sie sieht Pauls Wuschelkopf oben in der Küche. Ist Madelaine schon da? Es ist kurz nach sieben. Sie stellt die Tasche mit den Flaschen ab und zündet sich eine Zigarette an. Beobachtet die Hauseingänge in der Nachbarschaft. Nichts Auffälliges, niemand, der dort rumlungert. Jetzt bloß keine Gespenster sehen!, denkt sie. Aber der U-Bahn-Typ ist immer noch unterwegs.

Oben in der Wohnung findet sie Paul zusammengesunken mit roten Augen auf der Küchenbank.

»Hast du geheult?«

»Und wenn?«

»Was ist passiert? Hast du mit Madelaine gestritten?«

»Ja.«

»Und weswegen habt ihr gestritten?«

Paul erzählt ihr die ganze Geschichte mit Chris. Mit der bescheuerten Pitbull-Wodka-Werbetour. Dass Madelaine deswegen regelrecht ausgeflippt ist. »Und ich Depp hab auch noch versucht, Chris zu verteidigen. Da hat sie mich beschimpft, wie blöd ich bin, dass ich meine Seele an so ein Arschloch verkaufe.«

»Ist er denn ein Arschloch?«

»Ja.«

»Kommst du aus der Nummer noch irgendwie raus?«

»Nein, keine Chance. Ich hab ihn angerufen und gefragt, ob wir den Vertrag auflösen können. Er hat nur was von irgendeiner Konventionalstrafe durchs Telefon gebellt.«

»Soll ich mal mit ihm reden?«

»Spinnst du?«

»Ich bin Polizistin.«

»Echt nicht!«

»Und was machst du jetzt?«

»Ich weiß es nicht. Muss ich sehen. Ich rede morgen noch mal persönlich mit ihm.«

»Und Madelaine?«

»Andrea, ich war noch nie so verliebt, sie ist so anders, so ...«

»Kompromisslos?«

»Hör auf!«

»Doch, im Ernst. Wenn sie dich wirklich liebt, dann auch mit dem Werbeschmarrn.«

Paul sieht sie mit leerem Blick an. Sagt nichts. Schließlich: »Ich geh noch mal los.«

SPRUDEL

Andrea liegt wach. Neben ihr atmet leise und ruhig Tom. Andrea horcht, sieht auf die gelben Ziffern des Digitalweckers. Halb zwei vorbei. Paul ist noch nicht zu Hause. Er war sehr aufgewühlt. Sie hätte ihn nicht gehen lassen sollen. Mist. Na ja, hatte Tom sie wenigstens mal für sich allein. Nein, so ist Tom nicht. Er war auch bedrückt, als er gehört hat, was passiert ist. Sie hatten sich zum Wein Pizza bestellt und waren früh ins Bett gegangen. Ohne Sex. Im Dunkeln haben sie noch eine Zeit lang gesprochen. Tom hat ihr gesagt, welche Angst er hatte, als die Lawine auf die Hütte niederging. Recht so. Aber dann war er auch schon eingeschlafen, bevor Andrea ihm sagen konnte, dass sie auch an ihn gedacht hatte unter den Schneemassen. Wieso kommt ihr so was nicht über die Lippen? Jetzt liegt sie immer noch wach. Zu viele Gedanken sprudeln durch ihren Kopf.

SPÄTE RACHE

Am Morgen ist Paul nicht da. Vielleicht hat er sich doch wieder mit Madelaine versöhnt und ist bei ihr geblieben, denkt Andrea. Hoffentlich.

Letzte Schneereste, Salzränder auf Gehsteig und Straßen. Kommt schnell, geht schnell, denkt Andrea. Sie ist mit Tom unterwegs zur Arbeit. Sie trennen sich erst im Treppenhaus des Präsidiums. Ihr Abschiedskuss bleibt nicht unbeobachtet. Karl pfeift leise hinter ihr.

»Pfeif du nur, du Pfeife!«, zischt sie ihn an.

»Ach, Liebe muss so schön sein.«

»Ist sie, mein Lieber. Und, habt ihr was Neues zu unserem U-Bahn-Mann?«

»Nein, Mister Schubsi bleibt ein Phantom. Zumindest hat das letzte Opfer keine Frau und Kinder hinterlassen.«

»Aber eine Mutter, einen Vater, Freunde, vielleicht eine Freundin.«

»Ja. So ist es. Aschenberger will endlich Ergebnisse. Als warten die nur darauf, von uns eingesammelt zu werden. Und du, deine Burgkiste ist durch?«

»Fast. Ich check heute noch mal was, dann schreib ich den Bericht.«

Sie prüft noch mal die Daten von Maries Bruder, ruft noch mal die Telefonnummer in Gmund an. Nichts. Dann macht sie sich mit Harry auf den Weg zum Tegernsee. Unterwegs erzählt sie ihm die Details. »Zwei Todesfälle waren in München«, erklärt sie, bevor er fragen kann, ob das ihre Zuständigkeit ist.

Sie sind gerade bei Holzkirchen von der Autobahn abgebogen und fahren über die weite Freifläche nach Gmund. Letzter Schnee glitzert auf Feldern und Bäumen. Immer wieder rutschen schwere, nasse Fladen von den Ästen der Bäume.

In dem Reihenhaus in Gmund öffnet sich nach Andreas mehrfachem Klingeln nebenan eine Haustür. Eine ältere Dame schaut sie an: »Ja, bitte?«

»Sagen Sie, wissen Sie, ob bei den Zauners jemand zu Hause ist?«, fragt Andrea.

»Nein, die Erika, also die Frau Zauner, ist im Krankenhaus.«

»Aha. Darf ich fragen, warum?«

»Ich glaube nicht, dass Sie das etwas angeht.«

Andrea zeigt ihren Ausweis.

»Ist denn etwas passiert?«, fragt die Frau, jetzt weniger forciert.

»Nein, wir haben nur ein paar Fragen.«

»An die Erika?«

»Nein. An Herrn Zauner.«

»Aber der liegt ja im Krankenhaus.«

»In welchem?«

»Agatharied.«

»Und weswegen ist Herr Zauner dort?«

»Das kann ich Ihnen nicht sagen. Da gibt's doch die Schweigepflicht. Nicht einmal der Arzt darf das.«

»Ja, da haben Sie natürlich recht. Danke«, sagt Andrea und dreht ab. »Kennst du den Weg, Harry?«

»Aber logisch. Unser Navi zumindest.«

Der Parkplatz vor der Klinik ist voll besetzt. Harry stellt den Wagen auf den Grünstreifen davor und legt eine Visitenkarte auf das Armaturenbrett.

»Topmodern«, sagt Andrea, als sie den Eingangsbereich betreten.

Die Auskunft zum Patienten ist wenig ermutigend: Palliativstation. Mehr erfahren sie nicht. Andrea ist unwohl. Egal wie modern, der Tod riecht niemals gut. Obwohl es nicht riecht. Hier liegt auch nicht der typische Duft nach Desinfektionsmitteln in der Luft wie sonst in einem Krankenhaus. Die Fenster bieten schöne Aussichten in die Berge. Alles hell und freundlich. Und auch wieder nicht. Als wären die Wände mit der Trauer der Angehörigen gestrichen.

Sie gehen zur Stationsschwester und fragen nach Zauner.

»Können wir mit ihm sprechen?«

»Nein.«

»Wieso?«

»Er ist vor zwei Stunden verstorben.«

»Woran?«

»Das darf ich Ihnen nicht sagen.«

»Können wir den Arzt sprechen?« Andrea zeigt ihren Polizeiausweis.

»Der Arzt macht gerade Visite.«

»Wir warten.«

Sie setzen sich auf eine der Bänke im Flur.

»Andrea, was willst du denn noch? Wenn er tot ist, ist er raus aus dem Spiel.«

»Wir müssen wissen, ob er es war. Damit wir wissen, ob es wirklich vorbei ist.«

»Wie soll er denn den Burgherrn vor ein paar Tagen umgebracht haben? Wer hier liegt, ist nicht gerade vital.«

»Vergiss den Burgherrn. Ich meine die anderen Todesfälle. Die Unfälle mit Fahrerflucht, der Absturz in den Bergen. Und wenn er es nicht war, dann sind vielleicht noch andere Menschen in Gefahr. Mein Vater zum Beispiel.«

»Okay, du hast recht.«

Nach einer langen halben Stunde kommt eine zierliche Frau den Gang entlang. Für seine Frau ein bisschen zu jung, denkt Andrea. Als die Frau an ihnen vorbeigeht, fragt sie: »Frau Zauner?«

Die Frau sieht sie überrascht an.

»Sind Sie Frau Zauner, Erika Zauner?«

»Ja?«

»Andrea Mangfall. Polizei. Ich hätte ein paar Fragen an Sie.«

»Jetzt nicht. Mein Vater ist gerade gestorben.«

»Das tut mir leid. Es ist wichtig, wirklich.«

»Draußen. Ich brauch eine Zigarette.«

Harry geht vor zum Auto und wartet dort auf Andrea.

Als sie schließlich kommt, ist Harry auf dem Fahrersitz eingenickt.

»Und?«, fragt er und rappelt sich auf.

»Der blaue Corsa. Fahr ihr hinterher.«

»Zu ihr nach Hause?«

»Eigentlich zu ihrem Vater. Sie wohnt da erst seit einem Jahr wieder.«

»Was hat er gehabt?«

»Krebs.«

»Fällt er damit als Mörder flach?«

»Für den Burgherrn auf alle Fälle.«

»Und sie?«

»Astreines Alibi. Sie war in der letzten Woche ständig auf der Palliativstation.«

»Spätabends auch?«

»Ach komm, du gehst dann abends auf einen Maskenball. Auf eine Hochzeit, ohne Einladung. Und führst dort die Rache deines Vaters weiter.«

»Ja, nicht sehr wahrscheinlich.«

»Sie ist okay, wir dürfen uns das Zuhause ihres Vaters ansehen.«

»Warum erlaubt sie uns das?«

»Sie sagt, er war komisch. Er hatte etwas auf dem Herzen, wollte es ihr noch sagen, aber er kam nicht mehr dazu.«

»Er lebte allein?«

»Seine Frau ist Anfang 2010 gestorben. Auch Krebs.«

»2010 sind die anderen Todesfälle passiert.«

»Verbitterung, Hass, späte Rache?«

»Vielleicht.«

Sie halten wieder vor dem Reihenhaus in Gmund. Die Tochter schließt auf. Sie treten ein. Wohnzimmer kleinbürgerlich normal. Dunkelgraues Sofa, massive Schrankwand, darin zwei gerahmte Fotos. Ein Familienfoto mit Frau und Tochter. Daneben noch ein Bild. Zauners Schwester Maria. Andrea erkennt sie von den Fotos ihres Vaters.

»Was hat Ihr Vater beruflich gemacht?«, fragt sie die Tochter.

»Verwaltungsfachwirt. In einer Versicherung.«

»Hatte er zu Hause ein Arbeitszimmer?«

»Ja, oben.«

»Darf ich es sehen?«

»Kommen Sie.«

Andrea und Harry steigen hinter ihr die enge Treppe hoch.

Erika Zauner zeigt ihnen die Tür zum Arbeitszimmer. »Sehen Sie sich um. Ich warte unten.«

»Danke.«

Andrea atmet tief durch, dann drückt sie die Klinke.

Das Gegenteil von dem, was sie erwartet hat. Kein dunkles, düsteres Büro mit Zeitungsausschnitten und Bildern an der Wand, kein großes Foto der verstorbenen Maria und auch kein Gebetsschrein. Alles Quatsch. Ein heller, lichter Raum, der Schreibtisch vor dem großen Fenster mit Blick in den erstaunlich weitläufigen, gepflegten Garten.

»Wo fangen wir an?«, fragt Harry.

Andrea deutet zu einem Stahlschrank. Sie dreht am Verschluss der Schranktür. Zu. Harry nimmt sich eine Büroklammer, biegt sie auf und führt den Draht in das Schloss ein. Lange dauert es nicht, bis die Tür mit einem Klicken aufspringt.

Akten. Auf den Rücken der Leitzordner stehen Namen.

»Volltreffer«, murmelt Andrea.

Die Namen von der Liste, die sie von ihrem Vater bekommen hat. Auch sein Name ist dabei. Sie zieht seinen Ordner heraus. Fotos, Zeitungsberichte, auch sie selbst kommt vor. Das Jahrgangsfoto beim Abschluss der Polizeiakademie. Übelkeit steigt in ihr hoch. Sie schließt die Akte und nimmt sich eine andere.

»Der ist schon tot«, sagt sie und erzählt Harry von dem dazugehörigen Unfall mit Fahrerflucht.

Harry nickt bedrückt. »Aber beweist das hier was?«

»Keine Ahnung.«

Sie nimmt einen Ordner ohne Beschriftung. Darin ist ein altes Foto, das vor der Berghütte der von Warths aufgenommen wurde. Vollbesetzung. Die nicht mehr lebenden Personen haben mit Lackstift geschwärzte Gesichter. Sie blättert weiter. Kopien von Stadtplänen, vergrößerte Ausschnitte von Allach und Riem. Eine Karte von Lenggries mit einem rot markierten Pfad. Der Aufstieg zum Brauneck über das Längental.

»Vielleicht nur zur nachträglichen Dokumentation?«, sagt Harry, ohne rechte Überzeugung in der Stimme.

Andrea findet einen Stadtplanausschnitt von einer Gegend, die sie sehr gut kennt. Tölz. Dort steht das Haus ihrer Eltern. Beim Wirtshaus ist ein rotes Kreuz eingezeichnet. Sie starrt auf den Plan.

»Warum hat er aufgehört?«, fragt Harry. »Die Krankheit?«

»Wahrscheinlich.«

»Habt ihr ja noch mal Glück gehabt. Wahnsinn! Und warum hat er so lange gewartet, bis er überhaupt mit seinem Rachefeldzug begonnen hat?«

»Wegen der Erkrankung seiner Frau. Er hat gewartet, bis sie gestorben ist. Er hat vorher jahrelang alle Artikel gesammelt, die er kriegen konnte, sie feinsäuberlich abgeheftet und weggesperrt. Wie die ganze Vergangenheit. Um dann die Büchse der Pandora zu öffnen, als er allein war, sich vor niemandem rechtfertigen musste, niemand nah genug dran war, um zu ahnen, was er vorhat, was er tun will. Niemand, der ihn von seinem Vorhaben abbringen konnte. Er beginnt, wie ein guter Beamter, Stück für Stück seinen Auftrag abzuarbeiten.«

»Welchen Auftrag?«

»Na, er hat sich Rache geschworen, im Namen seiner Schwester. Lange hat ihn sein eigenes Leben, seine Familie, seine Partnerschaft davon abgehalten. Er wollte das nicht gefährden, er war ja der Ernährer. Dann trauert er um seine Frau. Sie ist keine 60 Jahre alt geworden. Viel zu früh gestorben. Wo es doch ganz andere verdient hätten zu sterben.«

Harry nickt. »Ja, so könnte es gewesen sein. Wir müssen das alles sichten. Wenn es tatsächlich so war, dann hast du auf einen Schlag drei alte Fälle aufgeklärt. Und wenn das Alibi seiner Tochter wasserdicht ist …«

»Das wird es sein, denn sie hat ja offenbar nichts zu verbergen, wenn sie uns hier ins Haus lässt. Das hätte sie nicht tun müssen.«

ZEIT FÜR

»Frau Mangfall, Respekt«, sagt Aschenberger in seinem Büro. »Höchste Zeit für eine Beförderung. Das sollten wir doch jetzt endlich mal hinkriegen.«

»Sehr gerne. Ganz geklärt ist der Fall allerdings noch nicht.«

»Das kriegen Sie schon hin. Und was meinen Sie denn zu unserem U-Bahn-Attentäter? Haben Sie eine Theorie?«

»Nein, nicht wirklich. Geltungsdrang vermutlich. Aber den haben viele Menschen. Da muss noch eine ganz tiefe psychische Störung vorliegen. Er ist nicht berechenbar. Es gibt kein Muster. Außer, dass er wie aus dem Nichts auftaucht, ein wahlloses Opfer auf die Gleise schubst und wieder verschwindet.«

»In der Presse ist es gerade etwas ruhiger, aber mein Gefühl sagt mir, dass es wieder passieren wird.«

»Hoffentlich nicht«, sagt Andrea.

»Ja, hoffentlich. Und, was die Beförderung betrifft, ich halte Sie auf dem Laufenden. Entscheide ich ja nicht allein.«

Andrea geht in ihr Büro runter. Die anderen sitzen an ihren PCs oder telefonieren. Sie holt sich ihre Zigaretten und geht in den Hof. Raucht. Der U-Bahn-Typ. Hatte sie fast vergessen. Nein, nur verdrängt. Sie kann nicht mehrere Sachen gleichzeitig erledigen. Und die Sache auf der Burg ist immer noch nicht ganz gelöst. Wer war mit dem Burgherrn in dessen Herrenzimmer?

Sie zündet sich noch eine an, hört das scharfe Knistern der Glut beim Einsaugen der schneidend kalten Luft. Lässt den Rauch lange in der Lunge, bis es kratzt, und stößt ihn ruckartig aus. Wirft die Zigarette weg. Zauner ist an Lungenkrebs gestorben. Gut so. Hat ihn gerade noch gestoppt. Sie sollte ein bisschen weniger rauchen. Tom raucht nicht. Ob es ihm was ausmacht? Beim Küssen? Hat er noch nie gesagt. Sie wird ihn nicht fragen.

AUFGELÖST

Paul ist nicht zu Hause. »Ist er zwischendurch da gewesen?«, fragt sich Andrea. Sie leben zurzeit etwas aneinander vorbei. Als sie ihn zuletzt gesehen hat, war er ganz aufgelöst wegen Madelaine und seinem Manager. Sie wollten eigentlich zusammen kochen. Das ausgefallene Abendessen nachholen. Von den drei Flaschen Rotwein, die sie gekauft hat, sind zwei noch da. Sie macht eine davon auf und gießt sich ein großes Glas ein. Tritt ans Küchenfenster. Sieht auf die Straße hinunter. Sieht einen Mann im Mantel die Straße entlangkommen. Er bleibt stehen, zündet sich eine Zigarette an, sieht zu ihr hoch. Sie zuckt zurück. »Spinn dich aus, Andrea!«, sagt sie zu sich selbst. Jetzt sieht er wieder zu ihr herauf. Steht da und raucht.

Sie sprintet durch das dunkle Treppenhaus nach unten. Öffnet die Haustür und huscht über die Straße. Die Hofeinfahrt. Leer. Sie schaut nach oben. Die zwei beleuchteten Küchenfenster. Sie sieht zum Nachbarhaus, wo sie kürzlich im Innenhof, im Treppenhaus und auf dem Speicher war. Alles hell erleuchtet. Sie mustert die neuen Dachgauben. Nein, was soll da sein? Ihr Puls geht nur langsam runter. Sie überlegt, ob sie Tom anrufen soll, falls Paul heute Nacht wieder nicht heimkommt. Jetzt bloß nicht paranoid werden. Sie geht nach oben und kippt den Rest vom Weinglas weg. Ein Bad und anschließend Bett. Sie schläft sofort ein.

Ein Geräusch. An der Tür. Die Uhr zeigt 03:27. Andrea steht leise auf, lauscht. Jemand macht sich am Türschloss zu schaffen. Paul hat doch einen Schlüssel? Wer kann das sein? Sie holt ihre Dienstwaffe aus dem Schrank und lädt sie durch. Durch den Spion dringt kein Licht aus dem Treppenhaus in den Flur. Jetzt schnappt das Schloss auf. Sie drückt sich in den Türstock vom Badezimmer neben der Eingangstür. Jemand betritt den Flur. Sie fährt den Fuß aus, der Eindringling stürzt der Länge nach hin, stöhnt auf.

Sie drückt ihm die Waffe ins Genick. »Hab ich dich, du Arschloch! Bist'n Spanner oder was? Wolltest mehr als nur spannen oder wie?«

Der Angesprochene stöhnt, übergibt sich. Sie zuckt zurück, macht das Ganglicht an.

»Paul!«

Ein weiteres Würgen ist die Antwort.

Paul. Stockbesoffen.

ZITRONE

Im Büro ist Andrea hundemüde. Sie ist fest entschlossen, Paul jetzt endlich rauszuschmeißen. Die Aktion gestern Nacht – geht gar nicht! In den Flur kotzen und dann irgendwann in der Nacht noch mal aufstehen und in den Treteimer im Bad biseln. Das Allerletzte! Wie kann er sich so besaufen? Natürlich wegen Madelaine. Aus Paul selbst war gestern kein Wort herauszubekommen. Sie müssen reden – falls er überhaupt zu Hause ist, wenn sie heute Abend heimkommt. Sie schlürft ihren bitteren Bürokaffee, als Josef sie zu sich reinruft.

»Wir haben ein Problem. Kennst du einen Christian Richter?«

»Nein, nie gehört. Wieso?«

»Musikmanagement.«

»Vielleicht dieser Chris, Pauls Manager.«

»Exakt. Die Kollegen von der Streife haben ihn gefunden.«

»Wie – gefunden?«

»Seine Haushälterin kam gestern am späten Nachmittag ins Haus und er lag in seinem Arbeitszimmer.«

»Tot?«

»Zum Glück nicht. Aber schweres Schädelhirntrauma. Sie haben ihn im Harlachinger Krankenhaus ins künstliche Koma versetzt.«

»Und du glaubst, dass Paul …?«

Josef winkt sie zu seinem PC-Monitor.

»Das hat uns die Sicherheitsfirma geschickt.«

Er klickt ein Video an. Zu sehen ist Paul, wie er auf einen Hauseingang zustapft, sich umsieht, einen Kaugummi auf das Videobullauge der Klingel klebt und sich dann in den Topf eines Zierzitronenbäumchens erleichtert. Andrea muss unwillkürlich lachen. Beim Abgang zeigt Paul den Stinkefinger in Richtung Eingang.

»Das sieht nicht gut aus«, meint Josef.

»Das ist das Haus von dem Musikheini?«

»Ja, was denn sonst?«

»Aber Paul geht doch gar nicht rein.«

»Doch.«

Josef spielt einen zweiten Film ab, in dem zu sehen ist, wie Paul das Haus betritt. Er sieht schlecht gelaunt aus.

Andrea checkt den Timecode. »Aber das ist vorher.«

»Ja, und?«

»Er schlägt ihn zusammen und geht dann, nicht ohne vorher noch in seinen Zitronenbaum zu biseln?«

»Ich will Pauls Version dazu hören. Wo ist er?«

»Zu Hause, denk ich mal. Es geht ihm nicht gut. Er kam gestern Nacht schwer betrunken heim.«

»Wann?«

»Halb vier.«

»Andrea, du unternimmst nichts, ist das klar?«

»Oh Mann, immer wieder Ärger mit Paul. Manchmal denk ich, das ist eine Endlosschleife.«

»Noch ist nichts bewiesen. Ich lass ihn abholen.«

»Lass mich das machen, bitte. Ich bring ihn zur Vernehmung. Aber … Sind wir eigentlich zuständig?«

»Nein, noch nicht. Außer dieser Chris verstirbt uns.«

»Sehr witzig.«

»Das mein ich nicht witzig. Aber okay, du holst ihn. Du nimmst dir Karl mit.«

Andrea nickt. »Haben wir sonst noch Videomaterial?«

Josef schüttelt den Kopf. »Nein, die Sicherheitsfirma sagt, dass sonst kein Besuch da war.«

»Es gibt nur die eine Kamera im Eingangsbereich des Hauses?«

»Andrea, ich weiß es nicht. Noch nicht. Die Kollegen werden es überprüfen. Jetzt hol endlich deinen Bruder her, verdammt noch mal!«

NICHT GUT

Paul ist willenlos, lässt sich einfach mitnehmen. Er sieht aus wie der Tod. Macht keine Angaben dazu, was er gestern Abend getrieben hat. Außer Saufen. Und zwar so viel, dass er sich an nichts mehr erinnern kann. Sagt er zumindest. Andrea und Karl liefern ihn bei Josef zum Verhör ab.

»Sag jetzt bloß nichts«, sagt Andrea zu Karl.

»Ich sag nichts. Aber es sieht nicht gut aus.«

»Das weiß ich selbst.«

Von Josef erfährt sie kurz darauf, dass Paul nicht vernehmungsfähig ist und erst mal in die Ausnüchterungszelle gebracht wurde, um seinen Rausch auszuschlafen.

Dann lassen sie ihn wenigstens noch ein bisschen in Ruhe, denkt Andrea und verlässt ihren Arbeitsplatz. Sie geht in die KTU.

Tom betrachtet gerade etwas unterm Mikroskop.

»Hallo, Tom.«

»Hallo, Andrea, alles gut?«

»Nichts ist gut. Sie haben Paul festgenommen.«

»Paul? Warum?«

»Er soll seinen Manager zusammengeschlagen haben.«

»Sagt der das?«

»Nein, der ist im künstlichen Koma. Es gibt ein Video.«

»Wie Paul ihn verprügelt?«

»Nein, wie er vor seiner Haustür in einen Blumentopf schifft.«

Tom lacht. »'Tschuldigung.«

»Hast du eine Stunde Zeit?«

»Wofür?« Tom sieht auf die Uhr.

»Wir könnten mittags da rausfahren. Uns mal bei dem Haus von dem Typen umschauen.«

»Andrea, wir können da nicht einfach reinmarschieren. Außerdem bist du die Schwester eines Tatverdächtigen. Wie schaut denn das aus?«

»Nicht gut. Das weiß ich selbst. Trotzdem. Bist du dabei?«

IMPULSIV

Andrea und Tom stehen vor der protzigen Villa des Musikmanagers in Grünwald. Die Videokamera unter dem Vordach des Eingangsbereichs ist gut zu sehen. Andrea deutet auf das Zitronenbäumchen. Tom betrachtet das kaugummiverklebte Videoauge der Sprechanlage.

Sie sehen sich draußen um, gehen in den Garten. Die große Terrassentür. Tom prüft sie vorsichtig. Verschlossen. Andrea geht zu dem kleinen Tor im Gartenzaun, drückt die Klinke. Zugesperrt. Aber man kann problemlos über den niedrigen Zaun steigen.

»He, Sie!«, ruft ein Mann in dunkelblauer Securitas-Jacke. »Was machen Sie da!?«

Andrea zückt ihren Ausweis. »Kripo München. Wir schauen uns das noch mal genau an. Die Kamera im Frontbereich des Hauses ist die einzige?«

»Ja, wir haben dem Kunden auch schon gesagt, dass das zu wenig ist.«

»Haben Sie einen Schlüssel fürs Haus?«

Der Mann sieht Andrea irritiert an. »Den Schlüssel hat die Polizei.«

»Wir sind nur die Vorhut, die Spurensicherung. Die Kollegen kommen gleich. Also, haben Sie einen Schlüssel?«

»Nein, ich hab keinen Schlüssel.«

»Könnte jemand von dahinten kommen und durch die offene Terrassentür ins Haus gelangen?«

»Natürlich. Wenn die Terrassentür offen ist.«

»Und dort gibt es keine Videokamera?«

»Nein. Aber es gibt doch die Videoaufnahme mit dem Täter?«

»Es gilt immer noch die Unschuldsvermutung.«

»Bitte?«

Tom zieht Andrea zur Seite und wendet sich an den Mann: »Vielen Dank, wir gehen dann mal.«

»Ich denk, Sie warten auf Ihre Kollegen?«

»Wir warten im Auto.«

»Hoffentlich hat das kein Nachspiel«, meint Tom, als sie im Wagen sitzen.

»Der Heini schreibt sich bestimmt unsere Nummer auf. Hast du ihm das mit dem Auto sagen müssen?«

»Na ja, ist ja mein Wagen.«

Sie fahren zurück ins Präsidium. Unterwegs schaut Andrea aufs Handy. Lautlos gestellt. Zwei Anrufe von Josef. Sie ruft nicht zurück.

An ihrem Arbeitsplatz findet sie ein Post-it. Am Bildschirm. Bei Josef melden! C.

Schuldbewusst geht sie in sein Büro. Josef telefoniert gerade. Deutet ihr an, sich zu setzen.

»Ja, gut, dann machen wir das. Ich ruf nachher noch mal an.« Er legt auf. »So, Andrea …«

»Ich weiß, Josef.«

»Was weißt du?«

»Ich hätte das nicht machen sollen. Der Heini hat sich schon gemeldet, oder?«

»Welcher Heini?«

»Nicht?«

»Ich weiß ja nicht, was du in deiner Mittagspause so treibst, wenn du mit Tom unterwegs bist, aber es wäre gut, wenn du ans Telefon gehst, wenn ich anrufe. Du musst dich um Paul kümmern.«

»Ist ihm was passiert? Ist dieser Chris gestorben?«

»Du kannst Paul abholen. Er ist aufgewacht.«

»Paul?«

»Nein, dieser Chris. Paul war es nicht. Eine junge rothaarige Frau. Locken. Ist einfach zur Terrassentür reinmarschiert.«

»Oh, Scheiße! Madelaine, Pauls Freundin. Sie war sauer wegen Pauls Knebelvertrag. Aber dass sie gleich durchdreht?«

»Na ja, wer weiß, wie sich dieser Chris verhalten hat. Wie ist der so?«

»Ich kenn ihn nicht.« Aber jetzt fällt ihr ein, was Paul mal zu ihr gesagt hat: »So eine Chauvi-Sau der ganz alten Schule.« Madelaine – jetzt wird ihr einiges klar …

»Holst du Paul ab?«, fragt Josef.

»Ja, mach ich.«

»Weiß er, wo sie wohnt?«

»Madelaine – ich geh davon aus.«

»Kümmerst du dich? Und keine Tricks, bitte. Bring sie her.«

TRETEIMER

»Glaubt ihr mir endlich?«, fragt Paul, als er aus der Zelle raus ist und seine persönlichen Sachen wiedererhält.

Andrea schüttelt den Kopf. »Was soll ich dir glauben, du Rauschkugel? Wenn du deinen Mund nicht aufkriegst, weil du dir sämtliche Gehirnzellen wegballerst. Du hast keine Idee, was gestern Nacht los war, oder? Du hast in den Flur meiner Wohnung gekotzt und in den Treteimer im Badezimmer gepisst.«

»Hab ich nicht!«

»Na, dann wird's wohl die Katze von Frau Obermeier gewesen sein.«

»Echt, in den Treteimer?« Er gluckst.

»Das ist überhaupt nicht lustig. Nicht die Bohne. Das ist eine ekelhafte Sauerei. Dafür gibt's eine Rote Karte. Platzverweis! Bei mir stinkt's wie in einem Männerwohnheim.«

»Tut mir leid, echt. Schmeißt du mich jetzt raus?«

»Du wolltest doch eh mit Madelaine zusammenziehen.«

»Deswegen war ich doch so besoffen. Sie hat mit mir Schluss gemacht.«

»Aha. Dann werden wir sie gleich mal besuchen.«

»Andrea, das hat keinen Sinn, sie will mich nicht sehen. Es ist aus, vorbei. Sie ist so heftig geworden gestern. Sie ist richtig ausgetickt, ich hab es mit der Angst bekommen.« Er zieht das rechte Hosenbein hoch und zeigt Andrea einen großen, angeschwollenen Bluterguss. »Sie hat getreten und gehauen, sie war wie von Sinnen.«

Andrea nickt. »Dein Manager ist wieder aufgewacht. Er hat gesagt, dass Madelaine ihn so vermöbelt hat. Was hat sie bei ihm gemacht?«

»Ich weiß es nicht. Na ja, ich hab ihr von dem Vertrag erzählt, von diesem Scheißsponsoring mit dem Energydrink und dass er mich aus dem Vertrag nicht mehr rauslässt und dass ich das durchziehen muss. ›Du musst überhaupt nichts!‹, hat sie gesagt, nein, gebrüllt.«

»Sie ist impulsiv, oder?«

Paul nickt traurig.

»Paul, jetzt noch was, und du sagst mir die Wahrheit, ja?«

»Klar.«

»Wirklich!«

»Ja doch.«

»Warst du auf dem Maskenball die ganze Zeit mit Madelaine zusammen?«

»Was soll das jetzt? Glaubst du etwa, sie hat den alten Herrn ... Ach, Quatsch!«

»Paul, es ist mir ernst. Hat sie mit ihm getanzt?«

»Alle haben mit allen getanzt.«

»Ist sie mit ihm weg?«

»Hey, Andrea, warum sollte sie das? Mit dem alten Knacker mitgehen?«

»Nicht wegen ihm.«

»Was dann?«

»Was weiß ich. Vielleicht wollte er ihr ein paar alte Gemälde zeigen. In seinem Turmzimmer hängen ein paar kostbare Bilder.«

»Mit dem Sack mitgehen? Wegen Bildern?«

»Ja, vielleicht. Was weiß denn ich. War sie komisch, wie ihr ins Bett seid?«

»Hhm.«

»Du warst besoffen.«

»Ja. Aber überleg mal: am nächsten Tag die ganze Action. Und sie bleibt ganz cool. So abgebrüht kann sie nicht sein.«

»Wirklich nicht?«

»Ich weiß es nicht.«

»Komm, wir fahren zu ihr. Du weißt doch, wo sie wohnt?«

»Ja, in einer WG in Schwabing.«

»Und du rufst vorher nicht an!«

PHANTOM

Madelaines WG-Zimmer ist verlassen. Keine persönlichen Gegenstände. Keine Möbel, keine Kisten. Nichts.

»Madelaine hatte nicht viel«, sagt Paul traurig.

»So viel gleich?«, murmelt Andrea.

»Besitz macht nur unglücklich«, meint Paul ohne Überzeugung.

»Tja. Und ihre WG-Mitbewohner wissen auch nicht, wo sie hin ist. Ihr Handy liegt in der Küche. Vielleicht kriegen wir was über ihren Handyvertrag raus.«

»Ist Prepaid. Ich hab's ihr geschenkt.«

»Mann, das ist doch alles scheiße! Nachnamen hast du wirklich nicht?«

»Nein.«

»Paul, ehrlich! Du bist mit ihr zusammen und kennst nicht mal ihren Namen.«

»Nicht alles, was sich reimt, stimmt. Warum sollte ich mich für ihren Nachnamen interessieren?«

»Na schön, dann fragen wir an der Uni.«

Aber auch das verläuft im Sande. Ja, klar kennt man Madelaine, die nette, hübsche Madelaine. Aber sie taucht in keiner Seminarliste auf, in keinem Prüfungsverzeichnis. Auch nicht im Immatrikulationsverzeichnis. Die zwei Madelaines, die dort geführt werden, haben eindeutig deutsche Nachnamen und sind schon in späteren Semestern, Jura und Germanistik.

»Die war gar nicht eingeschrieben, die hat gar nicht wirklich hier studiert«, sagt Andrea resigniert.

»Ihre Mappe wurde ja nicht angenommen an der Kunstakademie«, erklärt Paul. »Und sie hat sich auch nicht irgendwo anders zum Parken eingeschrieben.«

»Die Frau ist ein Phantom.«

»Ein schönes Phantom«, murmelt Paul.

Zumindest kann Tom jetzt klären, ob Madelaine am Tatort auf der Burg war, denkt Andrea. Denn in ihrem WG-Zimmer, in Pauls Zimmer oder auf dem Handy finden sie garantiert genug Fingerabdrücke oder DNA-Spuren für einen Abgleich. Vielleicht einfach ein paar rotbraune, gelockte Haare. Paul sagt sie davon nichts.

PUZZLE

Tom bestätigt am nächsten Tag, dass Madelaine am Tatort in dem Schlafzimmer auf der Burg war. Also ist der Fall gelöst, das letzte Puzzleteilchen bekannt, wenn auch nicht gefunden. Der Vergleich hinkt, denkt Andrea. Vor allem, weil sie ja nicht wissen, was wirklich in dem Zimmer vorgefallen ist. Vermutlich war es einfach Notwehr. Und der Alte ist zudem nicht durch seinen Sturz gegen das Fensterbrett gestorben, sondern erst nachdem Bertram ihn unfreiwillig die Treppe runterbefördert hatte. Andrea tut das Ganze leid für Madelaine. So eine ungewöhnliche junge Frau – unangepasst, frei, impulsiv. Warum hat sie sich von dem alten Sack auf das Zimmer locken lassen? Versteht sie nicht. Und dass sie einfach zu Chris geht, um Paul aus dem miesen Vertrag rauszuboxen. Respekt! Aber auch hier das Unbeherrschte. Dass sich Chris selbst alles andere als korrekt verhalten hat, zeigt sich schon daran, dass er auf eine

Anzeige verzichtet hat. Was aber nicht viel bringt. Denn eine polizeilich aufgenommene Körperverletzung muss verfolgt werden. Aber das ist im Moment egal. Denn Madelaine ist weg. Vermutlich nach Frankreich. Und Paul ist traurig. Hängt wie ein Luftballon ohne Luft zu Hause rum, verschrumpelt und versunken in Trübsinn.

Andrea ist platt. Das waren sehr anstrengende Tage. Insofern freut sie sich sehr, dass Paul sich am Freitagabend aufgerafft und den Tisch gedeckt hat und einen Leberkäs im Ofen bäckt. Im Kühlschrank ist Bier, im Brotkorb sind Brezen.

»Ich hab den süßen Senf vergessen, schlimm?«, fragt er.

»Kein Thema, solange genug Bier da ist.«

»Irgendwas Neues von Madelaine?«

»Nein. Sei doch froh.«

»Ach. Aber stell dir vor, was heute passiert ist: Chris hat angerufen. Er lässt mich aus dem Vertrag. Also, wenn ich will.«

»Und, willst du?«

»Ich weiß nicht. Ich hab noch mal nachgedacht. Wenn ich endlich mal Geld verdienen will, muss ich wohl ein paar Kompromisse machen.«

»Du redest Amok.«

»Tu ich das?«

»Ja, klar, du wirst doch jetzt nicht in dem Vertrag bleiben, nach alledem?«

»Natürlich nicht, Schwesterherz. Das könnte ich Madelaine nicht antun. Aber wenn ich jetzt nicht unter die Großverdiener geh, bleib ich dir noch ein bisschen erhalten.«

»Passt schon. Sonst wird es mir zu Hause ja nur langweilig.«

»Das wird nicht passieren. Sag mal, hat Papa eigentlich was gesagt wegen unserem Serienmörder, dem Bruder von dieser Maria?«

»Nicht wirklich. Er war sehr nachdenklich. Er fühlt sich wohl schuldig, weil er damals nicht ausgesagt hat.«

»Ist das eigentlich strafbar?«

»Nein. Oder nicht mehr. Also, es ist verjährt. Er will sich mit Erika Zauner, der Tochter von Marias Bruder, treffen und ihr erzählen, was damals passiert ist.«

»Ja, das ist gut.«

Paul holt den Leberkäs aus dem Ofen und schneidet ihn an. Gibt Andrea das Randstück.

Sie schneidet ein großes Stück ab und isst es. »Hm, super, das Rezept hätte ich gern.«

»Ich schreib's dir auf.« Paul hebt seine Bierflasche. »Auf dich!« – »Auf uns!«

Als Andrea spät noch mal im Nachthemd in die Küche geht, um sich ein Glas Wasser zu holen, schaut sie aus dem Fenster. Zur Hofeinfahrt drüben. Niemand. Auch vor dem Nachbarhaus sieht sie niemanden. Soweit der Gehsteig einsehbar ist von hier oben. Kein Mensch auf der Straße.

HAPPY PEOPLE

Paul spielt schon seit über einer Stunde auf der Bühne einer Buchhandlung mit Kleinkunstbühne in Schwabmünchen. Ausverkauft. 70 Zuhörer. Er ist gut in Form. In letzter Zeit hat er viele neue Lieder geschrieben. Liebeskummer ist ein guter Motor für einen Songwriter. Happy people write no songs – hat er mal irgendwo gelesen. Wobei das nicht stimmt. Selten war er so inspiriert wie in der Zeit mit Madelaine. Alles hat geleuchtet, sich anders, neu, perfekt angefühlt. Madelaine! Ihre Schönheit, ihre Energie, ihre Kompromisslosigkeit. Sie hat ihn immer noch voll im Griff, sein Herz gehört ihr.

»… ich werd es nie verstehn, wenn's am schönsten ist, wie kannst du gehn …?«

Er schlägt G, H7 und A an und schaut ins Publikum. Da sieht er es. Das rote Leuchten. Ihre Haare. Er singt die letzte Strophe noch mal nur für sie und bedankt sich beim Publikum. Applaus. Das rote Leuchten. Eine Täuschung?

Er drückt sich durch die Leute nach draußen. Schulterklopfen, gute Wünsche, er nickt allen zu. Hinten im Saal ist sie nicht.

Er tritt raus in die kalte Winternacht. Der klare Sternenhimmel. Auf der Straße vorne ab und zu ein Auto, sonst Stille. Die Kirchturmuhr schlägt zehnmal. Er steckt sich eine Zigarette an.

»Krieg ich auch eine?«

»Wenn du mich küsst.«

Sie küssen sich.

»Mensch, Madelaine, in München war die Hölle los. Was ist passiert?«

»Dieser Chris hat mich belästigt.«

»Warum warst du bei ihm?«

»Ich wollte ein ernstes Wort mit ihm reden. Was er vorhat. Seine Pläne mit dir waren einfach schlimm. Du bist kein blöder Schlagerfuzzi, der sich vor irgendeinen Werbekarren spannen lässt!«

»Und dann bist du ausgeflippt?«

»Nein, bin ich nicht. Er ist zudringlich geworden. Ich musste mich wehren.«

»Wie bei dem alten Herrn von Warth?«

»Wie kommst du denn da drauf?«

»Sie haben Spuren von dir in seinem Zimmer gefunden. Was hast du da gemacht?«

»Er wollte mir ein Gemälde zeigen.«

»Ach, komm.«

»Doch, er hat einen echten Gauguin.«

»Das glaubst du und gehst mit dem Ekel mit?«

»Der war gut betrunken. Mit solchen Typen werd ich fertig. Und er hat tatsächlich einen Gauguin. Ganz klein nur. Er hängt in einer Nische in der Wand, ganz unauffällig.«

»Und dann wurde er zudringlich?«

»Nur anzüglich. Ich bin gegangen und das war's.«

»Es gab keine Handgreiflichkeiten?«

»Meinst du, ich lass mich von so einem Typen anfassen?«

»Aber er hatte eine Platzwunde am Kopf.«

»Ich hab damit nichts zu tun. Der Typ war betrunken. Das ist doch kein Wunder, wenn er die Treppe runterfällt.«

»Er hat sich die Wunde am Fensterbrett zugezogen.«

Sie sieht ihn ernst an. »Dafür kann ich nichts. Der Typ war blau. Vielleicht ist er selbst gestürzt.«

»Vielleicht«, sagt Paul nachdenklich.

»Du glaubst mir nicht?«

Er sieht sie an. Ihr fein geschnittenes Gesicht im Mondschein, ihre ernsten Augen.

»Doch, ich glaube dir. Du musst das alles bei der Polizei aussagen.«

»Nein, ich muss gar nichts aussagen. Ich kann nichts für seinen Tod.«

»Und was ist mit Chris?«

»Hat er denn Anzeige erstattet?«

»Nein. Aber ich war in U-Haft deswegen.«

»Du?!«

»Er war im Krankenhaus und nicht bei Bewusstsein. Sie hatten ein Video von mir vor seiner Haustür. Ich war sehr wütend. Die Leute vom Sicherheitsdienst haben das Video der Polizei gezeigt.«

»Oh Gott, Paul, das tut mir leid!«

»Es hat sich geklärt, als Chris wieder klar in der Birne war.«

»Hat er erzählt, dass ich ihn verprügelt hab?«

»Nein. Er wird wissen, warum. Madelaine, komm zurück nach München. Wir sprechen mit Andrea, wir renken das alles ein.«

»Nein, ich komm nicht zurück.«

»Und was ist mit uns?«

»Ich gehe zurück nach Paris. Ich brauche Zeit, Abstand.«

»Bleibst du heute Nacht hier? Wir nehmen uns ein Zimmer in einem Gasthaus.«

»Ach, Paul!« Sie küsst ihn.

SPIESSIG

Andrea hat etwas gemacht, was sie bis vor Kurzem noch strikt abgelehnt hätte. Aber spießig ist man vor allem dann, wenn man sich strikt an Regeln hält. Sie hat mit Tom einen langen Winterspaziergang gemacht und sich im Eisstadion im Ostpark Schlittschuhe geliehen. Hinterher waren sie zum Schwimmen im Michaelibad, sind im Warmwasserbecken gelegen und haben sich im dampfenden Wasser flüsternd unterhalten. Über dem leuchtenden Wassernebel der blauschwarze Sternenhimmel. Hundemüde fühlt sie sich jetzt, als sie zur U-Bahn gehen.

»Boh, hier ist es das erste Mal passiert«, sagt sie kurz vor der Station.

»Und ihr habt ihn nicht gekriegt.«

»Manches klärt sich eben nicht auf. Leider.«

Sie gehen die Rampe zum Bahnsteig runter. Viele Menschen. Es ist Wochenende.

»Oh, ich hab nicht getippst«, sagt Tom und zieht seine Streifenkarte heraus.

»Ach komm, kontrolliert doch eh keiner.«

»Nein, will ich nicht.«

Andrea sieht auf die Anzeige. Zwei Minuten noch. Sie schnappt ihm die Streifenkarte weg und sprintet die Rampe hoch. Oben stehen gerade mehrere Leute an den Entwertern. Touris, die nicht wissen, wie man den Streifen richtig faltet. Sie hilft ihnen und tippst für Tom zwei Streifen ab. Hastet nach unten, hört schon die U-Bahn einfahren.

Bremsenkreischen. Hupen. Schreien.

»Tom!!!«

BONUSTRACK

Die Nadelspitze senkt sich in das schwarze Vinyl. Statik. Entladungen. Knistern. Feuer.

Eine lange Sekunde. Dann Beats – streng, monoton. Knacken, als ob man einen Joghurtbecher eindrückt. Immer wieder. Die Bassline – trocken, voll, federnd. Tanzmusik. Ich hab den Kopfhörer auf. Bin ganz für mich. In den Klub geh ich schon lang nicht mehr. Kann ich mir nicht leisten. Ich seh mir die Plattenhülle an. 12 Inch. Aus besseren Zeiten. Brauner Karton. Keine Band, kein Foto, nur links unten klein das Label: Last Moment. Passt zu meiner Stimmung. Könnte alles kurz und klein schlagen. Zorn. Hab Stress mit dem Arsch aus der Wohnung über mir. Schlater. Das Arschloch. Die Kopfhörer hab ich auf, seit jemand im Haus die Polizei gerufen hat. »Ein Nachbar hat sich beschwert, dass es zu laut ist«, meinte der Polizist.

Ich hab's Schlater auf den Kopf zugesagt. Im Lift. Er hat es geleugnet und gelacht. Fast hätte ich ihm eine reingehauen. Hat mich »Asi« genannt. Aber ich hab mich zusammengerissen. Ihn abperlen lassen. Keine unüberlegten Handlungen. Selber Asi. Hängt den ganzen Tag am Balkon und scheißt die Kinder an, die hinterm Haus Fußball spielen.

Ich bin kein Asi. Vielleicht ein bisschen aus der Spur. Läuft halt nicht immer alles super. Orientierungsphase. Bis ich weiß, was ich wirklich will.

Letzte Woche hat mir jemand die Fahrradreifen aufgestochen und die Felgen kaputt getreten. Garantiert Schlater.

Ich steh vom Sofa auf und seh in den Ostpark. Durch die schlierige Scheibe. Das blasse Gelbbraun des Rasens, die speckig glänzenden Wege. Trist. Und ein paar Leute in Grau mit ihren Hunden, die alles vollkacken. Ich kann sie bis hier riechen – all die Scheiße.

Ich konzentrier mich auf die Musik. Hör jeden Ton. Die scheppernde Snare. Künstlich, unnatürlich, rückwärts: Ntschag, ntschag, ntschag … Rhythmus, Sog, Vakuum. Genau mein Groove. Saugt alles ein. Meine Gedanken. Ntschag, ntschag, ntschag … All das Negative. Was nicht klappt. Ntschag, ntschag, ntschag … Die Demütigungen. Ntschag, ntschag, ntschag.

In mir rumort es. Auch, weil ich angetrunken bin. Wie so oft.

Jetzt eine Stimme über den Beats. Verhallt, gespenstisch, wie durch Trockeneisnebel.

Letzte Schritte durch mein Leben
alle Chancen schon vergeben
kein Feuer, das in mir brennt
Stille, die kein Ende kennt,
sich unendlich dehnt
Erlösung, so sehr ersehnt
Kopfüber weißes Rauschen
werde meinen Platz eintauschen
Schwelle überschreiten
in weichen Nebel gleiten,
unendlich weit gedehnt
Erlösung, so sehr ersehnt

Hymne für Leute, die mit allem fertig sind. Bin ich das? Mit allem fertig? Ich seh der Nadel zu, wie sie über die Rennstrecke fährt. Ntschag, ntschag, ntschag … Dreh die Lautstärke ganz runter. Nehm den Kopfhörer ab. Nur noch das Schaben des Diamanten. Last Moment. Der letzte Moment. Die letzten Gedanken.

Ich denk oft darüber nach, was kommt, wenn man wirklich mit allem durch ist. Wenn man den Endpunkt erreicht hat. Wie ist das, wenn man stirbt? Der Übergang. Was empfindet man? Der Moment zwischen gerade noch und noch nicht. Zwischen hier und dort. Zwischen Leben und Tod. Was fühlt man, wenn man auf die andere Seite blickt? Schaut man durch eine beschlagene Glasscheibe? Wischt man sich einen Streifen frei, um hindurchzusehen? Und dahinter ist was? Wieder Nebel? Oder ein klares Bild?

Ich denk an den Unfall letztes Jahr auf der Autobahn. Als die Polizei mich an der Stelle vorbeiwinkt. Zertrümmerte Autos, zerquetschte Leiber. Wie sie zucken. Und ich meinen Blick nicht von ihnen wenden kann. Trotz des ganzen Schreckens, Ekels, meiner Angst. Bin gelähmt und fühl mich zugleich so lebendig. Mich hätte es auch treffen können. Ein paar Minuten eher. Auf hellem Asphalt: Öl, Wasser, Blut. Schillernde Farben. Intensiv. Bin tief berührt.

So viele Gedanken. Über mich. Die Spannungen in mir. Die mich aufpeitschen und lähmen zugleich. Muss was ändern, ein Zeichen setzen, will die Taubheit loswerden, mich spüren. Beweisen, dass ich es kann, dass ich den Mut aufbring, mich wehre. Nicht im Affekt. Keine unkontrollierte Situation. Keine Emotionen, wohlüberlegt. Einfach. Und wirkungsvoll. Mechanisch. Als würde man das Licht ausknipsen. Ob es wirklich so einfach ist? Licht aus. Von einem Raum in den anderen treten. Über die Schwelle. Die Seiten wechseln. Vom Leben zum Tod. Vom Hellen ins Dunkle. Oder vom Dunklen ins Helle? Nicht ich! Ich bin kein Opfer!

Wie oft haben wir als Kinder über das perfekte Verbrechen nachgedacht. Damals hatte ich noch Freunde. Ein paar. Nicht viele. Die Idee, ein Verbrechen zu begehen und nicht erwischt zu werden, hat uns immer wieder beschäftigt. Ich weiß, wie es geht. Es ist perfekt, wenn es keinen erkennbaren Grund gibt, kein Motiv. Klar, ich denk an Schlater. Ich hab ein Motiv. Aber keiner kennt es. Wird mich jemand mit ihm in Verbindung bringen? Nein. Sicher nicht. Niemand weiß von unserer Auseinandersetzung. Wegen zu lauter Musik wird doch dauernd irgendwo die Polizei gerufen. Das ist kein Motiv. Er lebt allein. Es wird keine Zeugen geben. Ich leb allein. Niemand kann mich belasten.

Er ist der Richtige. Weil er sich für was Besseres hält. Und mich für 'nen Loser.

Wer ist hier der Loser? Wer hat die Fäden in der Hand? Keiner wird dich vermissen, Schlater, wenn du aus dem achten Stock fällst und dir den Hals brichst. – Nein, keine gute Idee. Unten spielen ja die Kinder auf der Wiese. Ich werd es anders machen, mir was Hübsches ausdenken. Aufgabe, die mich aus der Lethargie holt. Ich bin neugierig. Wenn ich es wirklich tu, was macht das mit meinem Leben? Läuft es einfach weiter, nach einem kurzen Zittern im Fernsehbild? Oder ändert sich alles? Will ich das? Aber es muss sich sowieso was ändern. So kann es nicht weitergehen.

Ich geh raus in den Park. Die Wege sind verklebt mit Laub. Die Äste der Bäume stechen kahl ins Wintergrau des Himmels. Über dem struppigen Rasen kalter Milchdunst. Ich seh zurück zu unserem Hochhaus. Ein paar Lichter schon. Gerade mal vier Uhr. Hier im Ostpark wird es passieren. Erst nur ein Gedankenspiel. Aber ich hab jeden Tag daran gedacht. Mir ist es ernst. Jetzt. Ich will es wirklich tun. Es geht nur noch um Details. Ich schau mich um. Schlater macht um neun immer noch eine Runde durch den Park. Keine Ahnung, warum. Er hat keinen Hund. Fitness vor der langen Sitzung vor der Glotze, vor den nächsten fünf Bierflaschen? Ha, bald vorbei. Oder lüftet er seinen Kopf aus, denkt er nach? Über sein verpfuschtes Leben? Lauert er Frauen auf? Irgendwas. Jedenfalls geht er jeden Abend durch den Park. Ich weiß das. Weil ich um die Zeit meistens am Balkon steh und rauch. Und nachdenke. Blick starr in den Park. Als könnt ich da was erfahren, aus dem Anblick die Zukunft herauslesen.

Am Tag die grauen Teerlinien im gefleckten Grün. Die Inlineskater und Radfahrer. Das zugemüllte Amphitheater.

Der mit Algen und Entenscheiße verseuchte Teich beim Biergarten. Trostlos bis dort hinaus. Nachts sind die Wege beleuchtet. Mattgelbe Lichtkreise. Perlenketten durchs Schwarz. Dort unten wird es passieren. Ich spiel es immer wieder durch. Bin entschlossen. Schlater hat keine Ahnung, dass seine Zeit läuft. Bald vorbei ist.

SPÄTER

Kurz vor neun. Ich steh auf dem Balkon. Hab Schuhe und Parka an. Bin abmarschbereit. Seh die Glut meiner Zigarette. Von gelb zu weiß. Meine Hände zittern. Nicht, weil ich aufgeregt bin. Sondern weil es kalt und feucht ist. Jetzt kommt er. Bisschen später als sonst. Wollmütze und Daunenanorak. Geht über den Parkplatz. Irgendwas lähmt mich. Zweifel. Soll ich einfach wieder reingehen, mir ein Bier aufmachen, fernsehen? Das Ganze vergessen? Nein. Dafür bin ich zu weit. Ich muss raus aus der Starre. Die Zeit läuft. Ich verlass die Wohnung. Nehm den Lift. Damit mich die Tante im vierten Stock nicht sieht. Die hängt immer am Spion. Auch eine Kandidatin. Vielleicht ist das der Beginn einer wunderbaren Karriere …

Ich zieh mir die Cap tief ins Gesicht. Geh vorbei an den schlafenden Autos auf dem Parkplatz. Nach zweihundert Metern hab ich den Park erreicht. Stoß weiße Schwaden aus. Fühl nichts. Bin wie eingewachst. Lauf auf Autopilot. Ich renn, nehm die Abkürzung über die große Wiese. Fang an zu schwitzen. Bin kurzatmig. Die kalte Luft kratzt im Hals. Ich steuer auf meinen Baum zu. Die Eisenstange liegt im Gras. Wo ich sie gestern versteckt hab. Mit Handschuhen natürlich. Keine Spuren. Auch nicht auf dem harten Boden. Muss mir keine Sorgen machen. Oder? Aber wer soll hier nach Spuren suchen? So schnell wird keiner Schlater vermissen.

Das Versteck ist nicht perfekt. Aber gut. Wenn die Leute von den Stadtwerken im nächsten Frühjahr den Gulli zum Reinigen aufmachen, sind nur noch ein paar moderige Kleidungsstücke und Knochen übrig. Die man vielleicht gar nicht mehr als Schlater erkennt. Tja, mehr wird von dir nicht bleiben, mein Ex-Nachbar. Ich seh zu dem Gulli und muss grinsen. Alles vorbereitet. Der Laubfangkorb liegt im Teich beim Biergarten. Ich steh im Schatten des dicken Baumstamms. Lichtinseln von den Laternen. Nebeltaub, fahler Glow, Neonsilber. Sonst alles tiefschwarz. Und still. Keine Autos auf der Straße. Komisch. Doch, ein Auto, jetzt noch eins. Motoren, Lichtkegel, Türenschlagen. Die Häuser, die Lichter. Wir sind nicht allein. Wie auch? Das ist München. Ich bin unschlüssig. Doch nach Hause? Nein.

Jetzt seh ich die Silhouette. Hör Schritte auf dem Teerweg. Was hat Schlater für Schuhe an? Cowboystiefel? Ledersohlen? Hitze steigt mir ins Gesicht. Der dicke Anorak, die Wollmütze – er ist es. Ich drück mich an den Baum. Mein Magen zieht sich zusammen. Angst. Also doch. So einfach ist das nicht. Die harten Absätze machen klack und klack. Ich seh seinen Rücken. Soll ich ihn einfach im Nebel verschwinden lassen? Ich greife nach der Eisenstange, gleite lautlos aus dem Schatten des Baums. Er bleibt stehen! Geht in die Hocke, um sich den Schuh zu binden.

Gelegenheit! Schlag zu!

Ich hole aus und lass die Eisenstange niedersausen.

Das Knacken einer Kokosnuss.

So klingt es in meinem Kopf. Aber ich kann es nicht, schaff es nicht, halt die Stange in der Luft, einen Meter hinter ihm. Spürt er nicht, dass da einer hinter ihm ist? Nein. Er geht einfach weiter. Ich warte, bis er 20 Meter weg ist, leg die Stange ins Gras, dann folge ich ihm. Wo geht er hin? Keine Runde. Nicht nach Hause. Wohin?

Wir erreichen das Ende des Parks. Er geht in das Gasthaus am See. Dahin also. Von wegen Fitness. Ein paar Bier pressen. Eh klar. Wobei ich ihn eher in irgendeinen Stehausschank verbucht hätte. Wie an dem Kiosk vorne an der Kreuzung. Was jetzt? Ich bin enttäuscht, ich hab versagt. Hab mich nicht getraut. Bin doch kein harter Brocken. Ich bin ein Nichts. Scheiße! Nein, ich geb nicht auf. Werd warten. Ich zünd mir eine Zigarette an. Starr zum Schwimmbad rüber. Wasserdampf glüht im Hallenlicht. Ich steh auf einem Abluftschacht. Die hellgraue Luftsäule in der diesigkalten Nacht.

Immer mal wieder Leute, die aus dem Gasthaus kommen. Er ist nicht dabei. Ist bestimmt bei den Letzten. Irgendwann geht das Licht im Hallenbad aus. Im Michaelibad war ich früher oft. Bin im Warmwasserbecken gelegen und hab in den Himmel geschaut. Mich gut gefühlt. Früher. War vieles besser. Fast alles. Dann nicht mehr. Immer bergab. Je länger ich steh, desto wütender werd ich. Kann es kaum erwarten, dass er wieder aus dem Wirtshaus kommt.

Wenn er heimgeht, werd ich es doch noch machen. Im Park. Ich spiel es noch mal in allen Details durch. Plötzlich kommt er tatsächlich. Mantel, Hut. Wohin? Er geht in Richtung Michaelibad. Am Bad vorbei zur U-Bahn. Wo will er so spät noch hin? Er verschwindet in der Station. Die faule Sau. Eine Station fahren. Na ja, wer geht jetzt schon gern durch den Park. Hat er ja recht. Ich bin enttäuscht.

Verdammt, mein ganzer Plan ist für den Arsch. Keine zweite Chance. Dreck! Ich bleib an ihm dran.

Seine Silhouette, der weite Mantel, der Hut. Ich folge ihm. Der Bahnsteig ist verwaist. Nur er. Und ich. Ich stell mich hinter eine Säule. Hör den Zug kommen. Spring nach vorne, stoß ihn in den Rücken. Er stürzt auf die Gleise, der Aufprall klingt fürchterlich. Ich schau nicht hin. Dreh bei und verlass die U-Bahn-Station.

Der Knall dröhnt in meinen Ohren. Ich will laufen, nur noch laufen, weglaufen! Aber ich tu's nicht. Geh ganz ruhig die Rampe nach oben, atme tief durch, wähl den Weg durch den Park. Der Nebel umschließt mich, packt mich ein, betäubt mich. Ich geh wie ferngesteuert. Was war das? Ich hatte das nicht vor. Ein Impuls. Ohne Kontrolle. War komplett auf seinen Tod fixiert. Und es ist geschehen. Von selbst. Wirklich? In meinen Ohren dröhnt immer noch der Aufprall. Der Zug, das Blech, das Fleisch, die kreischenden Bremsen.

Zu Hause nehm ich den Weg durch die Tiefgarage, damit mich keiner unten im Hausflur sieht. Aber wer soll eine Verbindung herstellen? Zu welchem Ereignis? Aber ich könnt jetzt keinem ins Gesicht sehen. Als der Lift kommt, drück ich mich in eine dunkle Ecke. Die Tür geht auf. Alles gut. Die Kabine ist leer. Ich steig ein, drück die sieben. Wenn jetzt nur keiner unterwegs einsteigt! Nein, niemand, ich komm ungesehen nach oben. Meine Hände zittern, ich bring das Schloss kaum auf. Ich drück die Wohnungstür hinter mir zu. Schwank in die Küche, stütz mich mit beiden Händen auf der Arbeitsplatte ab. Atme durch. Brauch jetzt Bier, Schnaps, Zigarette. Alles im Plural.

BAUSTELLE

Mein Kopf ist eine Baustelle, als ich mittags aufwach. Betonmischer dreht sich schwer, Presslufthammer stemmt Estrich auf. Grelle Novembersonne fällt durch die schmutzigen Scheiben. Ich stolper aus dem Bett und lass die Jalousien runter, geh ins Bad. Als ich Tabletten aus dem Alibert holen will, wird mir schwarz vor Augen. Ich halt mich an der offenen Schranktür fest, der Alibert kippt nach vorn. Inhalt klirrt ins Waschbecken. Ich stemm mich gegen den Schrank, damit er bleibt, wo er ist. Tut er nicht. Bugsier ihn zu Zahnpasta und Rasierklingen ins Waschbecken. Alles voller Scherben. Scharfer Geruch. Scheiß auf die Tabletten. Ich geh wieder ins Bett.

Als ich die Augen öffne, ist es draußen dunkel. Fahles Laternenlicht vom Parkdeck unten. Die Jalousie projiziert Gitterstäbe an die Decke. Ich denk an meinen Plan – das perfekte Verbrechen. Überleg, was passiert ist. Mein Plan. Schlater. Nein, kann nicht sein! Ich hab niemanden umgebracht! Ich versuch, den vergangenen Abend zu rekonstruieren. Gelingt mir nicht. Das Grobe weiß ich, aber es fehlen Details. Hat der Alk aufgefressen. Nur ein Traum? Hab ich's wirklich getan? Ich muss es wissen. Ich geh in den Park. Nieselregen. Weg glänzt metallisch. Ich geh auf den Baum zu. Da hab ich gewartet. Oder? Ich seh nichts. Doch was will ich sehen? Da, die Eisenstange. Beim Baum liegt sie. Ich seh zum Weg. Der Gulli. Rechts und links. Niemand.

Ich zerr den Gullideckel auf, greif hinein. Nichts. Ich atme auf. Ich seh die Stange auf dem Rasen. Ich heb sie auf.

Geh zum Teich. Werfe sie hinein. So laut. Im Wasser Kreise. Dann wieder ein schwarzer ruhiger Spiegel. Was war los gestern Nacht? Hinten im Park das Leuchten des Schwimmbads. Der Wasserdampf. Klar, da war ich, da bin ich gestanden. Schlater war im Wirtshaus, ich hab auf ihn gewartet. Bin ihm gefolgt. Mit einem Schlag ist alles da: die U-Bahn – die Säule, hinter der ich steh, hinter der ich hervorstürz und ihn auf die Schienen stoß. Nein, hab ich nicht! Doch, hab ich!

Ich renn durch den Park. Atme schwer, schwitze. Ich fahr mit der Rolltreppe in die U-Bahn-Station runter. Am Bahnsteig ganz normaler Betrieb. Viele Leute. Ich streif die Gesichter, geh langsam den Bahnsteig entlang. Nichts. Mir fällt nichts auf. Ist was komisch? Die Leute sind ganz normal. Hier ist nichts passiert. Ich seh auch keine Absperrung, keine – ach, was weiß ich denn? Ich blick auf den Boden. Bestimmt alles voller Videokameras. Kann ich nicht checken. Halt den Blick gesenkt. Nichts? Aber in meinen Ohren dröhnt es. Das Knallen und Kreischen.

Ich lehn mich an eine Säule. Tu so, als würd ich mein Handy checken. Tu ich nicht. Ein Zug stadtauswärts. Die Frau, die da auf der Bank sitzt, warum steigt sie nicht in den Zug? Wartet sie auf jemanden? Wir haben kurz Augenkontakt. Sie lächelt nicht. Schöne blaue Augen. Ich lass mir nichts anmerken. Nicht flirten, jetzt nicht. Sie steigt auch nicht in den nächsten Zug stadteinwärts ein. Ich ebenfalls nicht. Doch, ich husch in den Zug, sie hat einen Augenblick zu lang geschaut, mich gemustert. Man steht nicht einfach so am Bahnsteig und will nirgends hin. Ich schau aus dem Zugfenster nach draußen. Ja, sie beobachtet den Bahnsteig genau. Warum? Ist hier doch etwas passiert?

Ich fahr eine Station bis zum Innsbrucker Ring und

wechsle den Bahnsteig. Gegenrichtung. Wieder Michaelibad. Sie ist immer noch da. Ich lass die Türen vor mir zugehen und rühr mich nicht. An der Quiddestraße steig ich schließlich aus. Bin verwirrt. Hat mir mein Kopf einen Streich gespielt? Am Michaelibad ist niemand zu Tode gekommen, kein Blut, die Station ist nicht gesperrt. Ich denk nach. Vielleicht bild ich mir das alles nur ein? Schlater. Hab ich tatsächlich gedacht, dass ich ihn erledigt hab? Auf dem Weg nach Hause wird die Erinnerung übermächtig. Der Ablauf in der U-Bahn. Würde ich das tun? Nein, ich bin kühl, beherrscht. Bin ich das? Hab ich wieder irgendwelche Pillen eingeschmissen? Nein, das gibt mein Budget momentan nicht her. Was, wenn die in der Nacht schon alles sauber gemacht haben in der U-Bahn-Station, wenn sie den Verkehr in der Früh wieder freigegeben haben. Muss ja weiterlaufen in der Millionenstadt. Hab ich es getan …

Ich hol den Lift. – Dauert ewig, bis er kommt. – Endlich. Tür ruckelt auf. Schlater?! – Ich starr ihn fassungslos an. Schlater drückt mich verärgert beiseite. Er riecht muffig nach Bier. Ich bin wie vom Blitz gerührt.

Als die Lifttür vor meiner Nase zugeht, stell ich den Fuß gerade noch in den Spalt. Tür auf. Steig ein. Tür schließt sich. Ich lach los. Laut und hysterisch. Ein Traum, eine wirre Fantasie! Sonst nichts! Schlater! Ich könnt ihn küssen! Ich hab's nicht getan! Gott sei Dank! Tränen laufen mir über die Wangen. Ich bin außer mir, beseelt, lebendig.

Als ich oben bin, dusch ich. Lang und heiß. Mir fällt wieder ein, wie ich auf den Gedanken gekommen bin: ein schlechter Tag, Stress mit Schlater, dazu Musik. Die meine Aggressionen verstärkt hat. Brandbeschleuniger. Meine miese Laune. Die mit Schlater wenig zu tun hat. Selbstgerecht, weinerlich. Damit ist jetzt Schluss. Heul doch! Herr über Leben und Tod – lachhaft! Die Schwelle überschreiten, der letzte Augenblick. »Last Moment« stand auf der Plattenhülle. Ich such die Maxi raus, leg sie auf. Seh zu, wie sich der Tonarm senkt. Sing meinen eigenen Text:

Zeit, die rennt und rennt und rennt und rennt
Feuer, das in mir brennt
Zeit, die rennt und rennt und rennt und rennt
Feuer, das in mir brennt
neue Schritte durch mein Leben
keine Chance ist vergeben
werd nur noch nach vorne laufen
nicht mehr jammern, nicht mehr saufen
tanzen ohne Rauschen
Weiß und Schwarz vertauschen
erleben die Gezeiten
in bunten Nebel gleiten
Zeit, die rennt und rennt und rennt und rennt
Feuer, das in mir brennt
Feuer, das in mir brennt
Feuer, das in mir brennt …

Ich seh aus dem Fenster. Der dunkle Park, unverändert, wie jeden Tag. Jenseits des Parks das Michaelibad, das Wirtshaus, die U-Bahn-Station. Ohne grausames Geheimnis. Ein falsches Stichwort, eine krude Idee, ein kurzes Fegefeuer. Zum Glück nur kurz. Denn mehr halt ich nicht aus. Muss ich auch nicht. Ich lebe noch, wieder, will raus, Menschen sehen. In die Stadt. Heute geh ich tanzen, morgen fang ich ein neues Leben an! Ich tanz auf meinem Grab. In dem mein altes Ich liegt, mein Loser-Ego. Ich fang neu an. Jetzt.

PASSIERT

Ich stürm die Treppe runter. Sieben Stockwerke. Sechster, fünfter, vierter … Im dritten Stock lauf ich Frau Bruckner und Frau Grasser in die Arme.

Frau Bruckner sieht verheult aus. Schwer atmend bleib ich stehen. »Ist was passiert?«

»Ihr Mann ist verschwunden«, erklärt Frau Grasser. »Haben Sie ihn vielleicht gesehen?«

»Peter wollte nur zum Stammtisch gehen«, schluchzt Frau Bruckner.

Mein Magen krampft sich zusammen. Ich schüttle den Kopf. »Wann?«, würg ich heraus.

»Gestern Abend. So um neun.«

Ich starr sie an. Schüttle wieder den Kopf und renn die Treppe runter. Ich denk scharf nach. Die Statur stimmt. Ich hab sein Gesicht nicht gesehen! Quatsch! Alles nur Einbildung! Ich hab niemanden umgebracht! Schlater war im Lift. Alles ist gut. – Wirklich? Was ist mit Bruckner? Hat der nicht auch so einen Anorak? Hab ich Bruckner vor die U-Bahn gestoßen? Ist es doch passiert? Ich brauch Zeitungen, ich brauch Informationen. Warum war in der U-Bahn nichts zu sehen?

Ich renn die Straße runter zu den stummen Verkäufern, reiße eine AZ raus, einen Merkur, such das Kleingeld zusammen für die SZ. Fang im Schein der Straßenbeleuchtung hektisch das Blättern an, nein, wie sieht denn das aus? Ich nehm die Zeitungen und geh zur nächsten Bushaltestelle. Niemand wartet. Ich setz mich auf den Drahtsitz, fang mit der AZ an. Im Lokalteil steht nichts. Dann Merkur und zum Schluss die SZ. Nichts. Können die das überhaupt schon drin haben? Die Abendzeitung sicher. Aber nichts. Kein Wort. Ich muss die Nachrichten hören, ins Internet schauen. Ich geh mit meinem Handy ins Netz, zögere kurz, als ich »U-Bahn« und »München« eingebe. Quatsch, das könnte alles sein, jemand, der einen Fahrplan sucht. Bei News 94 700 Einträge. Jede Scheißbaustelle, Verspätung und Stellwerksstörung. Aber nichts über einen Todesfall im U-Bahnhof Michaelibad. Man ist doch tot, wenn man vor eine U-Bahn stürzt? Garantiert. Was ist mit dem Mann von Frau Bruckner? War er es, den ich aufs Gleis geschubst hab? Hält die Polizei das absichtlich zurück, damit keine Panik entsteht? Jetzt fallen mir wieder die Videokameras ein, die in jedem U-Bahnhof sind. Gibt es Bilder von meiner Aktion? Ich steig Quiddestraße ein und fahr bis Michaelibad, verlasse den Zug nicht. Hab eine knappe Minute Zeit, um aus dem Zugfenster den Bahnsteig zu betrachten. Die Videokameras seh ich gleich. Die filmen alles. Ich fahr weiter bis zum Innsbrucker Ring und steig um, wechsle den Bahnsteig. Und noch einmal zurück. Jetzt nur wenige Leute in der Station. Die Frau von vorhin. Immer noch? Wieder? Was macht sie da? Wie aufmerksam ihre Augen sind! Polizistin?

Noch mal zurück. In der Station Quiddestraße steig ich um in den Gegenzug. Hell, dunkel, hell. Aus der einfahrenden Bahn seh ich gerade noch, wie die Frau von der Bank aufsteht. Aber sie steigt nicht in den Zug, nein, sie geht zum anderen Ende des Bahnsteigs. Richtung stadteinwärts. Auf den letzten Drücker verlass ich den Zug und folge ihr. Sucht sie etwas Bestimmtes? Ihr Gang, ihr Blick haben etwas Tastendes. Denkt sie, dass ich hier in der Nähe wohn, dass ich ein Mann kurzer Wege bin?

Ich folg ihr am Kiosk vorbei, in Richtung Haldenseesiedlung. Hey, hier war ich schon lang nicht mehr. Obwohl ich hier aufgewachsen bin. Weit hab ich's nicht geschafft. Wie hässlich das ist. Und so klein. Wie wir Verstecken gespielt haben. Hinter den Mülltonnen. Mama und Papa haben das hinter sich gelassen, wohnen jetzt am Ostfriedhof. Was macht die Frau hier? Sucht sie mich? Warum hier? Baby, ich werd mich an deine Fersen heften. Wie du mir, so ich dir. Ich hab Zeit, ich werd dir folgen, werd mir ansehen, wo du wohnst, wie du wohnst, wen du triffst. Ich will alles über dich wissen. Du gefällst mir.

POPPINS

Hier lebt sie also. Erdgeschoss wär super. Nein. Sie ist schon am zweiten Fenster im Treppenhaus. Vierter Stock. Licht. Küchenschrank. Aha. Und wer ist das? Ihr Typ? Hat sie einen Typen, eh klar, hätt ich mir denken können. Logo hat so eine Frau einen Typen. Sie steht oben am Fenster und schaut zu mir runter. Tut sie das? Ja klar. Zu mir? Genau zu mir. Jetzt ist sie weg. Sie wird doch nicht … Nein, kein Licht im Treppenhaus. Der Typ ist noch da. Ich kenn noch nicht mal ihren Namen. Sabine würde mir gefallen, Klara, Simone … Ich werd mal rübergehen und schauen, was an der Klingel steht. Nein. Scheiße, da ist sie. Was will sie? Kommt sie rüber? Ruhig bleiben, weglaufen geht nicht. Ganz ruhig, umdrehen, klingeln. Am Klingelboard drück ich wahllos alle Knöpfe. Mann, geht da jetzt vielleicht mal einer …!

»Wer ist da?«

»DHL für Mannschatz.«

Summer. Ich drück die Tür auf, husch in den Hausflur. Tür fällt hinter mir zu. Mannschatz – einfach abgelesen. Wenn der Typ nicht aufgemacht hätte? Sie rüttelt an der Tür. Oh Baby, wir sind uns ganz nah, nur ein Türblatt trennt uns.

Soll ich einfach hier im Dunkeln warten? Wenn du reinkommst, von hinten an dich treten, meine Hände an deinen schlanken Hals legen, ganz zart über deine Schultern streichen, dich umdrehen und küssen. Deine Lippen, Zähne, Zunge. Wir zusammen. Ich kann dich jetzt schon riechen. Du klingelst, ich hör deine Stimme. Machst dasselbe wie ich. Paketpost. Du tickst wie ich. Der Summer! Schnell! In den Hinterhof zu den Mülltonnen.

Ich seh ihren langen Schatten, den das gelbe Treppenhauslicht nach draußen wirft. Sie tritt in den Hof hinaus. Ja, Baby, ich bin ganz in deiner Nähe, keine zwei Meter trennen uns. Ich halt die Luft an, spür mein Herz klopfen. Hörst du das? Spürst du das? Ich fühl, was du fühlst, ich riech deine Angst. Du musst keine Angst haben, du darfst keine Angst haben. Wie elegant du dich über den betonierten Boden bewegst, gleitest, wie in der Eislaufszene in Mary Poppins. Den Film möchte ich mit dir im Kino anschauen, ganz oldschool in einer Nachmittagsvorstellung. Deine Hand auf meiner, deine Schulter an meiner, wir beide – ein Paar im Dunkeln. Aber nicht jetzt. Komm mir nicht zu nah. So weit bin ich noch nicht.

Ich heb einen Stein auf und werf ihn zu den Mülltonnen auf die andere Hofseite. Er klickert über Kunststoff und Beton, sie geht hin, eine Katze springt fauchend davon. Ich schlüpf zurück ins Treppenhaus, das Licht erlischt. Eine Treppe hoch. Ich horche. Sie kommt mir hinterher. Ich husch nach oben. Hör ihre Schritte auf der Treppe. Warum macht sie das Licht nicht an? Was, wenn es oben nicht mehr weitergeht? Der letzte Treppenabsatz, ich bin oben, probier die Tür zum Speicher. Sie ist offen. Ich trete ein. Bin erstaunt. Über mir das Mondlicht. Fällt aus den großen Dachgauben und Dachfenstern herein. Überall Holzlatten und Plastikplanen. Der Dachstuhl wird gerade ausgebaut. In der Mitte der Kamin. Ich versteck mich dahinter, hör, wie sich die Tür öffnet. Ihre Schritte auf dem mit Folie ausgelegten Boden. Die knirschenden Mörtelkrümel. Dann nichts.

Ich press mich an den Kamin, atme ganz flach. Was macht sie? Tür auf und zu. Ich atme durch. Warte noch ein bisschen, dann komm ich hinter dem Kamin hervor, seh mich um. Der Blick aus der Dachgaube geht direkt auf ihr Haus. Ich kann in ihre Küche sehen. Wo im Moment der Mann auf der Küchenbank sitzt, auf der Gitarre spielt. Das sind gerade mal 20 Meter über die Hofeinfahrt des Nachbarhauses. Hier will ich wohnen, dann kann ich dich immer sehen, wenn du zu Hause bist.

Ich warte, bis sie auftaucht. Sie redet erregt auf ihren Typen ein, holt sich ein Bier aus dem Kühlschrank. Keine Zärtlichkeiten. Ist das wirklich ihr Typ? Vielleicht nur ein Mitbewohner? Macht man das in dem Alter noch, eine WG? Ich hol mein Handy raus und mach ein paar Fotos. Unscharf. Muss das nächste Mal einen richtigen Fotoapparat mitbringen. Warum seh ich nur die Küche von hier? Schade. Meine Süße, ich bleib bei dir. Bis du das Licht in deiner Küche löschst. Und dann bin ich immer noch bei dir. Und du bist bei mir – die ganze Zeit. Auch wenn du das noch nicht weißt – wir zwei, wir gehören zusammen. Für immer und ewig.

SO NAH

Wir sind heute zusammen U-Bahn gefahren! Ich hab sie abgepasst, hab mich langsam in der vollen Bahn an sie rangepirscht, hab sie berührt. Unabsichtlich natürlich, mit der Schulter, hab mich entschuldigt, sie hat gelächelt. Wunderbares Lächeln. Ich war schon versucht, es zu erwidern, etwas zu sagen, ein Gespräch zu beginnen. Aber nein, das setzt sie unter Druck. Sie hat doch einen Freund. Mit dem sie zusammen wohnt. Hab mich ganz cool weggedreht, so ganz interesselos, aber meine Antennen waren voll auf Empfang. Ich hab sie gerochen, trotz der vielen Leute. So gut, so zart, so besonders. Ich hab angefangen zu schwitzen, war froh, als sie endlich ausgestiegen ist. Am Ende hätte sie mich gerochen.

Und dann bist du einfach in der Menge verschwunden. Erst hab ich mich geärgert, dass ich mich so leicht hab abhängen lassen, aber dann war ich froh. Ich muss nicht alles wissen, du hast deine Freiheit, auch wenn du längst mir gehörst. Und ich weiß ja, wo ich dich finde.

NICHTS

Tagelang geht das schon so. Tagelang! Ich seh nichts von dir, hör nichts von dir, du bist wie vom Erdboden verschwunden. Was soll das? Wenn du nicht bald wieder auftauchst, dreh ich durch! Verschwindest einfach mit deinem Typen.

Denk ich. Ihr seid doch zusammen verschwunden. Ist das überhaupt dein Typ? Wer war die Rothaarige? Und jetzt kommt er zurück – ohne dich. Wie kann ich dich herlocken? Ich warte hier auf dich. Soll ich deinen Macker zur Rede stellen, dem Kifferheini mal so ein bisschen auf den Pelz rücken? Jetzt sitz ich schon die zweite Nacht hier oben auf meinem Dachboden und warte, dass du nach Hause kommst, und du kommst einfach nicht, bist nicht da!

FÜR DICH

Ich seh nach drüben, in die Fenster, auf die Dächer. Und nach unten auf die Straße. Überall der Schnee, ganz fein. Alles still. Schluckt die Geräusche der Stadt. Wo ist sie, wo treibst du dich rum? Ich bin immer auf der Lauer gelegen in meinem kalten Dachgeschoss. Hab in deine Küche gestarrt. Und nur deinen Typen gesehen. Aber ich weiß jetzt so viel mehr von dir, deinem Job. Du bist Polizistin, bei der Mordkommission. Hast ein paar erstaunliche Erfolge. Im Internet findest du alles. Hirmer heißt dein Chef. Und du arbeitest an meinem Fall. Mit deinen Kollegen. Leider kriegt ihr keine gute Presse. Wie auch? Ihr tappt ja völlig im Dunkeln. Tja. Wenn du kein Motiv hast, kommst du nicht weit. Da kannst du eine so gute Polizistin sein, wie du willst, da verstehst du nicht, was passiert ist. Ich schon, ich weiß, was ich getan hab. Ich hab die Schwelle übertreten, hab den Schritt gewagt. Der Moment, in dem es passiert ist, war nicht so besonders, wie ich gedacht hab. Der Nervenkitzel kam in der Zeit danach, mit der Angst, ob mich jemand gesehen hat, mich jemand erkannt hat, jemand eine Verbindung zu mir herstellt. Aber das hielt nur ein paar Tage, dann war der Thrill weg.

Niemand hat mich auf der Rechnung, außer du vielleicht. Du hast eine gute Intuition. Warum warst du in der Haldenseesiedlung, woher hast du gewusst, dass ich gerade dort war? Warum bist du mir hinterher? Kluges Mädchen. Hast einen sechsten Sinn. Und wie du plötzlich auf die Straße runter bist, als ich vor deinem Haus stand, wie wir uns gemeinsam in dem dunklen Hinterhof belauert haben. Ha! Ich hab dich atmen gehört, deine Schritte auf dem nassen Beton, deine Absätze auf der Treppe, bis ganz nach oben. Wo ich mein Versteck entdeckt hab, meinen Aussichtsraum, mein Fenster zu deinem Leben. Ich werd dich treffen, werd dich deinem Typen ausspannen, dem Hippiejungen, der dort drüben in der Küche fläzt, raucht, telefoniert, Gitarre spielt.

Mir ist kalt, zieht wie Hechtsuppe hier oben. Der Wind lässt die Plastikplane knattern, unten auf der Straße modelliert er steile Schneewehen an den parkenden Autos. Ein Meer aus Schnee. Stillstand, nein, Super-Slow-Motion. Eine Wüstenlandschaft da unten im gelben Laternenlicht. Der Typ in deiner Küche telefoniert schon wieder. Jetzt macht er sich ausgehfertig, löscht das Licht. Im Treppenhaus wird es dafür hell. Wo will er so spät noch hin? Ich verlass meinen Aussichtspunkt.

Als ich vors Haus tret, ist es windstill. Alles ist bedeckt mit einer dicken weißen Schicht. Der Typ ist bestimmt schon aus der Haustür. Aber ich muss ihn gar nicht sehen, um zu wissen, wohin er gegangen ist. Die frischen Schuhabdrücke im Schnee, klar und deutlich. Sie flüstern: »Folge uns!« Bis ans Ende der Straße und weiter in Richtung Schwanthalerhöhe, an der U-Bahn-Station vorbei. Jetzt seh ich ihn, wie er die letzten Züge aus seiner Zigarette nimmt vor der Tür einer Kneipe. Seh den Rauch über seinem Kopf. Wie Gedanken, die in der kalten Nachtluft verdampfen.

Die Kippe fliegt glühend in den Schnee. Er verschwindet in der Kneipe »Kilombo«. War ich irgendwann schon mal drin. Ewigkeiten her. Ich betret den Laden, bin erstaunt. Viele Leute. Halten die es zu Hause nicht aus, wenn der Schnee alles so still macht? Andreas Typ setzt sich zu einem Bärtigen dazu. Den hab ich auch schon mal gesehen. Mit ihr. Auch ein Polizist? Ich dräng mich durch, setz mich an den Nachbartisch mit dem Rücken zu den beiden. Eng. Zum Glück ist die Musik nicht so laut. Ich kann alles verstehen, was sie da hinter meinem Rücken reden. Sehr erhellend. Andrea ermittelt auswärts, und der Mitbewohner ist gar nicht ihr Freund, sondern ihr Bruder. Er heißt Paul. Ist der andere, Tom, ihr Freund?

Sie ermittelt anderswo? Warum macht sie das? Bin ich nicht interessant genug? Sie hat doch noch gar nichts rausgekriegt!

Spontan fass ich einen Plan. Du wirst dich wieder um mich kümmern, Baby, das versprech ich dir! Du wirst sehen, dass ich mich nicht einfach so aufs Abstellgleis schieben lass. Ich zahl und brech auf, geh los in Richtung U-Bahnhof Schwanthalerhöhe. Die Station liegt auf dem Heimweg ihres Bruders. Ich hab noch was für dich, zum Staunen, zum Fürchten. Wenn du heimgehst, kleiner Bruder, wirst du sehen, dass deine Schwester ihre Zeit gerade nicht sinnvoll investiert. Sie sollte hier sein. Wo die Musik spielt.

Ich zieh mir die Mütze tief ins Gesicht und betrete die U-Bahn-Station. Kein Mensch. Ja, schon spät. Und bei dem Wetter kein Wunder. Will keiner unterwegs sein. Obwohl – in der Kneipe waren auch Leute. Doch, jetzt seh ich jemanden. Am anderen Ende des Bahnsteigs wartet ein Typ auf den Zug. Ich schlender den Bahnsteig entlang, späh unterm Mützenschirm zur Anzeige hoch: U5 Laimer Platz, 1 Minute.

Ich bin noch zehn Meter von ihm weg, seh ihn nicht an, will ihn gar nicht sehen. Spür die Luft, die die kommende Bahn durch den Tunnel drückt. 3–2–1– jetzt. Kein Schrei, sofort der Knall.

Ich geh wie ein Roboter, dreh mich nicht um, bin ferngesteuert, erreich den Ausgang. Straße, Stille, dichte Schneedecke, die alles verschluckt. Kein Knirschen. Meine Schritte lautlos. Ich drück mich in einen Hauseingang, zünd mir eine Zigarette an. Merk an meinen zitternden Händen, wie erregt ich bin. Oder ist es die Kälte? Nein, ich schwitz wie ein Schwein. Aber jetzt werd ich ganz ruhig, ein tiefes Gefühl der Zufriedenheit breitet sich in mir aus. Ich inhaliere tief. Meine Hände zittern nicht mehr. Das ist es, das kann ich. Wer traut sich schon so etwas? Erst nur ein Gedanke, das Unmögliche denken, es dann wirklich durchziehen. Über die Schwelle gehen, jemand andern über die Schwelle befördern. Ein Augenblick, und du tust es und siehst ins Jenseits. Auf die andere Seite.

Ich bleib hier, bin im Jetzt, ganz konkret hier im Westend, wo nun Sirenen erklingen, das Licht der vielen Einsatzfahrzeuge den Schnee rot und blau färbt.

Polizei, Feuerwehr, Krankenwagen. Menschen an den Fenstern, auf den Balkonen. Alles wegen mir. Und jetzt seh ich auch Andreas Bruder. Muss schon sagen, der sieht gut aus. Klar, bei der Schwester. Seine neugierigen Augen erahn ich nur, spür die Irritation. Was ist da los? Soll ich es dir erzählen, Paul? Ich bin der Einzige, der weiß, was da wirklich los ist. Aber ich tu es nicht. Wir werden uns noch kennenlernen. Na los, Paul, tritt näher, komm an die Absperrung, frag den

Polizisten. Aber er kann es dir nicht sagen. Worum es wirklich geht. Weil er es nicht weiß. Ich könnt es, denn es ist meine Idee, mein Werk. Das passiert nun mal, wenn sich deine Schwester mit anderen Dingen beschäftigt statt mit mir.

Soll ich zu ihm rübergehen, ihm sagen, dass er seiner Schwester einen schönen Gruß bestellen soll, dass ich von ihr erwarte, dass sie sich mit den wirklich relevanten Dingen beschäftigt, dass sie Prioritäten setzt? Andrea, ich hab's für dich getan.

Was stehst du da so nachdenklich an der Absperrung, Paul? Ja, nachdenken lohnt sich. Überlegst du, ob das was mit ihr zu tun hat? Hat es. Hast du die Botschaft verstanden? Spätestens morgen, wenn es in den Nachrichten zu hören und zu lesen ist, dass der U-Bahn-Killer wieder zugeschlagen hat, dann verstehst du, dass es kein Zufall sein kann, dass es vor der Haustür der ermittelnden Beamtin passiert ist, deiner Schwester. Es gibt keinen Zufall. Andrea, komm zurück, kümmer dich um mich!

ALLEIN

Hab mir jetzt einen Bart stehen lassen. Vielleicht erhöht das meine Chancen bei dir? Magst ja offenbar Bartträger. Hast dich rumgetrieben? Jedenfalls bist du jetzt wieder da. Wegen meiner Aktion im U-Bahnhof Schwanthalerhöhe? Ich weiß es nicht. Die Geschichte war in allen Zeitungen. Großes Kino. Wieder Vorwürfe an die Polizei. Dass sie das nicht gebacken kriegt, dass sie den Typen nicht findet, der so grausame Taten begeht. Von dir, Andrea, erwart ich schon noch was. Kommt da noch was? Mich würde das ja frustrieren als Polizist. Aber ich hab mich offenbar verschätzt bei dir. Du hakst so was ja scheinbar einfach ab, wenn Wochenende ist und du mit deinem Stecher durch den winterlich verschneiten Park spazierst, zum Eislaufen gehst. Ach, ich war so lang nicht mehr beim Eislaufen.

Als wir auf dem Eis zusammengerumpelt sind, hast du mich mit deinen großen Augen angelacht. Was für ein Stromschlag! Du bist so schön. Wir gehören zusammen. Und welch Fügung, du gehst dann auch noch ins Michaelibad. Wunderbar! Dein schlanker, graziler Körper im blauen Wasser. Ich hab dich beobachtet mit meiner an der Kasse erworbenen Schwimmbrille. Oh, dein knapper Schwimmerbadeanzug. Einmal hab ich dich sanft berührt, wie Zufall natürlich, das straffe rote Kunststoffgewebe an deinem grazilen Rücken. All deine Schönheit! Ein Wahnsinn. Und du nimmst mich gar nicht wahr. Dieser blöde Typ! Ich bin euch gefolgt in die U-Bahn. Und dann lässt du deinen Typen allein. Wie auf dem Präsentierteller.

Bremsen kreischen. Hupen. Schreien.

»Tom!!!«

PAAR

Ich musste es tun! Die Gelegenheit war so gut! Die Umstände nicht. Die vielen Leute. Aber vielleicht gerade die vielen Leute. Denn jeder kreist nur um sich, beugt sich über sein Handy, kriecht hinein. Bis es passiert. Keiner sieht mich. Ich marschier gesenkten Kopfes aus der Station. Während alle um mich herum schreien. Dieses Geschrei! Wie in einer Geflügelzuchthalle, in einem Schlachthof. Chaos, Schreie,

Schluchzen. Gezückte Handys, die alles aufzeichnen. Ihr perversen Schweine! Seht ihr tausendmal im Fernsehen, in den Nachrichten, in schlechten Krimis. Jetzt dreht ihr eure eigenen Filme. Das ist kein Film, das ist echt, kapiert das doch!

Ich bin oben und tauch in die Nacht, saug die schwere, kalte Luft ein, bin ganz ruhig, still, bewegungslos. Der Schrei gellt in meinen Ohren. Bin ich wahnsinnig? Warum hab ich das gemacht? Klar, ich weiß es: Eifersucht. Die beiden sind ein Paar. Jetzt nicht mehr. Der Zug hat ihn aus deinem Leben gerissen. Jetzt bist du frei, du kannst mich haben, ich hab mich aufgespart für dich. Es gibt keine andere neben dir. Es darf keinen anderen neben mir geben. Verstehst du das? Nur wir beide!

DURCHKOMMEN

Unten in der Station herrscht das pure Chaos. Andrea drückt die Leute beiseite, klettert nach unten ins Gleisbett, kriecht unter den Zug, hört nicht auf den Sicherheitstypen, der sie anschreit, dass sie da rauskommen soll.

»Hey, Tom?!«, flüstert sie mit tränenerstickter Stimme.

Er liegt zusammengekrümmt unter dem Zug. Er hört sie nicht, bewegt sich nicht. Sie sieht seinen Kopf, im schmalen Lichtschein vom Bahnsteig. Alles voller Blut. Hat ihn der Zug überrollt? Bitte nicht! Aber keine abgetrennten Gliedmaßen, kein Blutbad. Er bewegt sich nicht. Ist er ohnmächtig? Ist er tot? Nein, er darf nicht tot sein, er kann nicht tot sein!

Sie ist bei ihm. Streicht vorsichtig seine Wange. Er ist ganz warm, sie tastet nach dem Puls am Hals. Fühlt ihn kaum. Aber er ist da. »Tom, halt durch! Wir holen dich hier raus, halt durch, bitte!« Jetzt sieht sie die starken Lichtkegel der Taschenlampen der Rettungskräfte.

»Kommen Sie da raus, bewegen Sie ihn nicht!«, ruft einer.

Andrea zögert, dann kriecht sie rückwärts und überlässt den Rettungssanitätern der Feuerwehr das Feld. Irgendwer hilft ihr auf den Bahnsteig, begleitet sie zu einer Bank. Sie sackt darauf zusammen. Aber sie kann sich nicht ruhig halten, geht wieder zur Bahnsteigkante, beobachtet genau, was passiert. Die Sanitäter schieben jetzt eine Trage unter den Zug und kommen kurz darauf mit Tom wieder raus. Er sieht schrecklich aus. Sein blonder Bart ist voller Blut. Kaum ist die Trage auf den Bahnsteig gehievt, hat Tom schon eine Sauerstoffmaske auf dem Gesicht.

»Wird er durchkommen?«, fragt Andrea mit zitternder Stimme.

Einer der Rettungssanitäter schiebt sie beiseite.

»Keine Atmung«, bemerkt der zweite Sanitäter.

»Defi, schnell!«, ruft Nummer eins.

Er schneidet Tom mit einer Schere Pulli und T-Shirt auf. Jetzt werden ihm Elektroden an den nackten Brustkorb geklebt. Der singende Ton des ladenden Defibrillators.

TONG!

Die Entladung, das ruckartige Hochzucken des Brustkorbs.

»Noch einmal!«

Wieder der singende Ton.

TONG!

Noch mal bäumt sich der nackte Oberkörper auf. Mechanischer Reflex.

Sie nehmen Tom die Sauerstoffmaske ab. Starten die Herz-Lungen-Massage. Pumpen, Beatmen. Andrea beobachtet alles mit weit aufgerissenen Augen. Voller Panik,

Angst, Zweifel. Jetzt. Tom hustet, spuckt Blut. Schnell dreht ihm einer der Sanitäter den Kopf auf die Seite, damit Blut und Speichel ablaufen können.

Tom atmet. Der Sani zieht eine Spritze auf und jagt sie ihm in die Hüfte. Prüft seinen Atem. Legt ihm die Sauerstoffmaske wieder an. Dann heben sie die Trage an, legen sie auf das Fahrgestell und rollen die Rampe hoch zum Ausgang. Andrea trabt neben den Sanitätern her, hält Toms Hand. Sie ist warm. Noch, denkt sie. Oder ist es nur ihre schwitzige Hand, die vor Hitze glüht? Sie besteht darauf, im Krankenwagen mitzufahren. Darf sie. Sie umklammert Toms Hand. Ihr Kopf ist voller wirrer Gedanken und doch völlig leer. Pure Verzweiflung. Das ist eine persönliche Geschichte, das ist wegen ihr passiert. Und es hat nicht sie getroffen, sondern Tom. Der nichts dafürkann. Wofür eigentlich? Wer ist dieser Wahnsinnige? Warum stößt er Menschen vor die U-Bahn?

Im Krankenhaus Bogenhausen läuft sie bis zum OP mit. Dort hält sie eine Schwester zurück. Die schleusenartigen Türen schließen sich vor ihr. Andrea starrt die Tür erstaunt an und wacht auf. Wie aus einem bösen Traum. Nein, kein Traum, das ist ein Krankenhaus, der typische Geruch nach Desinfektionsmitteln, die lindgrünen Wände. Sie stützt sich an der Wand ab, merkt, wie ihre Füße nachgeben. Langsam rutscht sie mit dem Rücken zur Wand nach unten. Bisher hat sie nicht geweint, aber jetzt, als das Adrenalin nachlässt, laufen ihr die Tränen in Sturzbächen über die Wangen. Alles löst sich auf.

»Hier.« Eine Stimme. Die zu ihr spricht.

Sie sieht auf. Josef. Er hält ihr ein Taschentuch hin. Verwirrt mustert sie das Stückchen Stoff.

Josef sagt aufmunternd: »Meine Mama hat immer gesagt: ›Geh nie ohne Taschentuch aus dem Haus!‹ Los, nimm schon.«

Sie wischt sich die Augen und schnäuzt sich dröhnend. Will ihm das Taschentuch zurückgeben, hält inne, ihr Gesicht zwischen Lachen und Weinen. Sie steckt das Tuch in die Hosentasche.

»Was ist passiert?«, fragt Josef.

»Wir waren beim Baden. Und vorher beim Eislaufen. Da war ein Typ. Ich bin mit ihm auf dem Eis zusammengestoßen, er hat gelacht, er sah ganz normal aus, eigentlich ganz nett. Ich glaube, im Schwimmbad war er wieder da. Es kann sein, dass er es war.«

»Was ist passiert?«

»Wir sind zur U-Bahn, also Tom und ich, wir wollten noch nach Haidhausen, in eine Bar, was trinken. Wir waren schon am Bahnsteig unten. Und Tom, der Idiot, hat vergessen zu stempeln. Ich hab mir seine Streifenkarte geschnappt und bin nach oben zum Entwerter. Und da ist es passiert. Unten am Bahnsteig.«

»Waren viele Leute in der U-Bahn?«

»Ja.«

»Wir werden Zeugenaussagen bekommen.«

»Ja, klar. Die sich dann alle widersprechen. Wir kennen das Spiel doch. Je mehr Leute etwas gesehen haben, desto unterschiedlicher fallen die Aussagen aus.«

»Hm. Und warum denkst du, dass er das war?«

»Wer sonst macht so was?«

»Nein, ich meine, dass es der Typ beim Eislaufen und beim Schwimmen war?«

»Intuition, man spürt das doch, wenn etwas nicht in Ordnung ist, wenn Gefahr droht. Leider versteht man es manchmal erst hinterher.« Ihre Stimme versagt.

»Kannst du ihn beschreiben?«

Andrea holt tief Luft, konzentriert sich. »Auf der Eisbahn

hatte er eine Wollmütze auf, im Schwimmbad nasse Haare. Bart, ja, Vollbart. Doch, ich kann ihn beschreiben.«

»Ich weiß nicht, wie es bei der Eisbahn im Ostpark ist, aber der Kassenbereich vom Michaelibad ist videoüberwacht. Und die neuen Aufnahmen aus der U-Bahn sind vielleicht auch besser, jetzt, ohne Baseballcap. Wir vergleichen die Aufnahmen mit denen von den anderen beiden U-Bahn-Fällen. Wenn es wirklich dieselbe Person ist, dann haben wir endlich eine brauchbare Aufnahme von ihm. Das ist doch aussichtsreich. Was meinst du?«

»Ja, super. Aber sag mir eins: Warum macht der Typ das?«

»Weil er krank ist, größenwahnsinnig, weil er Entscheider sein will über Leben und Tod. Deine Theorie.«

»Ich bring ihn um.«

Josef sagt nichts. Er sieht sie ernst an.

»Wenn Tom stirbt«, murmelt Andrea.

»Tom stirbt nicht!«

»Bist du sicher?«

»Nein.« Josef setzt sich neben sie auf den Boden.

Sie warten. Lange. Josef nickt ein, lehnt an Andrea. Die starrt geradeaus an die gegenüberliegende Wand. Eine Leinwand, auf die kein Bild projiziert wird. Sie hat keine Bilder mehr im Kopf. Alles ist leer.

Irgendwann geht die OP-Schleuse auf. Andrea springt auf, Josef kippt um, rappelt sich auf.

»Sind Sie die Ehefrau?«, fragt der junge Arzt.

»Ja. Was ist mit ihm?«

»Er wird es schaffen.«

»Wie schwer? Wird er …?«

»Ich kann keine sichere Prognose abgeben. Und es wird dauern.«

»Kann ich zu ihm?«

»Nein, er ist im künstlichen Koma.«

»Kann ich, bitte, ich …?«

Der Arzt nickt und nimmt sie mit zu einer Tür mit einem Glasfenster. Deutet zu einer Armada von blinkenden Maschinen. Mittendrin ein Bett mit grünem Laken. Ein Dschungel aus Schläuchen und Drähten. Toms Gesicht ist unter einer Atemmaske verborgen.

Andrea sacken die Beine weg. Der junge Arzt fängt sie auf. Sie lächelt ihn schwach an.

»Alles gut?«, fragt er besorgt.

»Ja, danke. Nein, nichts ist gut. Also, ich schon …«

»Sie brauchen eine Pause, Sie müssen was essen, trinken, schlafen.«

»Ja, muss ich.« Sie sieht ihn mit großen Augen an. Hat wirre Gedanken im Kopf. Schämt sich. Weil sie den Arzt attraktiv findet. Warum? Weil er Arzt ist? Menschen retten kann?

Sie sieht sich hilfesuchend nach Josef um. Der bietet ihr den Arm an, sie hakt sich ein.

»Ich muss was essen. Sagt der Arzt.«

»Um fünf Uhr nachts kriegst du nichts mehr. Ich bring dich heim und mach dir ein paar Nudeln.«

SÜSS

Als sie bei Andrea zu Hause die Wohnungstür aufsperren, schlägt ihnen laute Musik entgegen. Sie kommt aus Pauls Zimmer. Ebenso wie der schwere, süße Duft. Josef parkt Andrea in der Küche und setzt Nudelwasser auf. Dann geht er zu Pauls Zimmer. Klopft. Vergeblich. Er öffnet.

Paul sitzt nur mit Gitarre bekleidet auf dem Boden, dudelt auf dem Instrument zu mäanderndem Krautrock, der sich aus den großen Boxen der Stereoanlage windet. Die Grasschwaden hängen tief wie Bodennebel. Josef schüttelt den Kopf und schließt die Tür wieder. Geht in die Küche und schüttet Salz ins kochende Wasser, sieht dem Sprudeln einen Moment lang zu und lässt dann die Spaghetti aus der Packung ins Wasser.

»Hat dich deine Frau rausgeschmissen?«, fragt Paul, als er mit kurzer Turnhose und Rippshirt bekleidet die Küche betritt. »Hey, Spaghetti, cool. Ich hab einen Wahnsinnshunger.«

»Der kommt vom Kiffen«, sagt Josef.

»Du sagst es.«

»Pass bloß auf!«

»Nur Eigenbedarf.«

»Tom liegt im Koma«, murmelt Andrea.

Schlagartig verschwindet Pauls Kiffergrinsen. »Was ist passiert?«

Andrea hebt an, ihr versagt die Stimme. Sie sieht Josef an.

Josef erzählt es Paul in groben Zügen. Andrea steigen die Tränen in die Augen.

»Scheiße«, sagt Paul und nimmt seine große Schwester in den Arm.

Josef gießt die Nudeln ab und findet im Küchenschrank noch ein Glas mit rotem Pesto.

»Kriegst du den Rest allein hin, Paul?«

»Hast du keinen Hunger?«

»Doch, aber ich muss los.«

»Alles klar, vielen Dank.«

Josef umarmt Andrea und geht. Vor der Haustür pfeift ein Vogel. So lebendig, denkt Josef. Das Leben – ein Wun-

der. Und der Gedanke, dass es plötzlich vorbei sein könnte –
so abstrakt. In seinem Job ist das nicht abstrakt, im Gegenteil. Immer wieder sterben Leute. Immer zu früh. Keine
Unfälle, die sie aus dem Leben reißen, keine schweren
Krankheiten, die das Leben von innen langsam auffressen,
auflösen. Es sind Menschen, die andere Menschen umbringen. Aus allen möglichen Gründen. Er sieht auf die Uhr.
Schon fast halb sieben. Ab ins Büro.

DEFINITIV

Die anderen sind schockiert, als sie erfahren, was passiert
ist. Und wieder beginnt das Spiel mit der Videoauswertung.
Wobei sie diesmal erfolgreicher sind. Die Aufnahmen aus
der U-Bahn sind ziemlich gut. Die aus dem Schwimmbad sind noch besser. Sie haben ein klares Bild mit den
Gesichtszügen des Täters, der sich an der Schwimmbad-
kasse gerade eine Badehose und eine Schwimmbrille kauft
und den Eintritt bezahlt. Cash leider. Sonst hätten wir ihn
schon.

»Andrea hat ein gutes Gespür«, sagt Josef. »Sie hat geahnt,
dass er es ist. Sie hat ihn vorher auf der Eisbahn und im
Schwimmbad gesehen und gemerkt, dass etwas nicht
stimmt.«

Kaum spricht er von Andrea, steht sie auch schon im
Büro.

»Du solltest doch nicht kommen!«, meint Josef.

»Ich muss.«

»Wie geht es Tom?«, fragt Christine.

»Unverändert. Wir werden das Schwein kriegen.«

Karl winkt sie zu sich an den Bildschirm.

Andrea betrachtet die Videoaufnahmen. Nickt. »Den kriegen wir, den krieg ich. Und dann nehm ich ihn in die Mangel.«

»Allein machst du gar nichts«, sagt Josef trocken.

Andrea antwortet nicht, sondern klemmt sich hinter ihren Schreibtisch, macht den Computer an. Sie überlegt. Was tun? Was ist der nächste Schritt? Das Standbild von seinem Gesicht. Mit dem Foto von Haus zu Haus marschieren? In der Gegend rund ums Michaelibad? Am Ende wohnt er auf der anderen Seite des Parks in einem der riesigen Wohnblocks. Aussichtslos. U-Bahnhof Michaelibad – der Täter kommt immer wieder an den Ort der Tat zurück. Warum? Was macht er jetzt? Was mach ich jetzt?

HIPSTER

Mithilfe der Videos erstellen sie im Präsidium ein gutes Standbild vom Täter und schicken es an alle Streifenkräfte. Aschenberger hält zusammen mit Josef eine Pressekonferenz ab, in der das Bild der Presse präsentiert wird. Im Onlineangebot und in den nächsten Printausgaben der Zeitungen wird das Foto gezeigt werden. Aschenberger ist froh, endlich was in der Hand zu haben: »Es wäre doch ein Wunder, wenn sich jetzt keiner meldet!«

So ist es. Kaum steht das Bild im Netz, gehen zahlreiche Anrufe bei der Polizei ein. Aber es ist genau so, wie Andrea vermutet, befürchtet hat: Jeder hat irgendwas gesehen. Wenn wir allen Hinweisen nachgehen, sind wir wochenlang beschäftigt. So lange kann ich nicht warten, will ich nicht warten, denkt sie und nimmt ihre Jacke.

Sie geht, ohne irgendwem Bescheid zu geben. Erst einmal raus. Ohne Plan. Nachdenken. Was würde sie tun – als Täter? »Würde ich im stillen Kämmerchen sitzen, warten, bis der Sturm vorüber ist, wenn überall mein Foto zu sehen ist? Ja. Vermutlich. Oder?« Die Sache mit dem Bart stört sie. Dieser scheiß Hipster-Vollbart. Wenn er den abnimmt, sieht er aus wie irgendein Milchbubi. Dann erkennt ihn eh keiner. Trotzdem. Irgendeiner seiner Nachbarn muss ihn doch kennen? Na ja, was weiß sie, wie es sich in diesen anonymen Wohnbunkern in Ramersdorf oder Neuperlach lebt? Sie kennt ja selber nicht mal alle Leute in ihrem eigenen Haus. Und das ist ein überschaubares Mietshaus im Westend mit zehn Parteien. Wie kann sie ihn finden? Eigentlich weiß sie es. Theoretisch. Es ist eine persönliche Kiste. Er sucht ihre Nähe, er hat gerade seinen Nebenbuhler beseitigt. Sie ist der Köder.

Ihr Handy klingelt. Josef. Missmutig geht sie dran. »Ja?«

»Wo bist du?«

»Mir ist nicht so gut. Ich bin auf dem Heimweg.«

»Wäre schön, wenn du vorher Bescheid sagst.«

»'Tschuldige, du warst bei Aschenberger. Und du wolltest doch eh nicht, dass ich arbeite.«

»Ja, klar. Hab mir halt Sorgen gemacht. Alles okay bei dir?«

»Nein, nichts ist okay. Ich muss mich hinlegen. Ich bin morgen wieder an Bord. Gibt es was Neues?«

»Nein, die erste Welle mit Hinweisen ist durch. Wir werden sehen, was noch reinkommt, wenn die Printausgaben der Zeitungen raus sind.«

»Ja, vielleicht ist da was dabei.«

»Andrea, mach keinen Scheiß.«

»Wie meinst du das?«

»Du weißt schon.«

»Ich mach keinen Scheiß. Ciao.«

Andrea ärgert sich. Nicht über Josef. Er hat ja recht. Generell. Aber in der Sache geht es nicht um Recht oder richtig. Es geht um Rache. Wenn Tom nicht gesund aus der Nummer rauskommt, erledigt sie das Schwein. Polizistin hin oder her. Sie macht das Handy aus. Ganz. Will nicht gestört werden, will von niemandem was hören.

ERLÖSEN

Süße, ich seh dich. Wo geht die Reise hin? Bist du in Sorge um deinen Freund? Exfreund. Der Arme. Na ja, man sollte nicht so nah an der Bahnsteigkante stehen. Muss er doch wissen. Kann ungut enden. Und ihr denkt, dass ihr jetzt ein Bild von mir habt? Ich hab's im Internet gesehen. Würde mich selbst nicht erkennen. Das mit dem Bart war eine gute Sache. War. Schön, dass der jetzt wieder weg ist. Fühl mich um Jahre jünger. Auch wenn meine schöne Kommissarin offenbar auf Bart steht. »Schwerverletzt« steht in den Artikeln. Soll ich ihn im Krankenhaus besuchen und ihn von seinen Leiden erlösen? Nein. Das ist nicht mein Stil. Jetzt ist der Weg frei. Jetzt hab ich dich ganz für mich. Dein schönes dunkles Haar, deine zarten Gesichtszüge. Ja, Baby, ich kann dich trösten. Willst du noch mal den Tatort ansehen, überprüfen, ob du etwas übersehen hast? Unser Ort. Wo schon so viel geschehen ist.

ANFLUG

Andrea steigt in der Station Michaelibad aus. Sieht sich um. Das erstaunt sie in ihrem Leben als Polizistin immer wieder aufs Neue. Es kann passierten, was will. Ein grausames, blutiges Verbrechen geschieht, und am nächsten Tag sieht der Ort wieder unschuldig und rein aus. Sie steht am Bahnsteig. Eine U-Bahn-Station wie jede andere.

Sie dreht sich ruckartig um. Ein Gefühl. Aber nichts. Niemand. So einfach ist es nicht. Sie setzt sich wieder auf eine der Bänke und wartet ab, mustert die Leute, die kommen und auf die Bahn warten, ein- und aussteigen, die Station verlassen. Sie geht in Gedanken noch einmal genau die Bilder des Vortags durch. Sie versucht sich an die Gesichter der Menschen zu erinnern, als sie unten am Bahnsteig standen und Tom seine Streifenkarte aus der Tasche zog. Nein, das Gesicht aus dem Schwimmbad und von der Eislaufbahn hat sie hier nicht gesehen. Aber er war da. Sie war nicht aufmerksam genug. Sie steht auf und geht die Rampe hoch, taucht ein in den dämmerigen Nachmittag.

Die letzte Sonne tut gut, sie schafft es, zumindest für einen Moment, ihre Gedanken in Richtung Himmel abzulenken. In die Baumkronen ohne Blätter. Wurzeln, die sich in die orangen Wolken krallen. Andrea lenkt ihre Schritte in den Park, auf den Weg, den sie von der Eisbahn gekommen sind. Ihr Blick wandert über den verfilzten Rasen, die künstlich angelegten Hügel und Wellen. Über dem schmutzigen Gras liegt ein feiner weißer Dunstteppich, wie mit der Wasserwaage gerade gezogen. Teilt unten und oben.

Oben und unten. Wenn man von oben schaut, ist alles eine weiße Fläche, ohne Verwerfungen, Falten – ein Teppich, der alles zudeckt. Sie stapft querfeldein bis zum nächsten Hügel, steigt die paar Meter durchs feuchte Gras hoch, ist erstaunt über den Ausblick. Ja, ein glatter weißer Teppich, aus dem Bäume und ein paar Erhebungen wachsen. Weiter hinten die riesigen Wohnblocks entlang der Quiddestraße. Endlos weit weg. Einsamkeit inmitten der Großstadt. Sie erschaudert. Was, wenn er ihr auf den Fersen ist? Aber hier ist niemand. Und niemand würde sie hören, wenn sie schreit. Oder?

OLYMP

Da stehst du. Wie eine Statue. All deine Schönheit über dem weißen Bodennebel. Eine Meerjungfrau, über dem ganzen Meer aus Scheiße. Ich bin deiner nicht wert, du Reine, du Schöne. Oder doch? Ich geb alles für dich! Ich hab ein Auge auf dich. Es ist gefährlich, so allein im Park. Was machst du hier? Was suchst du hier? Die Wahrheit? Fragst dich, was passiert ist? Was unter dem Nebeldunst liegt? Suchst du Ruhe vom chaotischen Alltag mit all seinem Lärm, seinen Verbrechen? Oder suchst du mich? Du hast mich fast gefunden, meine kluge Kommissarin, du bist ganz nah daran. Ich bin ganz bei dir. Soll ich zu dir hochsteigen, auf den Olymp?

AUFGEBRACHT

»Josef, ich bin's, Paul. Weißt du, wo Andrea steckt?«, fragt Paul erregt ins Handy.

Josef sieht aus dem Bürofenster in den Innenhof des Präsidiums. Ihm ist unwohl. »Wenn sie nicht bei dir ist – vielleicht im Krankenhaus?«

»Jetzt? Bis wann war sie denn in der Arbeit?«

»Sie ist schon vor vier weg. Ich hab sie dann noch angerufen. Sie war so aufgebracht wegen Tom.«

»Was hatte sie vor?«

»Nach Hause. Hinlegen. Hat sie ja offenbar nicht gemacht. Hoffentlich wollte sie sich nicht noch mal am Tatort umschauen. Wir wissen jetzt, wie der Typ ausschaut.«

»Aber nicht, wer es ist?«

»Nein.«

»Und da lässt du sie allein losziehen?«

»Hey, sie ist einfach gegangen. Ohne Bescheid zu geben. Du kennst sie doch. Außerdem: Weißt du, was hier los ist? Ich bin immer noch im Büro. Die Leute drehen durch. Das ist jetzt das dritte Opfer.«

»Tom ist tot?!«

»Nein, aber ein Opfer ist er trotzdem. Jedenfalls brechen die Hinweise wie eine Sturzflut über uns rein und wir müssen das alles prüfen. Hast du es bei Andrea auf dem Handy probiert?«

»Ja, ist aus.«

»War es vorhin schon. Wahrscheinlich hat sie es ausgemacht, nachdem ich angerufen hab.«

»Na super.«

»Sie war zwischendurch nicht zu Hause?«

»Nein, ich war die ganze Zeit da.«

»Ich fahr später beim Krankenhaus vorbei, dann ruf ich dich an.«

»Mach ich selbst. Ich melde mich bei dir.«

Paul ist besorgt. Sehr besorgt. Er spürt, dass was passiert ist. Er hat Angst um Andrea. Noch einmal probiert er es auf ihrem Handy. Wieder vergeblich. Er schlüpft in die Lederjacke und schnappt sich die Schlüssel zu Andreas Auto. Auf U-Bahn hat er seit den jüngsten Ereignissen keine Lust.

Er flucht, als der Golf in der Tiefgarage nicht anspringt. »Du Miststück, lass mich jetzt nicht im Stich!«

Ihm fällt Andreas Ritual ein. Er streicht mit der rechten Hand eine Runde um das Lenkrad, schnippt dreimal mit dem Finger. Dann probiert er es noch mal. Der Motor springt sofort an. »Geht doch, Baby!«

Mit Vollgas fährt er die Rampe hoch und schießt auf die Straße raus. Schaut schuldbewusst nach links und rechts. Wäre zu spät, aber zum Glück ist da niemand. Er fährt zum Bavariaring runter und weiter bis zum Altstadtring und nach Bogenhausen. Im Krankenhaus ist es gespenstisch still, zumindest im Trakt mit der Intensivstation.

»Ich darf Ihnen keine Auskünfte geben, wenn Sie kein Verwandter sind«, sagt die Stationsschwester.

»Es geht nur um seine Besucherin.«

»Seine Frau?«

»Seine Frau?«

»Sie kennen den Patienten gar nicht?«

»Doch, seine Frau. Sie ist meine Schwester. Anfang 30, sehr gut aussehend, schwarze Haare. War sie heute hier?«

»Ich hab nur die Spätschicht.«

»Seit wann sind Sie hier?«

»Seit 16 Uhr.«

»Und da war niemand hier?«

»Nein.«

»Mist. Danke.« Paul rauscht wieder ab. Wo ist sie, wo soll er anfangen zu suchen? Er kennt seine Schwester. Es zieht sie immer zum Ort der Tat zurück. Dort muss er suchen.

Draußen steht ein Abschleppwagen. Andreas Auto ist bereits mit Gurten an den Radfelgen versehen.

»Hey, echt nicht!«, ruft Paul.

»Das ist die Rettungseinfahrt«, meint der Dicke im Blaumann.

»Und was, meinst du, hab ich gerade hier gemacht, du Spacko?«

»Vorsicht!«

»Es war ein Notfall!«

»Sagen alle. Jetzt geh von der Karre weg, ich schlepp sie ab.«

»Mach die Gurte los!«

»Einen Teufel werd ich. Wir können gern die Cops rufen.«

»Hör zu. Ich hab gerade einen von den U-Bahn-Gleisen geklaubt und ins Krankenhaus gefahren. Vielleicht hast du das auch schon mitbekommen, dass da in München ein Typ unterwegs ist, der Leute vor die U-Bahn schubst. Und jetzt lass mich fahren, ich muss zur Polizei. Zu Polizeirat Josef Hirmer von der Mordkommission.«

»Den hab ich heut im Fernsehen gesehen.«

»Dann lass mich jetzt fahren!«

»Aber wer erstattet mir …«

»Mach mal halblang. Wer zahlt mir denn die Reinigung für die dreckigen Polster? Alles voller Blut.«

Der Abschleppmann schaut neugierig ins Innere des Golfs. Paul ist froh, dass die Scheiben getönt sind. Dann nickt der Mann und bedient den Hebekran. Er löst die Karabiner von den Trageseilen.

»Danke, Meister«, sagt Paul. Und weg ist er.

WUNDERBAR

Andrea geht zur U-Bahn zurück. Zögert, geht nicht hinunter, sondern weiter in Richtung Innenstadt. Der Kiosk. Sie sieht die üblichen Verdächtigen. Sie hat jetzt ein Wahnsinnsbedürfnis nach einem Kaffee, aber das bringt sie nicht. Sicher wissen dort am Kiosk alle Bescheid und löchern sie mit Fragen. Nein, das will sie nicht. Außerdem ist der Kaffee bestimmt grauenvoll. Die ersten Blicke. Nein! Kurz vor dem Kiosk dreht sie bei, geht weiter zur Haldenseesiedlung. Folgt einem Gefühl.

Da sieht sie ihn. Ist er es? Die Statur, die Kleidung, alles passt. Er könnte es sein. Er überquert die Bad-Schachener-Straße und kommt auf ihre Seite. Sie drückt sich hinter ein parkendes Auto. Verdammtes Dämmerlicht. Ist er es? Er geht in die Siedlung. Andrea tastet nach ihrer Waffe. Er hat sicher keine. Oder?

Sie wartet, bis er zwischen den Häusern verschwunden ist, dann sprintet sie ihm hinterher. Soll sie die Kollegen anrufen? Nein, sie muss schnell sein. Jetzt ist es fast gänzlich dunkel. Sie zieht die Waffe und geht zwischen zwei Häusern hindurch ins Innere der Anlage.

Er geht in Richtung der Abbruchhäuser. Was will er da? Sie sieht zu den erleuchteten Fenstern der Siedlung. Diese

Richtung wäre ihr lieber gewesen. Definitiv. Dranbleiben! Lautlos huscht sie ihm hinterher. Nur das leise Verkehrsrauschen vom Ring und der Bad-Schachener-Straße. Irgendwie meilenweit entfernt. Das Gefühl von Verlassenheit legt sich mit einem festen Klammergriff um sie. Wo ist er? Sie will schon umkehren, doch noch die Kollegen rufen, da sieht sie ihn wieder. Verschwindet gerade in einem der Abbruchhäuser.

»Du sitzt in der Falle!«, sagt sie lautlos.

Sie wartet. Sie sieht jetzt im ersten Stock des Abbruchhauses in einem Fenster einen Lichtschein. Taschenlampe? Sie entsichert die Waffe und betritt das Haus. Lauscht. Nichts. Aus dem Zimmer oben fällt der schwache Lichtschein ins Treppenhaus. Soll sie etwas sagen, rufen? Polizei! Nein, wer weiß, was der Psycho dann macht. Sie muss ihn überraschen.

Leise knirschen ihre Schuhe auf den verschmutzten Treppenstufen. Was macht er hier? Ist das sein Rückzugsort? In einem Abbruchhaus?

Sie erreicht den Treppenabsatz im ersten Stock. Flur. Lichtschein durch den Türspalt. »Okay, Baby, jetzt hab ich dich! Eins, zwei, drei.« Sie stößt die Tür auf, Pistole im Anschlag, will schon ihren Spruch loslassen und erkennt ihren Fehler. Auf dem Boden liegt ein Handy mit eingeschaltetem Licht. Sie spürt den Pistolenlauf im Rücken.

»Waffe runter, sonst drück ich ab.«

Sie legt ihre Waffe auf den Boden.

»An die Wand da!«

Er schubst sie an die Wand und tastet sie ab. Zieht ihr Handy raus, checkt es. »Ist aus. Wow. Gut gemacht. Du wolltest allein mit mir sein, Baby. Sehr gut.«

Er schleudert ihr Handy an die Wand. »Dreh dich um.«

Sie dreht sich um. Sieht, dass er ihre Waffe hat. Auf dem Boden liegt ein kurzes Rohr. »Scheiße!« – ihr einziger Gedanke.

Er reicht ihr einen Kabelbinder. »Los, mach eine Hand an dem Gasrohr fest.«

Warum hat er die Scheißkabelbinder dabei?, denkt sie. Hat er mit ihr gerechnet? Klar, der Typ ist die ganze Zeit an ihr dran, hat nur auf einen guten Moment gewartet.

»Wie soll das gehen?«, fragt sie, als sie mit dem Kabelbinder nicht zurechtkommt.

»Stell dich nicht an! Oder ich blas dir das Hirn raus.«

Die Stimme. Das ist ein Komplettpsycho, denkt Andrea und versucht, ihre linke Hand an der Heizung zu befestigen.

»Erst die Schlaufe um das Rohr.«

Andrea tut, wie ihr geheißen.

»Andere Seite auch.«

Sie befestigt eine zweite Schlaufe am anderen Ende der Heizung. Sieht ihn zweifelnd an.

»Los! Hände durch!«

Sie steckt die Hände durch die Schlaufen. Mit einer schnellen Bewegung der linken Hand zieht er die erste Schlaufe zu. Die Verzahnung ratscht durch die Sperrzunge. Andrea schreit auf. Dasselbe Spiel mit der anderen Hand.

»Und jetzt?«, fragt sie verzweifelt.

»Hab ich dich endlich! Bei mir. Für mich ganz allein. Wir werden eine tolle Zeit zusammen haben. Du wirst mich kennenlernen, sehr gut kennenlernen. Und du wirst mich lieben lernen.«

»Trau dich, du Drecksack. Du kommst in die Hölle. Du hast zwei Menschen auf dem Gewissen! Warum? Wofür?«

»Wofür? Warum? Ist das wichtig? Und vielleicht sind es bald drei. Weißt du, manchmal rutscht man einfach in solche Sachen rein. Da ist alles vorherbestimmt. Plötzlich tust du Dinge, die du dir nicht zugetraut hättest. Da passieren Sachen, die dein Leben von einem Tag auf den anderen komplett verändern, auf den Kopf stellen. Auf einmal ist alles anders, intensiver. Die Farben, die Geräusche. Und wie du dich fühlst. So lebendig. Ich hab dich gesehen in der U-Bahn. Du bist mir sofort aufgefallen. Das Melancholische in deinem Blick. Und dann krieg ich raus, dass du bei der Polizei bist. So ein schöner Zufall. Die Polizistin und der Killer. Wie ein Film.«

»Du bist ein feiger Attentäter. Die Leute hatten keine Chance. Du bist krank. Was haben die Leute dir getan?«

»Du wirst lachen. Den Ersten wollte ich gar nicht vor die U-Bahn stoßen. Ein blöder Zufall. Ich hab ihn verwechselt. Einfach die falsche Person. Ein beschissener Zufall. Erst hatte ich Schuldgefühle, dann hab ich gemerkt, wie großartig das ist. Ein Verbrechen ohne jedes Motiv. Aus dem Blauen. Nicht nachvollziehbar. Und ich komm einfach damit davon und kann zusehen, wie sich die Polizei abmüht. Natürlich war ich ein bisschen enttäuscht, dass so gar nichts in der Zeitung stand oder in den Nachrichten kam. Aber Hauptsache, du suchst nach mir. Na ja, leider nicht immer mit genug Einsatz. Sonst wären wir uns schon früher begegnet. Du warst mal tagelang nicht in München, das fand ich nicht so schön. Ihr Polizisten seid ja immer so beschäftigt. Mit allen möglichen Dingen.«

»Und deswegen hast du noch mal auf dich aufmerksam gemacht, in der Station Schwanthalerhöhe?«

»Ja, auch wieder ganz spontan. Ich hab vor deiner Wohnung gewartet, ob du doch noch kommst, aber da war bloß dein verpeilter Mitbewohner. Erst dachte ich ja, das ist dein Typ. Aber als er in der Kneipe mit dem anderen Typen saß, hab ich erfahren, dass er dein Bruder ist. Und der andere dein Macker. Ich saß am Nachbartisch und hab den Jungs ein bisschen zugehört. Und dann bin ich vor ihnen aufgebrochen. Dachte, da bekommt dein Bruder noch was zum Staunen auf dem Heimweg.«

»Das ist total krank.«

»Nein, krank bin ich nicht. Außer krank vor Liebe. Eine Liebe, die der andere Typ niemals für dich aufbringen würde. Offenbar lebt er noch, hab ich gehört?«

Andrea kämpft mit den Tränen. »Was hast du jetzt vor?«

»Ich weiß es noch nicht. Ist ja schon wieder eine ganz neue Situation. Ich hab dich hier, bei mir. Das hab ich mir die ganze Zeit gewünscht. Es ging so schnell, so einfach. Weißt du, das ist alles kein Zufall, das ist Bestimmung. Wir sind füreinander gemacht. Wir beide können ganz neu anfangen.«

Andrea sieht ihn panisch an.

Er kommt ihr ganz nahe. Hält ihr die Waffe ins Gesicht, streicht mit dem Lauf über ihre Wange. Ihr Gesicht ist klatschnass – Schweiß, Tränen. Er fasst ihr an den Hals, zieht ihren Schal weg.

»Mund auf!«

Er legt die Waffe weg und knebelt sie mit ihrem Schal. Andrea würgt, er sieht ihr starr in die Augen. Sie hält seinem Blick stand, sieht all den Wahnsinn darin. Kann ihn jetzt nicht mehr fragen, was er vorhat. Nein, sie sieht es. Dass er es selbst nicht weiß. Er handelt impulsiv, ungeplant. Er ist ein unberechenbares Monster.

Er tritt ein paar Schritte zurück, hebt sein Handy vom Boden auf, leuchtet ihr ins Gesicht. Andrea schließt die Augen. Hört seine Stimme nur wie durch dicken Stoff.

»Ich komm wieder und du gehst solange in dich. Über-legst dir, wie unsere gemeinsame Zukunft aussieht.«

Was? Welche Zukunft?, denkt Andrea. »Der Typ ist völlig verrückt!« Sie presst die Augenlider fest zusammen.

Als sie die Augen wieder öffnet, ist es stockfinster. Er ist weg. Durch das Fenster eine Ahnung von Licht. Nachthim-mel. Was wird das hier? Was will er? Warum setzt er sie hier fest? Was hat er vor, wenn er zurückkommt? Verdammt! Sie ist einfach in seine Falle getappt. Wie eine blutige Anfänge-rin. Will er Tom umbringen? Er weiß nicht, in welchem Krankenhaus er ist. Oder stand das irgendwo in der Presse? Andrea hat sich niemals so hilflos gefühlt wie jetzt, und sie war schon in vielen beschissenen Situationen. Sie zieht an den Plastikfesseln, doch die schneiden unerbittlich in ihre Handgelenke. Ihre Füße sind nicht gefesselt. Wozu auch? Wenn sie das Rohr aus der Wand reißen könnte. Kann sie nicht. Sie hat Durst. Ihre Zunge klebt an ihrem Schal.

KETTENREAKTION

Sie gehört mir, ich hab sie. Ich muss sie für mich gewinnen, sie muss mir vertrauen. Dann kann ich sie losmachen und wir hauen gemeinsam ab. Fangen ein neues Leben an. Ge-meinsam. Sie hat gesehen, was ich kann, was ich bin, wer ich bin. Nein, noch kennt sie mich nicht. Aber sie ist meins. Ich muss nach Hause, ein paar Sachen packen. Dann los. Ein bisschen Kohle hab ich noch. Wohin? Wir werden sehen.

Ich nehm die U-Bahn. Station Innsbrucker Ring. Ich steh am Bahnsteig und warte auf den Zug. Kurz hab ich den Gedanken, die Geschichte doch zu beenden. Einfach vor den einfahrenden Zug springen. Kurz und knapp. Dann ist alles ganz einfach, nicht so kompliziert. Kein Gedanke mehr, wie lange die Kohle reicht. Kein Versagen mehr. Nein, ich kann sie ja nicht einfach im Stich lassen. Ganz allein in dem Haus. Sie wird mir vertrauen und mit mir fortgehen. Ich muss es nur richtig machen. Ich hol ein paar Sachen und wir hauen ab. Sie und ich. Nur wir beide. Sonst niemand. An einen Ort, wo uns keiner kennt. Abstand gewinnen. Ich seh aus dem Zugfenster. Michaelibad. Hier hat alles angefangen. Man sieht nichts. Keine Spuren. Das Leben läuft einfach weiter. Wen kümmert schon ein Mensch mehr oder weniger? Mich nicht. Ist das …? Hah, ihr Bruder! Lungert hier rum. Such weiter! Warm, heiß, heißer, gib dir Mühe, schau genau! Zu spät. Die Türen schließen sich. Der Zug verschwindet im Dunkeln.

Quiddestraße. Ich steig aus, geh hinauf, seh von der Straße zum Himmel hoch. So viele Sterne heute. Die Straße ist nass. Hat es geregnet? Mein Wohnblock, auf der anderen Straßenseite. Ich überquer die Straße. Husch ins Haus, fahr mit dem Lift hoch. Meine Wohnung ist ein verlotterter Sauhaufen. Ich muss dringend hier raus. Ich leg meine Platte auf. Das Label. Womit alles anfing. Wie eine Kettenreaktion. Mit erstaunlichen Wendungen.

Letzte Schritte durch mein Leben
alle Chancen schon vergeben
kein Feuer, das in mir brennt
Stille, die kein Ende kennt,
sich unendlich dehnt
Erlösung, so sehr ersehnt
Kopfüber weißes Rauschen
werde meinen Platz eintauschen

Schwelle überschreiten
in weichen Nebel gleiten,
unendlich weit gedehnt
Erlösung, so sehr ersehnt

Ich werf meine Sachen in die Sporttasche. Paar Klamotten, Papiere, die Waffe der Polizistin. Dann mach ich mir ein Bier auf, rauch eine Zigarette auf dem Balkon. Seh auf die Uhr. Noch gar nicht spät. Ich seh in den Park. Lichterschlangen im Nebel. Ob mein Auto anspringt? Bin lange nicht mehr gefahren. Das wär's – die Kiste streikt. Alles ist so, wie ich es möchte, und dann geht die Karre nicht. Doch, wird schon. Das Glück ist auf meiner Seite. Wenn es einmal läuft, dann läuft es. Ich schmeiß die glühende Kippe vom Balkon, seh sie in Nacht und Nebel verschwinden, zieh die Balkontür hinter mir zu, schnapp mir die Tasche, verlass die Wohnung. Hey, ich seh es genau vor mir. Wir beide auf der leeren Autobahn, der Morgenröte entgegen, das Radio läuft, du schläfst neben mir auf dem Beifahrersitz.

Ich geh aus der Haustür zum Parkplatz rüber.

Da ist was. Dreh mich um. Gleißendes Licht.

BPACHH!

Alles explodiert.

Mein heißes Gesicht auf dem kalten, nassen Asphalt. Warmes Blut, Geschmack von Eisen. Ich hab nichts gehört, was war das? Ich atme flach, kann mich nicht bewegen. Autotüren, Schritte.

»Ist er tot?«, fragt eine hohe Stimme.

»Keine Ahnung«, antwortet eine tiefe Stimme.

Ich zucke mit dem Bein. Mehr geht nicht.

Ein Fuß fährt unter meinen Brustkorb. Dumpfer Schmerz, als ich auf den Rücken roll.

Augen weit offen. Ich seh nichts. Ein dichter roter Schleier im Gegenlicht.

»Scheiße, Mann! Das ist er nicht!«

»Wie, das ist er nicht?«

»Das ist er nicht!«

»Das muss er sein! Du hast doch gesagt …«

»Das ist er nicht!«

»Aber er kam aus dem Haus!«

»Das sagst du.«

»Das sag ich?! Das ist die Nummer 6.«

»Das ist die Nummer 4.«

»Was?«

»Die Nummer 4, du Hirni!«

»Die Scheißblocks sehen doch alle gleich aus.«

»Oh Mann, du weißt doch genau, wie er aussieht!«

»Ja, klar – im Dunkeln …«

»Na super …«

»Super, jaja, super … Du gehst mir vielleicht auf den Sack. Warum fährst du nicht selbst, du Klugscheißer?«

»Ich bin nachtblind.«

»Nachtblind!? Und ich bin der Uhu, oder was?«

»Jetzt mach mal halblang, ich kann's auch nicht ändern.«

»Uhu, Uhuuu …«

»Noch ein Wort und …!«

»Was, und …?«

Sendepause. – Aber sie sind noch da. Ich hör alles genau. Jedes Geräusch. Weit entfernt rauscht leise die Stadt. Einer der beiden zündet sich 'ne Zigarette an.

»Hhm …«

»Was?«

»Was machen wir jetzt mit dem?«

»Nichts. Was sollen wir schon machen? Abhauen.«

»Aber er lebt ja noch!«

»Nicht mehr lange.«

»Hm. Ja … Gut. Aber was sagen wir?«

»Nix. Es geht nicht um einen Tag. Den anderen erwischen wir schon noch.«

»Und was ist mit dem hier?«

»Bleibt liegen. Tragischer Unfall. Komm, wir hauen ab.«

»Was ist mit der Tasche?«

»Was ist drin?«

»Papiere, Geldbeutel, Klamotten. – Hey, 'ne Wumme!«

»Scheiße, ein Polizist?«

»Wie kommst du auf die Idee?«

»Hey, du weißt doch, was die für Waffen haben. Das ist 'ne Bullenknarre.«

»Vielleicht haben wir doch den Richtigen erwischt?«

»Aber der sieht doch ganz anders aus?«

»Die Typen sind doch alle gleich.«

»Mann, dein Gelaber …«

»Was ist jetzt mit der Tasche?«

»Mitnehmen. Papiere auch.«

Einer fasst mir in die Jacke, zieht die Brieftasche raus. Klar. Nur zu. Bedien dich!

»Boh, ich hab echt Hunger. Pizza wär jetzt gut.«

»Ja … Dazu 'n Bier.«

»Und 'nen Schnaps.«

»Und das Auto?«

»Was soll damit sein?«

»Müssen wir das jetzt gleich entsorgen?«

»Woher denn. Wegen dem Fuzzi? Da packen die Cops gar nicht mal ihr Besteck aus.«

Schritte entfernen sich, Autotüren schlagen, Motor summt leise. Ah, Elektroauto. Okay. Deswegen hab ich nichts gehört. Mir ist zum Lachen. Aber ich kann nicht. Die Schmerzen in der Brust sind zu groß.

Fuzzi? Ich? Ihr Arschgeigen! Doch irgendwie bin ich fröhlich, gelöst, erlöst. Ich hab Gewissheit. Gleich weiß ich, wie das ist. Den letzten Schritt gehen. Erzählen kann ich es nicht. Denn jetzt knipst jemand das Licht aus.

RASTLOS

Paul ist unverrichteter Dinge heimgekehrt. Er ist mit dem Auto zum Michaelibad gefahren, ist die Gegend rund um das Schwimmbad abgelaufen, war in der U-Bahn-Station. Ergebnislos. Andreas Handy ist immer noch aus. Er tigert rastlos durch die Wohnung. Spürt es: Andrea ist in Gefahr. Er sieht auf die Uhr. Mitternacht durch. Soll er Josef noch mal anrufen? Er probiert es. Besetzt. Klar, bei denen geht es immer noch drunter und drüber. Josef wird sich melden, wenn er etwas hört. Soll er die Eltern anrufen? Zur Hölle, nein! Die machen sich nur Sorgen. Und Papa rückt dann mit seinem Jagdgewehr an. Nein, das dürfen sie nicht wissen. Er macht sich ein Bier auf, setzt sich an den Küchentisch. Überlegt. Was passiert ist, was zu tun ist.

Andrea verschollen, Tom schwerverletzt im Krankenhaus, von irgendeinem Irren, der Andrea nachstellt. Wenn der sich jetzt Andrea geschnappt hat? Aber warum? Gerade jetzt, wenn die ganze Stadt sein Gesicht kennt? Da taucht man doch ab!

Beim dritten Bier fallen ihm die Augen zu. Er schleppt sich in sein Zimmer und sinkt aufs Bett. Nimmt sein Handy. Sucht ein Foto. Er, Andrea und Madelaine. Ein Selfie vom

Hochzeitsabend auf Burg Warth. Ist noch gar nicht lange her. Kommt ihm aber wie eine Ewigkeit vor. Andrea und Madelaine – die zwei Menschen, die ihm am meisten bedeuten. Wenn zumindest Madelaine hier wäre, um ihn zu trösten. Sie ist in Paris. Weit weg. Sie schläft sicher tief und fest. Oder? Er hat das Handy schon in der Hand, dann legt er es wieder auf den Nachttisch.

NUMMER 4

Josef reibt sich die müden Augen. Die Sache sieht nicht gut aus. Er steht mit den Kollegen auf einem abgesperrten Parkplatz vor einem Hochhaus in der Quiddestraße. Er kennt den Ort. Hier in der Nummer vier hat das erste Opfer des U-Bahn-Schubsers gewohnt. Und hier liegt er jetzt – der U-Bahn-Schubser. Also doch ein Motiv, was Persönliches? Was macht der Typ hier? Waren er und sein erstes Opfer Nachbarn? Wohnt er in einem der Blocks?

Der Leichnam ist mit einem Sichtschutzzelt abgeschirmt. Trotzdem sind die Fenster der umliegenden Hochhäuser mit Schaulustigen besetzt. Josef sieht dem Toten noch mal ins Gesicht. Eindeutig, das ist der Mann von den Fahndungsfotos.

»Unfall mit Fahrerflucht«, meint Karl.

Josef schüttelt den Kopf. »Das glaubst du doch selber nicht. Klar, die Rampe von dem hinteren Parkdeck runter, wenn man da nicht ordentlich schaut … Sieht aus, als wäre das Auto mit viel Tempo die Rampe runtergefahren. Den Typen hat es voll erwischt.«

»Papiere?«, fragt Harry.

Josef fährt in die Jackentaschen des Toten. Keine Papiere, keine Geldbörse, nur ein Schlüsselbund. Und ein Autoschlüssel. Der ist alt, keiner von denen, die man nur drücken muss und schon weiß, welcher Wagen dazugehört.

»Vermutlich wohnt er in einem der Häuser. Also er hat da gewohnt. Nichts leichter als das«, murmelt Josef und lässt missmutig seinen Blick durch die Wohnanlage streifen. Das sind sechs große Wohnblöcke mit mindestens 15 Stockwerken.

Er nimmt das Fahndungsbild und geht zu der Menschentraube vor der Absperrung, hält das Bild hoch. »Kennt jemand diesen Mann?«

Interessiert betrachten die Leute das Bild.

Einer nickt. »Der Bart passt nicht. Aber das könnte der Typ bei uns im siebten Stock sein.«

»Wie heißen Sie bitte?«

»Schlater.«

»Wo wohnen Sie?«

Er deutet zu einem der Blocks. »In der Vier. Ich wohne im achten Stock.«

Josef nickt, bleibt ruhig, obwohl seine Gedanken rotieren. Ausgerechnet Hausnummer vier. Wo Peter Bruckner zu Hause war, das erste Opfer des Schubsers. Vielleicht ist seine Witwe jetzt auch an einem der Fenster? Er führt den Mann zur Leiche, hebt kurz das Tuch an.

»Ja, das ist er«, bestätigt der Mann.

»Was wissen Sie über ihn?«

»Ich hatte Ärger mit dem. Der hat die Stereoanlage immer brutal laut aufgedreht.«

»Okay, kommen Sie bitte mit. Karl, Christine, ihr auch. Harry, du bleibst bitte unten. Schau, ob du das Auto findest.« Er wirft ihm die Schlüssel zu.

Sie fahren mit Schlater in den siebten Stock hoch. Er zeigt ihnen die Wohnungstür.

»Danke«, sagt Christine. »Ab hier kommen wir alleine zurecht.«

Beleidigt zieht Schlater ab.

Josef probiert die Schlüssel durch, einer passt, er sperrt auf. Sie machen Licht. Eine kleine zugemüllte Zweizimmerwohnung. Im Wohnzimmer große Boxen, Mischpult, zwei Plattenspieler.

»Wer braucht so was, ein DJ?«, fragt Karl.

Keiner antwortet ihm. Das Wohnzimmer bietet sonst nicht viel Interessantes: einen überquellenden Aschenbecher auf dem Couchtisch, eine Batterie leere Flaschen, deren Restflüssigkeiten unangenehme Gerüche verströmen. Christine öffnet die Balkontür, atmet tief durch, sieht nach unten. Das Sichtschutzzelt auf dem Parkplatz, die Schaulustigen, die Polizeifahrzeuge. Hinter dem Parkplatz der Park. Hinter dem Park das Michaelibad und die U-Bahn-Station. Nicht weit.

»Kommt mal ins Schlafzimmer!«, ruft Karl.

Sie betreten das kleine Schlafzimmer. Genauso unordentlich. Neben dem großen Schrank in der Ecke ein kleiner Schreibtisch, auf dem ein Laptop steht. An der Pinnwand dahinter Fotos. Andrea. Mit dem Handy geschossen und aus dem Internet.

»Das ist ein Irrer«, murmelt Christine. »Hundert Prozent, dass die DNA auf der Zigarettenkippe, die Tom vor ihrem Haus eingesammelt hat, auf ihn passt.«

Josef zuckt mit den Achseln. »Das hilft uns jetzt auch nicht. Er ist tot. Wo ist Andrea? Was für eine Scheiße!« Er greift zum Handy und wählt Andreas Nummer. Wieder nichts. Dann klingelt er Paul raus.

Nach anfänglichem Zögern sagt Josef Paul, dass sie den Schubser gefunden haben. Dass er Fotos von Andrea in seiner Wohnung hat. Und dass sie keine Spur von Andrea haben.

IN PANIK

Paul ist in Panik. Der Typ, der die Leute vor die U-Bahn gestoßen hat, ist tot. Ein Psychopath, ein Stalker. Wenn er Andrea in seiner Gewalt hatte, was ist jetzt, wo ist sie? Wo hat er sie versteckt? Auf Autopilot fährt er zu der Adresse, die ihm Josef genannt hat. Viel zu schnell, über zwei rote Ampeln. Ist ihm egal. Er sieht die Menschen auf dem Parkplatz, lässt das Auto auf dem Gehsteig stehen, drückt sich durch die Schaulustigen.

Harry sieht ihn und fängt ihn ab. »Paul, ganz ruhig!«

»Ganz ruhig? Bist du blöd? Ganz ruhig! Der Typ hat Andrea in seine Gewalt gebracht, und jetzt ist er tot und Andrea ist weg!«

»Lass uns gemeinsam überlegen.«

»Was soll ich da überlegen?! Ich sitz nicht in dem kranken Hirn von dem Typen. Wo ist Josef?«

»Oben in der Wohnung von dem Toten. Sie haben dort Bilder von Andrea gefunden. Er hat sie gestalkt.«

»Das weiß ich schon. Diese Drecksau!«

»Paul, lass uns in Ruhe überlegen, was zu tun ist.«

»Ich hab keine Ruhe.«

»Hat sie dir was zu den Ermittlungen gesagt? Oder was sie vorhat?«

»Nein. Was würdest du tun, wenn du ihn suchst? Wo würdest du anfangen? Wo würde sie anfangen?«

»Am Tatort.«

»Lass uns hinfahren.«

Harry gibt Josef Bescheid, dann steigen sie in Andreas Golf und fahren die kurze Strecke zur Station Michaelibad.

Inzwischen ist es zehn Uhr vormittags. Harry steuert auf den Kiosk zu. Die Stammgäste sind schon beim Bier. »Na, heute ohne deine Freundin?«, fragt einer.

»Sieht so aus«, meint Harry. »Habt ihr sie gesehen? Gestern?«

Die zwei Bistrotischhänger sehen sich nachdenklich an.

»War das gestern?«, fragt einer den anderen.

»Kann sein. Doch, genau, wir haben ja dem Ernst seinen Geburtstag begossen.«

»Der Ernst, stimmt. Ja, dass der Ernst mal 70 wird, hätt keiner gedacht.«

»Mann, Leute! Habt ihr sie gestern gesehen?«

»Scheint so.«

»Welche Uhrzeit?«

»Gegen Abend. Der Horizont versank schon in dunklem Rot.«

»Lyrisch. Und, wo ist sie hin?«

»Erst sah es aus, als will sie zu uns. Dann hat sie beigedreht. Sind ihr wohl nicht fein genug.«

»Wo ist sie hin, welche Richtung?«

»Da runter.« Er deutet die Bad-Schachener-Straße entlang. Der andere nickt und trinkt einen großen Schluck Bier.

»Vielleicht ist sie noch mal zur Haldenseesiedlung«, meint Harry.

»Wieso noch mal?«, fragt Paul.

»Wir dachten zuerst, er wohnt vielleicht da. Also der Täter. Aber er wohnt in der Quiddestraße.«

»Aber das weiß Andrea ja nicht. Also los.«

Harry sieht zu den Jugendlichen, die auf dem Lüftungsschacht der U-Bahn sitzen.

»Hey Leute, ich such meine Kollegin. Habt ihr sie gesehen? Gestern? Die junge Frau, die das letzte Mal mit mir dabei war. Anfang 30, Schwarze Haare, sportlich.«

»Gibt's viele.«

»Die Polizistin«, ergänzt Harry.

»Ach die. Nein, nie wieder gesehen.«

»Ist das ein kluger Hund?«, fragt Paul und deutet auf den Schäferhund.

»Klüger als viele Menschen.«

»Glaub ich. Wie heißt er denn?«

»Sie. Lassie.«

»Hübsch. Originell. Dann hab ich mal eine Aufgabe für Lassie.«

Paul holt aus dem Seitenfach im Auto eine Wollmütze. »Die ist von meiner Schwester. Kommt ihr mit? Vielleicht findet euer Hund eine Spur.«

»Wir helfen keinen Cops!«

»Ich bin kein Cop! Und ihr helft mir, sonst vergess ich mich, ist das klar?«

Die Jugendlichen nicken eingeschüchtert. Sie ziehen los in Richtung Haldenseesiedlung.

Dort hat sich einiges geändert. Nicht die verschlafene Ruhe zwischen den kleinen Häusern, sondern Lärm und der Sprühnebel von Wasserkanonen, die den Staub der Abbrucharbeiten binden.

»Verdammte Scheiße!«, ruft Harry und rennt los. Paul versteht nicht sofort. Dann doch. Wenn sie in einem der Abbruchhäuser ist … Jetzt rennen alle, der Hund stürmt voraus.

Harry sucht den Bauleiter. Findet ihn endlich in einem der Container. »Stoppen Sie sofort die Maschinen!«

»Was soll'n des? Einfach da reinmarschieren?«

Harry hält ihm seinen Polizeiausweis unter die Nase.

Jetzt reagiert der Polier. Er tritt nach draußen und macht seinen Kollegen Zeichen, die Arbeiten einzustellen. Der Motor des großen Baggers erstirbt, ebenso das Pochen der großen Presslufthämmer. Auch das Wasser stoppt. Es ist gespenstisch still. Von der Baustelle steigt jetzt eine dichte Wolke Staub auf. Glüht in der Vormittagssonne. Atombombentest in der Prärie von Nevada, denkt Harry.

Sie warten, bis sich der Staub gelegt hat. Paul hält dem Hund noch mal Andreas Mütze hin, lässt ihn schnüffeln. »Such!« Der Hund stürmt los. Harry ist skeptisch, ob der Hund in dem Staubgewaber irgendwas wahrnimmt, aber der Hund wuselt durch die Trümmer und verschwindet in einem der Gebäude.

»Halt!«, stoppt sie der Polier und reicht ihnen Helme. Er geht voraus in das Abbruchhaus, in dem der Hund verschwunden ist. Harry und Paul folgen ihm. Sie ziehen sich die T-Shirt-Krägen über Mund und Nase. Überall Staub. Blindflug.

Der Hund bellt. Erster Stock. Treppe hoch. Sie betreten einen Raum, dessen Fensterseite bereits eingerissen ist, alles voller Dreck, Mörtel, Scherben. Andrea! An der Wand, mit einer dicken Staubschicht überzogen. Im Gesicht grauschwarze Rinnsale, Tränen, die sich den Weg durch den Dreck gebahnt haben. Paul sieht ihre nasse Jeans. Sie hat sich eingepinkelt. Ihre Augen sind weit vor Angst.

Paul nimmt ihr den Knebel ab und küsst sie.

»Ich krieg die Scheißdinger nicht auf«, sagt Harry und versucht, mit seinem Hausschlüssel die Kabelbinder aufzusägen. Erfolglos. Paul greift in die Hosentasche und gibt ihm sein Feuerzeug. Jetzt mischt sich in die staubige Luft der scharfe Geruch von verschmortem Plastik. Andreas Hände fallen nach unten.

Paul sieht die blauen Striemen. »Meine arme kleine Schwester. Du brauchst keine Angst mehr zu haben. Die Bestie ist tot.«

Andrea reagiert nicht.

»Was ist mit ihr?«, fragt Harry.

»Bestimmt der Schock. Sie muss ins Krankenhaus.«

Harry ruft einen Krankenwagen.

Als sie das Abbruchhaus verlassen, trifft der Krankenwagen bereits ein. Paul gibt Harry den Schlüssel für Andreas Wagen und fährt mit Andrea.

»Brauchst du uns noch?«, fragt eins der Punkmädchen.

»Nein, vielen Dank«, sagt Harry. »Vor allem auch eurer Hündin. Cool, Lassie.«

»Der Name, das war ein Witz.«

»Ja, ein guter.«

Harry kratzt sich am Kopf, als er die Punks mit dem Hund davontrotten sieht. Hätte er ihnen was anbieten sollen? Geld, ein Gespräch, einen Rat, wie sie aus dieser Situation rauskommen? Aus welcher Situation? Jeder wählt seinen eigenen Lebensstil. Tut man das? Warum leben die so? Rumhängen und Alk? Zu wenig Liebe zu Hause? Sicher. Nein. Das geht ihn nichts an. Er kann das nicht lösen. Er ist kein Sozialarbeiter. Wie Peter Bruckner. »Danke«, murmelt er noch mal.

Josef, Christine und Karl treffen jetzt auch ein.

»Wo ist Andrea?«, fragt Josef.

»Krankenhaus Bogenhausen. Paul will, dass sie in Toms Nähe ist.«

»War es knapp?«

»Arschknapp.«

»Warum dreht Andrea immer allein diese Dinger?«

Harry zuckt mit den Schultern. »Aber darum geht es gar nicht. Der Typ hätte sie auch woanders gefunden. Er war immer an ihr dran.«

»Jetzt nicht mehr.«

»Ist der Fall mit dem U-Bahn-Schubser damit abgeschlossen?«

»Wie man's nimmt. Die Motive liegen völlig im Dunkeln. Auch was zu seinem Tod geführt hat. Also, das ist kein Unfall, wenn du auf so einem Parkplatz mit Vollgas überfahren wirst.«

Harry schüttelt den Kopf. »Das war ein Einzelgänger, ein Psycho. Und dass ihn einer überfahren hat – die Chaosfahrt eines Besoffenen?«

Josef zuckt mit den Achseln. »Ich weiß es nicht. Auch, ob der wirklich so komplett vereinsamt war. Irgendwelche Kontakte zu anderen Menschen muss er doch gehabt haben. Das erste U-Bahn-Opfer ist aus seinem Haus. Und er selbst stirbt vor der eigenen Haustür. Vielleicht sind wir schlauer, wenn wir seinen Computer gecheckt haben.«

»Tja, vielleicht ist das schon ein ganz anderer Fall, ein neuer Fall.«